# 草笛の音次郎

山本一力

角川文庫
23633

# 目次

のろ

一

天明《てんめい》八（一七八八）年の江戸《えど》は、元旦《がんたん》から粉雪が舞った。冷え込みは七草《ななくさ》を過ぎてもゆるまず、八日の晴れた朝には水溜《みずたま》りに分厚い氷が張っていた。

吾妻橋西詰《あづまばしにしづめ》を北に折れて十町（約千百メートル）歩けば、山谷堀《さんやぼり》にぶつかる。今戸橋《いまどばし》はこの堀と大川《おおかわ》とが交わる場所に架けられた小橋だ。欄干は朱色で、両端には金色の擬宝珠《ぎぼし》がついている。

凍《い》てついた朝だが雲はなく、赤味の強い朝日がネギの花の形をした擬宝珠をキラキラと照り返らせた。

「つま先がしびれそうだぜ」

擬宝珠のわきで張り番をしている若い衆が、両手を何度もこすりあわせて足踏みをした。刺子半纏《さしこばんてん》を着ていても、氷を張らせた冷気は防げない。

「ちげえねえ。じっとしてたら、身体の芯《しん》まで凍っちまう」

張り番の相棒が、同じように勢いよく足踏みを始めた。

サク、サク、サク……。

地べたが小気味よい音を立てたのは、霜柱が踏み潰《つぶ》されたからだ。若い衆ふたりが、寒さ逃れに身体を動かし続けているとき、神棚を背にした恵比須《えびす》の芳三郎《よしさぶろう》は、長火鉢の前に代貸《だいがし》の源七《げんしち》を呼び寄せていた。

芳三郎の宿は今戸橋のたもとにあり、橋のふたりは宿の前を行き交う者の見張りである。

芳三郎は大川の西側、浅草寺《せんそうじ》から北の一帯を束ねる貸元《かしもと》で、配下には若い衆だけで七十人を抱えている。源七は、組の仕切りを任されている代貸だった。

「佐原《さわら》の兄弟が、香取《かとり》神宮の祭を見にこいと手紙を寄越《よこ》した」

「昨日の飛脚が届けてきたのは、その招きでやしたんで」

源七が張りのある低い声で問いかけた。しゃべると、吐き出された息が白くなる。

長火鉢ひとつの部屋は、朝の凍えに満ちていた。

「今年は十二年に一度の祭の年らしい」

芳三郎の声は小さい。怒鳴ることも滅多《めった》にない。

「四月十四、十五日が祭らしいが、佐原までの旅はいささか億劫《おっくう》だ」

長火鉢の向こう側で、源七が静かにうなずいた。

芳三郎は、去年の十二月中旬にひいた風邪が抜け切ってはいない。それが分かっているだけに、億劫だという芳三郎の言葉にうなずいたのだ。

「さりとて兄弟からの誘いを、断わるわけにもいかないだろう」

「名代《みょうだい》を出しやしょう」

間をおかずに源七が答えた。

江戸から佐原までは、陸路でおよそ二十四里（約九十六キロ）だ。若い者が急ぎ足で一日八里を歩いたとしても、三日はかかる勘定だ。

芳三郎のいう佐原の兄弟とは、佐原宿を仕切る貸元、小野川《おのがわ》の好之助《よしのすけ》である。芳三郎と好之助は、ともに橋場《はしば》の文吉《ぶんきち》から盃《さかずき》を受けた兄弟分だ。好之助は二十三年前の明《めい》和《わ》二（一七六五）年に、在所の佐原に戻って三代目好之助を襲名した。

文吉のもとでともに下働きから修業を積んだふたりは、すでに四十年の付き合いになる。好之助が佐原に戻ったあとの二十三年のなかで、ふたりは二度しか顔を合わせていない。それでも交誼《こうぎ》は途絶えずに続いていた。

源七もふたりの付き合いの深さはわきまえていた。香取神宮の祭までにはまだ三月《みつき》はあるが、誘いを断わる使いを間際に差し向けるわけにはいかない。ゆえに名代を出すことを即座に口にした。

芳三郎は、ひと息おいてから長火鉢のそばまで膝《ひざ》を詰めさせた。

「あと三年で、組をおまえに任せる」

「聞かせていただきやした」

源七は半端な遠慮を口にせず、真正面で受け止めてあたまを下げた。

「つらをあげてくれ」

源七の生一本《きいっぽん》の気性を、芳三郎は高く買っている。顔をあげた源七と芳三郎の目が、しっかりと絡み合っていた。

「おまえが組を継いだあとで、代貸に据えたい男はだれだ」

問われた源七は、芳三郎から目を外して思案を始めた。が、長くはかからなかった。

「音次郎《おとじろう》だと思いやすが」

聞かされた芳三郎の目がわずかに動いた。得心していない様子である。

「あれは見かけとは違って、肚《はら》がしっかりと据わってやす」

静かな物言いだが、芳三郎から目を逸《そ》らさずに源七が請け合った。

「おまえの言い分にあやをつける気はないが、おれの見たところは優男《やさおとこ》過ぎる」

芳三郎の静かな口調は、音次郎ではだめだと言っていた。

「それに歳もまだ二十七、八だろう」

「この正月で二十八になりやしたんで、三年後なら三十一でやす」

膝に置いた源七の両手に力がこもった。

「親分のお言葉に逆らって申しわけありやせんが、あっしは音次郎が優男なだけだとは思いやせん」

「なぜ思わないかを聞かせろ」

貸元の言うことに逆らうのは、代貸といえどもご法度である。あえてそれを破ろうとしている源七は、背筋を張り直した。

「親分が風邪で寝込んでおられやしたんで、お耳にはいれやせんでしたが……去年の暮れに、うちの若いのがふたり、生き死にの喧嘩《けんか》をやりやした」

芳三郎の賭場《とば》は三、四、五、六のつく日に開かれる。他の日は若い者はてんでに骨休めができるが、師走《しわす》は正月飾りを作るので休めない。

騒ぎは十二月二十二日の昼過ぎに起きた。

「そんな手つきで編んでたらよう、大根にはめえねえ。ごぼうだぜ」

大根とは注連縄《しめなわ》のことである。いつもなら笑ってすませる軽口だが、連日の飾り作りで言われた男は気が立っていた。

「ふざけんじゃねえ」

男は仕掛かり途中の大根を、軽口をたたいた相手に投げつけた。投げられた男も気が立っており、いきなり匕首《あいくち》を抜いた。

投げた男の名は権次《ごんじ》。品川《しながわ》村在の出で、五尺七寸（約百七十一センチ）の上背がある。相手は大島《おおじま》村川漁師の次男坊で、こちらも五尺八寸（約百七十四センチ）、目方二十二貫（約八十三キロ）の大男だ。

組でも指折りの偉丈夫ふたりが匕首を振り回したことで、だれも止めに入れなかった。

「ばかな真似はやめなよ」

割って入ったのが音次郎だった。

背丈は五尺四寸（約百六十二センチ）、目方十四貫（約五十三キロ）の痩《や》せ型で、瓜《うり》実顔《ざねがお》で眉《まゆ》が細く、鼻筋の通った音次郎は仲間内でも優男で通っている。

荒事にはだれよりも不向きな音次郎に止めに入られて、ばかにされたと思い込んだのか、権次が逆上した。

「てめえの出る幕じゃねえ」

匕首を音次郎に向けた。

「聞き分けがねえなあ、権次さんも」

音次郎は声を荒らげもせず、権次に近寄った。それでさらに気を昂《たか》ぶらせた権次は、匕首を一閃《いっせん》させて音次郎に斬りかかった。

権次は組でも図抜けた匕首使いである。

音次郎はこの権次に刃物の稽古《けいこ》をつけてもらっている。足掛け七年の修業を積んで、音次郎も相当な遣い手になってはいた。

しかし師匠の匕首は避《よ》け切れなかった。

わるいことにさらしも巻いてはいなかった。

権次の匕首は音次郎の脇腹を切り裂いた。勢いをつけて振り回した匕首である。音次郎の唐桟《とうざん》が見る間に血で染まった。

「すまねえ、音次郎」

血を見て権次が我に返った。

「針と糸をください」

血が流れ続け、切り口の肉がめくれているのに、音次郎は声の調子を変えずに言いつけた。

すぐに権次が針と糸を持ってきた。受け取った音次郎は、おのれで針に絹糸を通し、傷口を縫い合わせた。

「酒と膏薬《こうやく》紙を……」

縫い合わせたあと、音次郎は傷口に酒を吹きかけ、血の混じった酒を拭《ぬぐ》い取ってから膏薬紙を貼り付けた。

手当てを終えたあと、徳利《とっくり》に残った酒を飲み干してから気を失った。

「騒ぎを聞いて駆けつけた道庵《どうあん》先生が舌を巻いたほどに、音次郎はてめえの手当てを見事にすませてやした」

聞き終えた芳三郎は、深い息をひとつ吐き出した。

「おれがここまで知らずにきたのは、おまえが口止めしていたのか」

芳三郎の声が一段と小さくなっている。源七は畳にひたいをこすりつけた。

芳三郎の目元がゆるんだ。

「いいから、つらをあげろ」

源七はもう一度背筋を伸ばして、芳三郎と向き合った。

「音次郎を佐原に出せ」

「ありがとうごぜえやす」

源七は両手をついて礼を言った。

「組を背負っての旅だ。出すまえに、おまえが作法をしっかり教えろ」

「がってんで」

張りの戻った声で源七が請け合った。

「あいつは江戸を離れたことはあるのか」

「あっしの知る限りではねえはずでやす」

これが初旅だと知って、芳三郎の眉根がわずかに動いた。しかし旅に出せと、芳三郎はすでに命じていた。

「佐原への行き帰りに、よその組にわらじを脱ぐのもいい修業だろう」

ひとりごとのようなつぶやきがもれた。

「音次郎はどこにいる」

「まだ五ツ（午前八時）めえでやすから、深川《ふかがわ》から通う途中でやしょう」

母の面倒を見ているひとり息子の音次郎は、特段の計らいで通いを許されていた。

「音次郎がくれば草笛が聞こえやすから、すぐに分かりやす」

「あれは音次郎だったのか」

「親分もお聞きでやしたんで」

芳三郎は返事をしなかった。目元が曇っているのが答えだった。

「渡世人が草笛か……」

芳三郎の前で、源七が膝をもぞもぞと動かした。吐き出した代貸の息が、白いかたまりになった。

二

「それじゃあ、はなっからもう一回やるぜ」

源七の声がいつになく大きい。

目の前の代貸と同じ形を作ろうとして、音次郎が身体を動かした。

「ばかやろう。さっきはやれてたことが、またできてねえじゃねえか」

怒鳴り声を大川の流れが吸い込んだ。

「もっと腰を落として、両足で地べたを踏んづけろ……そうだ、その形を忘れるんじゃねえぜ」

冬の陽が空の低いところを、東から真ん中に向けて移っている。風はないが陽が昇った四ツ半（午前十一時）でも、凍えはきつい。

大川の土手下で源七と音次郎とが、膝《ひざ》を曲げた中腰で向き合っている。旅先でおとずれる貸元への、仁義の切り方の稽古づけだった。

「左足を半歩さげて半身に構えろ」

音次郎は白い瓜実顔を朱に染めながら、源七の形を真似た。

「そのまま右手を膝のあたりに真っ直ぐ伸ばすんでえ……よし、それでいい。左手は後ろに回して、帯の貝の口（結び目）にくっつけろ」

「すみません、うしろの手は」

「軽くこぶしに握ってろ」

呑《の》み込みがいまひとつの相手に焦《じ》れた源七は、音次郎に近寄ると手ずから形をつけた。

「腰が高くなってるぜ」

両肩を押さえつけられて、音次郎がぺこりとあたまを下げた。

前に回って形を確かめた源七は、にこりともせずにうなずいた。

「よし、ここまでのおさらいをやってみろ」

「分かりました」

「それがいけねえてえんだ」

「えっ？」

「えっ、じゃねえ。おめえの口の利き方だ。分かりましたじゃねえ、渡世人らしく、がってんだてえんだ」

「あっ、そうでした」

音次郎はこども時分に、母親と住み込みで暮らした瓦版《かわらばん》の版元のあるじに仕込まれて、物言いがていねいだ。組にいる限りは問題ないが、芳三郎の名代でよその貸元をたずねるには具合がわるい。

しかも旅に出たことのない音次郎は、仁義の切り方も身についてはいなかった。そんな男を代貸の跡目に推した源七は、ことのほかきつい稽古をつけていた。

「いちいち得心してねえで、早く始めろ」

「へい……がってんで……」

ぎこちない物言いに、源七の顔がさらに曇っている。稽古に夢中の音次郎は、かまわずはなからおさらいを始めた。

中腰で左足を半歩さげ、右手を膝のあたりに突き出した。

「軒下三寸をお借り申し上げての仁義、失礼さんでござんす」

「左手はどうした」

「あっ……すみま……」

言いかけた詫《わ》びを途中で呑みこむと、もう一度あたまからやり直した。

「軒下三寸をお借り申し上げての仁義、失礼さんでござんす。おひかえなすって」

今度は形ができていた。

言われた源七は地べたに正座した。

「さっそくのおひかえ、ありがとうさんでござんす」

「よくなった」

思わず声を弾ませて源七が立ち上がった。

「その息遣いを忘れねえように、もう一回やってみろ」

「がってんで」

音次郎の物言いにも調子ができつつある。なぞり返したときは、源七が満足げにうなずいた。

「形も、はなの口上も、それならでえじょうぶだ。次は仁義に進むぜ」

「お願いします」

「お願いしやす、だ」

物言いを直す源七の顔は、さきほどよりは険しくなかった。

「通しで唄《うた》うから、しっかり聞いてろ」

「へい、お願いしやす」

源七は、さっと半身中腰の形を拵《こしら》えた。目つきが師匠から渡世人に変わっていた。

「てまい、生国《しょうごく》と発しますところ関東でござんす。関東は東の筑波山《つくばさん》の峰々の美しさに、華の都は大江戸の大川の清き流れは美しく、深川でござんす。深川は仮の住まいとして、浅草《あさくさ》は今戸の、恵比須の芳三郎の若い者でござんす。姓は……」

ここまで滑らかだった源七が、姓はで言いよどんだ。

右手は陽を浴びた大川の流れで、左手は草が枯れた真冬の土手だ。

それでもところどころに、大葉子《おおばこ》などの緑の草が残っていた。その葉を見てから、源七がふたたび中腰に構えた。

「姓は草笛《くさぶえ》、名は音次郎。姓は草笛、名は音次郎と申しやす。いまだ渡世若輩の駆け出し者でやすが、以後万端、よろしくお頼み申しやす」

仁義を終えた源七は音次郎を手まねきし、枯れた草むらに向き合って座った。

「仁義は、てめえの生まれがどこかを言うことから始まる。こんときは江戸とはいわず、関東てえんだ」

「分かりやした」

「もっとも、ただ関東てえだけじゃあ、広くて見当がつかねえ。東のはずれの筑波山を引き合いに出して、今戸から見た方角を唄うんだ。筑波山はどっちだ、音次郎」

「東です」

源七の目が尖《とが》った。

「東でやす」

慌てて音次郎が言い直した。

「筑波山を東と唄ってから、おめえが住んでる深川を言うんだ」

「がってんでさ」

「おめえは芳三郎親分の手下だな」

「もちろんでさ」

「だから深川は仮の住まいとしてと唄ってから、親分の名を告げる。これで相手はおめえの素性が分かるてえ寸法だ」

「ようく分かりやした」

一節ずつ噛《か》み砕いて教えられて、音次郎はしっかりと呑み込めたようだった。

「旅に出るなら、おめえも二つ名がいる」

「おれに二つ名ですか」

「しっかりしろい、音次郎。おれじゃねえ、あっしてえんだ」

「へえ……」

あまりに初歩のことばかりで叱られて、音次郎が潮垂《しおた》れた。その顔を見た源七が、目元をわずかに和らげた。

「今日の今日じゃあ、おめえの口がおっつかねえのも無理はねえが……いまを限りに、物言いには気をつけろ」

「分かりやした」

音次郎の返事は、肚《はら》を決めたきっぱりとしたものだった。

「この場で思いついた名めえだが、草笛の音次郎てえのはどうだ」

「それをあっしにもらえるんで？」

「気にいったか」

「もちろんでさ」

「おめえの甘《あめ》えつらに、よく似合ってるぜ」

「ありがとうさんでござんす」

音次郎が草の上で両手をついた。

「そうと決まりゃあ、忘れねえうちにしっかり唄ってみろ」

源七が相手を立ち上がらせた。

顔を引き締めた音次郎が、すぐに半身中腰の形になった。

「軒下三寸を……」

音次郎の声に張りが出ていた。

稽古《けいこ》に夢中のふたりは気づかなかったが、芳三郎は河原に建てられた掘っ立て小屋から様子を見ていた。

組の若い者が、草刈りの道具を仕舞うのに拵えた小屋である。戸締りもできない粗末な造りだが、芳三郎が座る場所はあった。

芳三郎は代貸の気性を買っていた。

若い者への行儀しつけは厳しい。半端な口を利くものには、言葉よりも手が先に出た。浅草寺裏の柔《やわら》の師範に、源七はいまでも五日に一度、稽古をつけてもらっている。

二年前の夏祭の余興で、三人の若い者が源七に殴りかかったことがあった。

「本気でかかってこい」

代貸からきつく言われていた連中は、目を血走らせて襲いかかった。源七は立ち位置から動かず、手、ひじ、足を巧みに使って三人を仕留めた。

代貸の腕のほどが肌身に染みている若い者は、行儀をしつけられるときにこぶしで殴られても、素直にあたまを下げた。

そして、だれもが源七を慕った。

強面《こわもて》なだけではなく、絶妙な息遣いで手下を遊ばせた。それも身銭を切って、である。

腕力と、若い者が慕う器量の大きさ。このふたつを源七は兼ね備えていた。それゆえに、芳三郎は組を任せる肚を決めたのだ。

音次郎の一件を、芳三郎はまったく知らずにきた。同じ屋根の下で寝起きしていながら、うわさのかけらも耳にしなかった。そこまで手下を束ねている源七に、芳三郎は心底から感心した。

音次郎は、それほどの代貸が見込んだ若い者である。しつけの責めは、すべて源七が負うという。

権次との一件を聞いたあとでも、さほどには音次郎に気持ちは動かなかった。掘っ立て小屋から稽古の様子を見る気になったのは、音次郎に気が動いたからではない。代貸の眼力を確かめたかったからだ。

稽古を見て、芳三郎は考えを変えた。

仁義もろくに切れない未熟者だ。しかし代貸にくらいついて行くときの目の強さに、音次郎の明日《あした》が見えたと思った。

しかもあの源七に弾んだ声まで出させたのは、いままで音次郎ただひとりだった。

旅を重ねるなかで、この男なら化けるかもしれねえ。

声を出し続ける音次郎を見て、芳三郎は代貸の眼力の確かさをあらためて感じていた。

三

「おっかあ、三日先から旅に出るぜ」

八日は賭場《とば》がない。五ッ（午後八時）過ぎに深川黒江町《くろえちょう》の宿に戻るなり、音次郎は母親に告げた。

「どうしたのよ、おまえのその物言いは」

いつもとはまるで違う言葉遣いを耳にして、母親のおよしが眉《まゆ》をひそめた。

「親分の名代で、十一日から佐原に行くぜ」

およしには話が呑《の》み込めない。行灯《あんどん》ひとつの明かりで続けていた、縫い物の手が止まったままだ。

「話はあとでゆっくりやるから、とにかくめしにしてくんねえ」

「佐原に行くから、そんな言葉遣いになったのかい?」

「だからそれは、めしを食ってからだって」

母親に咎《とが》められた音次郎は、ついいつもの物言いに戻った。それに気づき、おのれに大きな舌打ちをした。

「なんだい、その舌打ちは。今日のおまえは行儀がわるすぎるよ」

渡世人稼業でありながらも通いを続ける音次郎は、ことのほか母親には弱かった。


音次郎の父半助《はんすけ》は鳶《とび》職人だった。

所帯を構えて三年目に音次郎が生まれた。いまから二十七年前の、宝暦《ほうれき》十一(一七六一)年八月のことである。

やっと授かった子が男だったことで、半助は仕事に身を入れて女房と赤子を養った。

長男ながら音次郎と名づけたのは、そのころ本所《ほんじょ》ではやっていた小芝居の役者にあやかったからである。

半年過ぎた宝暦十二年二月十六日。芝浦《しばうら》から出火した火事は、折りからの風に冬の乾きが重なり、一帯を焼き尽くす大火となった。

半助が通う鳶宿は深川海辺《うみべ》大工町《だいくちょう》だったが、火事の後始末には江戸中の鳶が駆り出された。寒いさなかに休む間もなく働き通したことで、半助はくたびれ果てた。

が、御上《おかみ》も町役人も建て直しをせっついた。身体の具合がいまひとつのまま焼け跡に出向いた半助は、高さ四間《けん》（約七・二メートル）の足場から落ちて息絶えた。

生まれて半年の乳飲み子を抱えた二十一歳のおよしは、身よりもなく暮らしに詰まった。見かねた鳶宿の親方が、賄《まかな》い婦を求めていた瓦版《かわらばん》の版元に口利きをしてくれた。

以来二十年、天明二（一七八二）年三月までおよしと音次郎は、その版元の宿で住み込み奉公を続けた。

版元のあるじ讀賣堂《よみうりどう》令三郎《れいざぶろう》は、配下に抱えた三十人の瓦版売りを束ねる器量を備えていた。売り子は口も手も早い、したたかな連中が多かったが、令三郎は人柄を見極める眼力に長《た》けていた。

売り子が博打《ばくち》にはまろうが女郎に入れあげようが、咎めはしない。しかし一枚四文の瓦版の売り上げをごまかした男は、どれほど売りの腕がよくてもその場で暇《ひま》を出した。

言葉遣いも、荒っぽい男を束ねるあるじとは思えない品のよい話し方である。およしの働き振りを気に入った令三郎は、雇い入れて半月後には賄いの費《つい》えすべてを任せきった。

およしもあるじの信に応《こた》えた。二十年の間、ひたすら賄い婦を続け、手元でこどもをしつけた。

音次郎は十歳を迎えた正月から、職人言葉からお店《たな》奉公人のものに変わった。言葉遣いも、職人言葉からお店奉公人のものに変わった。

讀賣堂の版刷り見習いとして働き始めた。

天明元（一七八一）年九月三十日に、浅草伏見町《ふしみちょう》から出た火が、吉原《よしわら》を丸焼けにした。遊郭の火事のあらましを伝える瓦版は、連日飛ぶように売れた。

すでに二十一歳になっていた音次郎は、ひとかどの版刷り職人に育っていた。十日の間夜なべが続いて、やっと落ち着いた。

「息抜きに出かけようぜ」

十月半ば、瓦版売りの真治《しんじ》が音次郎を誘い出した先が、芳三郎の賭場だった。

音次郎はあるじから、一両という大きな小遣いをもらっていた。連日の夜なべをねぎらう手当てである。

芳三郎の賭場は蔵前《くらまえ》の札差《ふださし》、両国《りょうごく》や日本橋《にほんばし》の大店《おおだな》の旦那《だんな》衆がおもな客だ。職人には一両は大金だが、芳三郎の賭場では端金《はしたがね》である。

が、真治は賭場に顔が利いた。瓦版売りは、なにかと賭場にも耳寄りなうわさを持ち込めたからだ。

芳三郎の賭場の駒札は、もっとも安くても一枚一分。一両出しても札は四枚しかこない。それでも生まれつきの博才《ばくさい》があったのか、音次郎は手堅く勝った。

真治はからっきし駄目で、四半刻《しはんとき》（三十分）も持たずに二両を負けた。音次郎の膝《ひざ》元《もと》には二十枚（五両）の一分札が集まっていた。

賭場では客同士の回し（貸し借り）は、ご法度である。ふところが空になった真治は、音次郎を残して賭場から離れた。

その後も音次郎は負けず、木戸が閉まる四ツ（午後十時）になっても駒札の数は減っていなかった。

「別間に夜食を調えさせていただきやした。どちらさんも、ひと息入れてくだせえ」

浅草寺が四ツの鐘を打ったとき、盆（賭場）の出方《でかた》（仕切り役）が呼びかけた。

賭場が用意したのはうなぎめしだった。

職人を呼び寄せて賭場の賄い場で焼き上げたうなぎは、嗅《か》いだだけで生唾《なまつば》が溜《た》まる香りを放っていた。

音次郎は、この夜初めてうなぎめしを食べた。舌の上でとろけそうなうなぎと、甘からいタレがかかった炊き立てのめし。皿いっぱいに盛られた秋ナスの糠漬《ぬかづ》け。

生まれて初めての博打に気が昂《たか》ぶっていた音次郎は、腹の減ったのも感じていなかった。しかし身体は正直である。うなぎの香りを嗅いだことで、抑えつけられていた食欲が騒ぎ出した。

賭場の若い衆に勧められるままに、音次郎はどんぶり二杯のうなぎめしを平らげた。

四半刻過ぎたところで勝負に戻った。

盆を見詰めても勘が働かない。立て続けに勝負に負けて、一分の駒札が十二枚にまで減った。

「にいさん、今夜はそのあたりまでで控えたほうがよくねえかい」

声をかけたのが代貸の源七だった。

客の勝負に口をはさむことなど、代貸がすることではない。しかし源七は、初めて賭場に顔を出した音次郎の勝負勘が、並のものではないと感じていた。

久々におもしろい若造に出会ったと楽しみに見ていたが、めしのあとでは様子がまるで違っていた。それゆえ声をかけたのだ。

「分かりました」

音次郎も素直に盆を離れた。

もっとも音次郎が盆から立ち上がったのには、別のわけがあった。初めて食べたうなぎが、若い男の情欲を昂ぶらせていたのだ。そのせいで勝負に気がいかなくなっていた。

「にいさん、閨《ねや》を構えやしょう」

賭場の若い衆は、音次郎がなにを欲しがっているかを見抜いていた。

すでに町木戸は閉じており、深川に戻るのは相当に厄介だ。負けたとはいっても、ふところの小遣いは三両に増えている。

この夜音次郎は、博打とうなぎと女の三つを、どれも初めて知った。

そして夢中になった。

仕事には精を出していたので、令三郎はなにも文句はつけなかった。

音次郎がもらう給金は月に二分、年六両である。二十歳の若造には破格の給金だったが、遊ぶには足りない。それでも遊びたい。

勝ち負けよりも、賭場《とば》で出されるうなぎと、そのあとの閨事に焦がれた。音次郎は遊ぶカネの算段を真治に相談した。

「お安いことだ。おれが回してやらあ」

真治はふたつ返事で引き受けた。

借りたのは毎度一両。遊びには真治と連れ立って出かけたが、勝つのはほとんど音次郎ひとりだった。

うなぎが出るまで遊び、あとは閨。

これが音次郎の遊び方となった。

若いのに、引き際をわきまえた遊び方が変わらない。源七は大いに気をそそられた。

真治から借りた一両は、勝ったときには翌朝に返した。負けたときは、およしの蓄えを無心して埋めた。

真治は売り上げに手をつけていた。

そのカネを音次郎は回してもらっていたのだ。ことが露見したとき、令三郎はおよしと音次郎にも暇を出した。

それでも令三郎は深川黒江町の裏店《うらだな》に入る身請け人にはなってくれた。およしと音次郎の働きぶりに免じてのことだった。

仕事を失くした音次郎は、迷わず源七をたずねた。

「おれを下働きで使ってください」

頼み込む音次郎はひたむきだった。

賭場に出入りするなかで、源七の器量の大きさに惹《ひ》かれていたからだ。

音次郎は親父を知らない。

ここまで出会ってきた年長の男は、令三郎と源七のふたりである。いずれもふところの深い男だと思っており、その男ぶりに憧《あこが》れた。

「親分にはおれが話を通しておく」

源七はくどいことを言わずに受け入れた。深川から通いたいとの願いも、母親との身の上を聞いて認めた。

音次郎が本気だと察した源七は、渡世人稼業に踏み込むことを母親がよしとするか否かは、たずねもしなかった。

めしが終わり、番茶になったところで音次郎はことの次第をおよしに話した。

四十七になったおよしは、目元にも手の甲にもしわが目立ち始めている。ふうっとため息をつくと、目じりのしわが動いた。

「そんな大きなお役目を、おまえに任せてくれたのかい」

「代貸が親分に命がけで推してくれたって、若い衆のひとりが教えてくれた」

土瓶に湯を注ぎ足しに立ったおよしは、戻ってきたときには目に力がこもっており、目じりのしわが消えていた。

「おまえのおとっつあんは、仕事にはことのほか厳しいひとだったよ。普請場ではほんとうに命をかけて働いていたって、とむらいのときに何人もから聞かされた……」

いきなり親父の話を始められて、音次郎は湯呑《ゆの》みに手が伸ばせなくなった。

「おまえは半助のひとり息子だよ。代貸さんの恩に報いるなら、おとっつあんに恥ずかしくないように、命がけで旅をしておいで」

底冷えがきつくなっている。

「分かったよ。そうするから」

「なんだよ、その物言いは」

「あっ……」

「元に戻ってるじゃないか。また代貸さんに叱られるよ」

およしの吐く息が真っ白に見えた。

## 四

旅立ちを翌日に控えた十日、音次郎は六ツ半（午後七時）には黒江町に戻ってきた。ひとたび出ると、半年以上も江戸に帰ってこられない。それを思った源七の温情だった。

「祝いごとには尾かしら付きだろうけど、おまえにはこれだと思ってね」

およしは仲町《なかちょう》のうな好《よし》で誂《あつら》えた、蒲焼《かばや》き三串《くし》を音次郎の膳《ぜん》に載せていた。芳三郎の賭場のような、焼き立てではない。しかしうな好は、大川の東側では名の通ったうなぎ屋である。日暮れ前に求めたうなぎは、タレが身に染み込んでいた。

「おっかあ」

音次郎の声が曇っている。

「どうしたのよ、外ではよく食べるんだろ」

「旅立ちをひけえたでえじな夜だ、今夜はやめにさせてくれ」

「分からないことをいうじゃないか。大事だからこそ、おまえの好物で送りたいんだよ。うな好のさめたうなぎじゃあ、気にいらないのかい」

「ばかいうんじゃねえ。そんな罰あたりなことを、かんげえるわけがねえだろう」

音次郎が気色ばんだ。

合点のいかないおよしも引かない。

「のろを食うてえと、おれは様子がおかしくなっちまうんだよ」

のろとはうなぎの符丁である。

初めて食べた夜以来、音次郎はうなぎを食べると無性に女が欲しくなるのだ。

つっかえ、つっかえ、きまりわるそうに音次郎がわけを話した。聞き終えたおよしがぷっと噴いた。四十七の女ともおもえない、娘のようなしぐさだった。

「なんでえ、おっかあ……そこまで噴くこたあねえだろうがよ」

「血はあらそえないって言うけど、ほんとうだねえ」

「どういうことでえ」

「おとっつあんもおんなじだったってこと」

音次郎は、両肩をびくっとさせて驚いた。

「いまいっぺんに思い出したけど、おまえを授かった夜も、おとっつあんはうなぎを食べてたよ……それも三串も……」

言い終えたおよしは、ほほを赤らめて座を立った。


四半刻《しはんとき》が過ぎて。

八畳間に様々な品が並べられていた。

大きな物では三度笠《さんどがさ》、道中合羽《ガッパ》、それと振り分けで担ぐ柳の葛籠《つづらこ》である。

「ほんとうは大き目の胴乱《どうらん》のほうが荷物は入るんだけど、それだと堅気さんの旅になるからねえ。股旅《またたび》には葛籠がお似合いだからさ」

昨日、今日の二日がかりで、およしは息子の旅支度一切を調えていた。

三度笠は顔までおおい隠せる深い菅笠《すげがさ》で、あたまに載せる台がついている。差し渡し一尺五寸（約四十五センチ）の大型厚手の笠は、少々の雨なら弾《はじ》き返す丈夫な拵《こしら》えだった。

道中合羽は、日本橋内山で求めた。内山は道中合羽と旅道具の老舗《しにせ》で、六尺から三尺までの裄丈《ゆきたけ》が揃っている。

「少々お高くなりますが、この縞《しま》合羽は、てまえども秘伝の油を染みこませた糸で二度織仕上げをしてあります」

見た目は丈夫そうだが、着てみると絹のように軽い。一着一両三分と、他の合羽の四倍も高値だったが、およしは迷わず求めた。

葛籠は浜町《はまちょう》の老舗、つづら屋まで足を運んだ。ここでもおよしは最上の品を買い求めた。つづらの網目を、重ね塗りの漆がしっかりふさいでいる。

「これなら土砂降りのなかを一日歩きましても、なかが濡《ぬ》れる気遣いはございません」

振り分けを結ぶ紐《ひも》は麻編みで、楽に結べてゆるまず、しかも丈夫である。

三度笠、合羽、葛籠の三つで、都合三両二分もかかった。が、息子の長旅の無事を守ってくれる品に、およしはカネを惜しまなかった。

葛籠の周りには、小物の数々が並べられていた。矢立《やたて》、扇子、手拭《てぬぐ》い、櫛《くし》、びんつけ油。

「旅籠《はたご》の行灯《あんどん》は消えやすいそうだから、これがあると役に立つから」

およしは懐中付け木を十枚の束で用意していた。付け木には硫黄《いおう》が塗ってあり、火付け道具のわずかな飛び火で、たやすく火が得られる。折りたたみの小田原《おだ》提灯《わらぢょうちん》と蠟燭《ろう》五本も用意されていた。

「あとはこれがあれば便利だと、内山の手代《てだい》さんにいわれたから」

手にしているのは、麻綱と、釣り針のような小さな鉤《かぎ》だった。

「宿で荷物をひとつに結び合わせたり、洗い物を干したりするときにも引っかけられるんだってさ。年中旅をしている手代さんのいうことだから、きっと役立つよ」

音次郎はいささか戸惑っていた。

旅に出るとはいっても、たかだか二十四里離れた佐原までである。行ったさきの様子次第では、佐原から利根《とね》川伝いに銚子《ちょうし》にまで足を延ばそうとも思っているが、それにしても関東のなかだ。

およしは内山で長旅の備えを吹き込まれていた。手代が話したのは、東海道《とうかいどう》を京《きょう》、大坂まで上るときの心得だろう。

それでも音次郎は神妙な顔は崩さなかった。

大した蓄えもないのに、有り金をはたいて買い調えてくれた気持ちを思うと、とても半端な口ははさめなかったからだ。

およしが用意している品は、ほかにもまだ幾つもありそうだった。

「これが熊胆《くまのい》で、こっちが気つけに利く延齢丹《えんれいたん》。使い方は分かってるね」

いずれも見慣れた薬である。音次郎はしっかりとうなずいた。

「これも内山で教えてもらった薬だけど、三黄湯《さんおうとう》というんだそうだよ」

およしが黄色の紙袋を差し出した。

「なんでえ、これは」

「旅に出るとだれでも気が立つらしくてね、出る物が出なくなるそうだよ」

およしは真顔である。
「毎日きちんと出ないとつらいから」
音次郎はうなずいただけで、返事はしなかった。
「そうそう、これもおまえに渡しておかなくちゃあ……」
ひと通りの品物を葛籠に詰め終えたあと、およしは風呂敷《ふろしき》から一枚の手拭いを取り出した。白地に墨一色で細かい文字がびっしりと染められていて、端には道中用心と太文字で書かれている。これもおよしが、日本橋内山で手に入れたものだった。
「なにかのときには、きっと役立つ手拭いだと手代さんが言ってたよ」
受け取った音次郎は文字に目を通した。
山中でけもの類を近づけない方法
船の中で用心すること
船に酔ったときのよい方法
駕籠《かご》に酔わない方法
毒虫を避ける方法
道中の宿で蚤《のみ》を避ける方法
ざっと数えただけでも、三十近い方法が書かれている。
これには音次郎も気が動いた。

佐原に行く手前で、成田《なりた》山新勝寺《さんしんしょうじ》に代参するようにと、芳三郎からじきじきに言い付かっていた。音次郎は江戸を離れるのは初めてである。成田山がどんなところかも知らないが、山というからには山越えもあると思っている。

「山中でけもの類を近づけない方法」の箇所を読んだ。

「牛のくそを草履の裏へ塗って山道を歩けば、けものや蛇、まむし、毒虫などは怖がって近づかないそうだ」

牛のくその臭いで、けものが怖がるてえのかよう。まむしも毒虫も、牛を知ってるてえのかね……。

手代がだれかから聞いたことを書いたのだろうが、音次郎は笑いころげた。思いっきり笑ったことで、旅立ちを控えて張り詰めていた気分がすっかりほぐれた。

天明八年一月十一日、明け六ツ（午前六時）。

音次郎は黒江町の裏店《うらだな》木戸で母親の見送りを受けた。このまま今戸に向かい、源七に出立のあいさつをしてから江戸を出る段取りだ。

深川を出ると、いつ帰れるかは分からない。昨夜《さくや》は気丈に振舞っていたおよしだが、いまは目が潤んでいた。

「それじゃあおっかあ、行ってくるぜ」

声が詰まったのか、およしから返事が出ない。なにか口にすると音次郎も泣き出しそうだ。木戸わきに生えていた草を一本むしり、口にあてて草笛を吹いた。それがおよしへの旅立ちのあいさつだった。

くるりと母親に背を向けた音次郎は、まだ薄い朝日を浴びながら深川を出た。

今戸に顔を出す前に、富岡八幡宮《とみおかはちまんぐう》に道中安全の祈願をした。賽銭《さいせん》を投げ入れた音が、まだ人気《ひとけ》のない境内に響いた。

身体には、真新しいさらしがきつく巻かれている。本殿の石段をおりる前に、音次郎は道中合羽越しに、胸のさらしに手を当てた。

権次が道中のお守りにくれた、匕首《あいくち》がさらしに挟まっている。組で一番の遣い手がくれた匕首は、音次郎が身につけた、たったひとつの道具である。しかしこれ一本があれば、どんな難儀も切り抜けられると、音次郎は思い定めていた。

匕首の手応《てごた》えをもう一度確かめてから、本殿の石段に足を載せた。

五

江戸から成田山に向かう道は幾筋もあるが、音次郎は日本橋小網町《こあみちょう》からの船路を選んだ。

旅立ちから三日目には、成田詣《もう》でを果たそうという算段だった。初日は船橋《ふなばし》に泊まり、二日目は成田までの唯一の城下町、佐倉《さくら》泊りにするというのが思案した行程だ。

公儀が定めた成田山への道は、水戸《みと》成田街道である。

日本橋から大川沿いに北上し、千住《せんじゅ》の先で東に折れて中川《なか》伝いに新宿《にいじゅく》に出る。ここで水戸街道と分かれて江戸川を渡り、八幡《やわた》、中山《なかやま》を経て船橋に至る道である。

しかし成田参詣《さんけい》客の多くは、日本橋小網町で乗船し、小名木《おなぎ》川、新《しん》川を経て行徳《ぎょうとく》の船場《せんば》で下船する船路を選んだ。日本橋から行徳まで四百三十文の船賃がいるが、歩かずに三里を行ける。

しかも小名木川は行徳から江戸城まで塩を運ぶ大事な海路ゆえ、川の手入れが行き届いている。船番所の見回り船もひっきりなしに川にいるので、万一のときの助けも望める。それが評判で、行徳船は多くの旅人が好んで使った。

このたびの路銀として、音次郎は百両の大金を渡されていた。

「おめえは恵比須の芳三郎の代紋を背負って、佐原行き帰りの旅をするんだ。カネでさもしいことをしねえで、一両残さず使ってこい」

吾妻橋のたもとまで見送ってくれた源七に、きつく言い渡された言葉である。

一両五貫文の相場で両替しても、百両なら五十万文にもなる。源七は成田詣で、香取神宮の祭見物、銚子の貸元への立ち寄りまでを含めて、行き帰り二百日の旅になると考えているようだった。

日割りにして、一日二千五百文の路銀である。旅籠《はたご》賃を高めに勘定しても、朝飯つきでひと晩四百文だ。ほかに休み処の心づけ、道中の飯代、乗物代、湯銭などを細々と加えても、日に六百文もあれば充分だ。

ざっと勘定して、一日一貫文でことが足りた。しかも佐原では小野川の好之助に世話になるわけだから、費《つい》えはかからない。

カネにさもしいことをするなという戒めは、有り余る路銀に裏打ちされた言葉である。

もっとも成田山新勝寺には五両の寄進を言いつけられていたし、途中の宿場で賭場《とば》を見かけたときには、あいさつ代わりにきれいに遊んでこいとも言われている。それらの費えも含んでの百両だった。

源七は使いやすいように、一匁《もんめ》の銀の小粒を三百粒（五両）と、一分金、一朱金などの使いやすい金貨を十両分、それに百文刺しを一貫文両替してくれていた。

音次郎は当座使うだけの文銭と小粒とを紙入れに詰めて、残りは振り分けの葛籠《つづらこ》にしまってある。

船賃を払って行徳船に乗り込むと、すでに十一人の先客がいた。

六ツに深川を出ていたが、今戸に寄り道したことで、ときは五ツ半（午前九時）である。音次郎のあとに、およしと同年配の女と二十歳手前ぐらいの娘のふたり連れを乗せて、船は小網町を離れた。

乗ったのは運の良いことに、こたつ船だった。行徳船は屋根船ではなく、吹き曝《さら》しである。冬場は寒さを嫌われて大きく客足が減ってしまう。

そこで編み出されたのが、こたつ船だった。船のなかほどに炭団《たどん》を用いたこたつを置き、それで寒さをやわらげようという寸法である。

水の上を行く船だけに、万に一つも火事を出す心配はない。途中で通る中川船番所でも、こたつ船は大目に見ていた。

とはいうものの、抜き打ちの船改めまでをやめているわけではなかった。

「そのこたつ船、ここまで寄せろ」

音次郎の船が名指しをされた。客は音次郎を含めて十四人である。

母娘《おやこ》連れと音次郎のほかは、本所藤代町《ふじしろちょう》の成田参詣講の一行十一人だった。講の衆はいずれも年配者ばかりで、先達がのぼりを船端に横たえていた。

船に乗り込んできた役人は、こたつ掛けをめくって内部まで改めた。火の熾《おこ》っている炭団しかないことを確かめたのちに、役人のひとりが音次郎に近寄った。

「手形を見せろ」

手形とは道中手形のことである。旅人の在所、姓名、行き先が書かれており、発行した町役人《ちょうやくにん》の焼印が押してある。いつでも取り出せるように懐中にしまっておくのが作法だが、旅が初めての音次郎は葛籠にしまい込んでいた。

縞合羽《しまガッパ》に三度笠《さんどがさ》の身なりは、見るからに渡世人の股旅《またたび》装束である。取り出すのに手間取っていたら、役人が焦《じ》れた。

「手形を荷物にしまうとは、旅は初めてか」

言い方にあざけりが含まれていた。

さっさと船を出したい船頭は、あからさまに顔をしかめている。相客たちも迷惑そうな目で音次郎を見詰めた。

およしが求めた葛籠の紐《ひも》は、ゆるまない麻紐である。大金をしまった音次郎は、ことのほかきつく縛っていたので、簡単にはほどけない。

荷ほどきに手間取る音次郎を、役人は怪しいと見咎《みとが》めたようだ。

「葛籠ごと、こちらに寄越《よこ》せ」

「あっしがほどきやすから」

「それには及ばぬ。わしがこの手でほどくゆえ、すぐさま寄越せ」

およしが様々に詰め物をしてあり、しかも大金が入った振り分け荷物である。渡すのを渋ると、さらに役人が声を荒らげた。それを聞きつけて同輩が寄ってきた。

「どうなされた、田中氏《うじ》」

「この渡世人が、荷物を見せたがらぬ」

聞くなり、寄ってきた同輩が音次郎の葛籠を取り上げた。

「貴様、どこに向かうのだ」

「佐原でやす」

葛籠を取り上げられた音次郎が、憮然《ぶぜん》とした顔で答えた。

「たかが佐原に行くのに、この荷物か。この場で改めるゆえ、そこを動くな」

荷物改めに馴《な》れている役人は、造作もなく紐をほどいた。

「そこを空けろ」

成田講の連中が、こたつから追い出された。こたつの上には、天板が一枚載っている。葛籠の中身が、すべて天板の上に取り出された。

およしが調えた道中用品すべてが、役人と船客のみんなにさらされた。いかがわしい品はなにひとつないが、何しろ数が多い。調べる役人があきれ顔になった。

手形よりも先に、大金をしまった布袋が出てきた。本両替が封印した二十五両包みが三つに、小粒銀やら金貨やらが小山になった。時ならぬ大金に役人は目を見張り、相客たちは息を呑《の》んだ。

「なんだ、このカネは」

荷物を取り上げた役人が、居丈高に問い詰めた。音次郎が返事をする前に、田中が同輩の袖《そで》を引いた。手にしているのは、源七が路銀を詰めていた布袋である。

カネが詰められていた青い絹袋は、芳三郎の紋である青海波《せいがいは》が染め抜かれている。袋の下部には恵比須芳三郎の文字も見えた。

魚釣りがなによりの道楽の芳三郎は、二つ名に恵比須を選び、家紋も海にちなんだ青海波としていた。

今戸から釣りに出るときには、小名木川を通って海に出ることも多い。芳三郎は中川船番所を通るたびに、多額の小遣いを役人たちに渡していた。

家紋と芳三郎の文字を見た役人ふたりが、顔を見合わせてひそひそ声を交わした。終わると田中が音次郎を見た。

「そのほうは、今戸の芳三郎の手の者か」

音次郎は膨れっ面のままうなずいた。

「先にそれを申せば、余計なことをせずに済んだものを……おい、船頭」

渋い顔で成り行きを見守っていた船頭ふたりが、役人のそばに寄ってきた。

「手形は改めた、出してよし」

「お改め、ごくろうさんでやした」

船を下りる役人たちに、ふたりの船頭があたまを下げた。

「お客さん、手早くしまってくだせえよ」

船頭の声には愛想のかけらもない。

こたつを追い出された客たちも音次郎に同情する気配はなく、別のこたつに足を突っ込んだ。

船頭が棹《さお》を使い、船が動き始めた。風はわずかだが、まだ木枯らしである。

人前で赤っ恥をかかされた音次郎は、客の目を見ないようにして荷物をしまった。

「お手伝いしましょうか」

声は母娘連れだった。

「ありがとうございます。でも、ひとりでやれますから」

渡世人らしくない物言いを聞いて、母と娘が光る目を交わしていた。

六

行徳の船着場には、味の良さで名を知られたうどん屋、笹屋《ささや》があった。
さあ船が　出ますよと　うどんやへ知らせ
歌に詠まれているほどの評判である。江戸に向かう客は、うどんを食べながら船出の合図を待ち、行徳に着いた客は先を争って笹屋へと駆けた。
たったいま船を下りた成田講の十一人も、のぼりをはためかせて笹屋に向かっている。

音次郎も腹が減っていた。

しかし、少しでも早く船の相客から離れたかった。振り分け荷物を肩にかけると、すぐさま塩浜への道を歩き始めた。

行徳河岸《がし》の外れには、高さ二丈《じょう》（約六メートル）の石造りの常夜灯がある。船乗りに陸《おか》を知らせる灯明台《とうみょうだい》を兼ねたもので、台座だけでも二尺の高さがあった。

相客たちとうまく別れることができた音次郎は、台座に腰をおろしてふうっと大きな息を吐き出した。

旅の始まりからケチがついた。

百両の大金を、多くの人目にさらしてしまったし、行き先が佐原だと知られた。

講の連中は年寄りばかりで、残りは母娘連れの女ふたりだ。相客たちが妙な振舞いに及ぶとも思えなかったが、用心するにこしたことはない。

源七の言いつけで、音次郎は脇差《ながどす》を差してはいなかった。脇差を見咎められて、どんな災難に見舞われるかもしれないと案じてのことである。

その代わりに匕首《あいくち》をさらしに巻いている。身を守る匕首を確かめたあと、葛籠《つづらこ》の紐をもう一度縛り直して立ち上がった。

目元が引き締まっている。

三度笠を目深《まぶか》にかぶり直し、葛籠を担いでから縞合羽を羽織った。万にひとつも、振り分け荷物をさらわれないための用心だが、合羽の下に荷物を振り分けて担ぐ渡世人などいない。肩のあたりがぼこっと膨れて、見た目も不恰好《ぶかっこう》だ。

しかし音次郎は形よりも用心を取った。それほどに、中川船番所での出来事に懲りていた。

塩浜に向かう道が北に延びている。道の右手には海水を煮詰める小屋が並んでおり、その先には海が広がっていた。

道は浜から二丈近く高い所に造られているので、急ぎ足でも眺めが楽しめる。四半町（約二十八メートル）おきに植えられている風除《かぜよ》けの松は、真冬のいまでも葉の緑が濃い。その松葉の茂みと、遠目に見える海の蒼《あお》さとが重なって見えた。

風はきれいにやんでいた。

塩田のなかに建つ小屋からは、白い煙が真っ直ぐに立ち昇っている。煙は海水を煮詰めている湯気だ。真っ白に見えるのは、それだけ凍えがきついからだった。

足を急がせても、汗ばむこともない寒さである。音次郎のひたいが光って見えるのは、足の痛みからくる脂汗だった。

音次郎はわらじを履きなれていなかった。それに加えて、わらじと足袋《たび》との折り合いがわるい。

渡世人が常に履くのは雪駄《せった》で、だれもが履物で見栄《みえ》を競っていた。音次郎がいつも履いているのは、竹皮草履の裏に牛皮を張りつけた上物である。竹皮が足裏に心地よくあたり、牛皮の厚みが地べたのでこぼこを吸い取ってくれた。

いま履いているのは、およしが内山で買ってくれた道中わらじと厚手の足袋だ。

「長旅には小さめの足袋がいいそうだよ」

音次郎はいつもなら十文《ともん》（約二十四センチ）を履いている。しかしいまは九文三分《くもんさんぶ》（約二十二センチ半）で、こはぜがきつい。しかも底の薄いわらじは、小石を踏んでも足裏に痛みが走った。

果てしなく続く塩田の道を、それでも痛みを我慢しながら通り抜けた。しかし妙典《みようでん》村の枯れた田んぼ道に差しかかったところで、痛みがこらえきれなくなった。

陽が大きく西に傾いていた。

船橋までは田尻《たじり》村から原木《ばらき》村を経て、あと二里の見当だ。さして遠くはないが、足が痛くてこのままでは歩けない。

人通りがないことを確かめてから、音次郎は草むらに腰をおろした。こういうこともあろうかと、履きなれた足袋を帯に差していた。わらじを脱いで足袋を履きかえていると、行徳の方角から馬を引いた馬子が向かってきた。

足袋を脱いで指先を揉《も》みほぐす音次郎の前で、馬子が馬をとめた。

「痛かんべえ、にいさん」

「ああ、いてえ」

人なつっこそうな馬子に話しかけられて、音次郎も素直に返事をした。

「どこまで行くだね」

「船橋宿だ」

「おらは行徳から船橋までの帰り馬だでよう。安くしとっから、馬やんねっか」

言われて音次郎は気を動かした。

そしてすぐに思いとどまった。まだ旅は始まったばかりである。縞合羽《しまガッパ》を着た渡世人が馬に乗ったりしたら、道中の笑いものである。

「気持ちはありがてえが、うっちゃっといてくんねえ」

「船橋まで、まだ一里半はあるだ。意地張ってねえで、馬やるべさ」

馬子は本気で、音次郎の様子を案じているようだった。

はだしのまま立ち上がった音次郎は、紙入れから小粒を一粒つまみ出した。

「声をかけてくれてありがとよ」

馬子に小粒を握らせた。

「あっしの気持ちだ、しまってくんねえな」

馬子は半端な遠慮はせずに受け取ると、鞍《くら》のわきに吊《つ》るした袋から貝がらを取り出した。

「馬の油だ。これをすり込んだら、いてえのが嘘みてえに消えるだ。小粒の代わりに取っといてけれや」

「そいつあ、ありがてえ」

音次郎も気持ちよく受け取った。

「一里行った原木村の真ん中に、うめえ団子汁食わせる百姓家があるだ。足休めと腹ごしらえにいいからよう」

「がってんだ。とっつあん、ありがとよ」

馬子は手を振って歩き出した。

あいさつ代わりなのか、道の端にぼとぼとっと馬が糞《ふん》をたれた。

教えられた百姓家はすぐに分かった。

探すまでもなく、ひとの列が軒下に連なっていたからだ。旅人はおらず、駕籠《かご》舁きや馬子、それに野良仕事の鍬《くわ》を手にしたままの作男《さくおとこ》たちだった。

音次郎がうしろに並ぶと、尻をずらして長い縁台に座る場所をあけてくれた。

ざっと数えて十五人ほどが待っていたが、客の出入りが早いらしい。四半刻《しはんとき》も待たずになかに入ることができた。

農家の納屋に手を加えた団子汁屋は、土間の広さが十五坪はありそうだった。ひっくり返された醬油樽《しょうゆだる》や酒樽が、二十ほど無造作に置かれている。周りには腰掛代わりの小樽が、それぞれ五つ、樽の周りに並んでいた。

「団子汁とめしで、六文だがあね」

「えっ……」

音次郎が言葉を詰まらせた。

「どうしただ。たけえってか」

「そうじゃねえ、安いんでびっくりした」

「そうだべ」

注文取りのばあさんが、しわの寄った目元を崩した。

「ゼニは先払いだでよう」

「がってんだ」

首に吊るした紙入れの紐《ひも》をほどき、音次郎は六文を取り出した。

「にいさん、旅は初めてだべ」

ゼニを受け取ったばあさんが言い放った。

「なんでそんなことを言うんでえ」

「人前で膨らんだ紙入れ出したりすっからさ。うちの客はみんな気立てがいいけんど、よそだと分かんねって」

ありがたい戒めだったが、ばあさんは声がでかい。周りの駕籠舁きたちに笑われているような気になった音次郎は、きまりがわるくて腰掛から立ち上がった。

「用足ししてえんだが、かわやはどこでやしょう？」

「土間を抜けた裏庭だ」

隣に座っている駕籠舁きが、あごをしゃくって教えてくれた。

音次郎はひっくり返した三度笠《さんどがさ》に、縞合羽、葛籠《つづらこ》を収め、それを小樽に載せて座を立った。

朝からほとんどなにも飲んでいなかった。口にしたのは小網町の船着場近くで旅人相手に商っている甘酒いっぱいと、田尻村の茶店で飲んだ番茶ぐらいだ。

それでもさほど渇きを覚えていないのは、冬場で汗をかかずにきたからだろう。小便は煮詰まった番茶のような色をしていた。

土間に戻ると団子汁が出されていた。大きな素焼きのどんぶりに、山盛りの汁。わきには飯茶碗《めしぢゃわん》の倍もありそうな椀《わん》に、山盛り飯が盛られていた。

ところが……。

小樽に載せておいた三度笠が消えていた。隣にいた駕籠舁きふたりの姿もない。小便に立ったほんのわずかな間に、荷物がそっくり失《う》せていた。

周りの連中は、だれもが知らぬ顔で団子汁を食っている。

「ばあさん……おい、ばあさん……」

音次郎の声が上擦っていた。

注文取りのばあさんは、団子汁を客に出してから面倒くさそうに寄ってきた。

「ここにいた駕籠舁き衆は？」

「めし終わったから出てっただ」

「出てっただと？」

音次郎の語尾がぴくっと上がった。声が険しくなっている。

「おめの知り合いでもねえべさ、出てってなにかわるかったか」

ばあさんの物言いがからかい気味である。土間の客の目が、ふたりのやり取りに集まっていた。

「おれ……あっしの荷物が失せちまってる」

「ばかこくでねって。人聞きのわるいこと言うでねえだ」

「おれが腰掛に載せておいた、笠も合羽も見あたらねえんだ」

「そこに置いたまま出てったってか」

音次郎が勢い込んでうなずいた。

「ばかでねえか、あんた」

ばあさんの声は年寄りとも思えないほどに張りがあり、そして厳しかった。

「人前で紙入れ出しちゃあなんねって、きつく言ったのも聞いてなかっただね」

うろたえた音次郎は、返事もせずに棒立ちになっている。

「世話焼けるにいさんだで」

賄《まかな》い場に引き返したばあさんは、三度笠を抱えて出てきた。

「あの駕籠舁きふたりはこの村の出だからよう、うちの客にわるさはしねが、よそじゃ分かんねって。にいさん、たいがいに懲りろ」

ばあさんが、荷物の収まった三度笠を手渡した。ほとんどの客が店とはなじみらしく、土間を踏み叩《たた》いてはやし立てた。

「さめねえうちに食うだよ」

ばあさんの口調が和らいでいる。

聞き分けのわるい息子に、しっかりしろと諭しているようだった。

七

一月十二日の八ツ半（午後三時）過ぎに、音次郎は臼井《うすい》宿の妙覚寺《みょうかくじ》境内で思案を続けていた。今夜の旅籠《はたご》をどうするか。

昨夜《ゆうべ》の船橋は、宿場の木戸を一歩入ると、どの宿にも客引きが出ていた。

真冬だというのに、日暮れが迫った宿場は大にぎわいである。そのほとんどが、先達がのぼりを持った成田詣《もう》での講だった。

どの講も投宿先が決まっているらしく、客引き連中は声もかけずにやり過ごした。

股旅《またたび》姿のひとり者は、恰好《かっこう》の餌食《えじき》だ。

おろし立ての縞合羽《しまガッパ》と、汚れのない三度笠をひと目見ただけで、旅の素人だと見抜いたらしい。

「朝飯込みで、四百文ぽっきりだでよう」

「沸かし立ての、さらさらの湯が待ってるだがね」

「按摩《あんま》込みで三百文でどんだ」

音次郎目がけて、方々から声が飛んできた。なかには合羽を引っ張り、力ずくで宿に引き込もうとする者までいた。

江戸を離れたことのなかった音次郎は、船橋はもちろん初めてである。どの旅籠がいいかの評判も知らないが、客引きに聞くわけにもいかない。

宿場を端まで歩いてから、なかほどの海神屋《かいじんや》に決めた。

どこよりも宿の構えがしっかりしており、海神屋だけは口達者な客引きが出ていなかったからだ。

路銀はたっぷりあったし、大金を抱えた旅である。宿賃よりも、安んじて寝られる宿が欲しかった。

「部屋はあるかい？」

土間に入り、下足番にたずねた。

「お客さんはひとりかね」

音次郎がうなずくと、下足番は三度笠のなかをのぞき込み、客の人相を確かめてから手を打って女中を呼んだ。

が、時分どきで客の世話に追われているらしく、だれも玄関先に出てこない。

「お客さんだでよう」

下足番が三度声を張り上げて、やっと女中が出てきた。

「お客さん、ひとりかね」

女中がしらとおぼしき女が、上がり框《かまち》に立ったまま、下足番と同じことをたずねた。

「そうだ」

「うちは宿賃がちっとばかりたけえんだけんど、それでいいかね」

のっけから、客を値踏みするような口調である。肩のあたりが盛り上がった太めの女中は、声も大きい。

ここまでの道中で散々な目に遭ってきた音次郎は、女中の物言いに我慢が切れた。

「ゼニをとやかく言った覚えはねえ。部屋があるのかねえのか、どっちでえ」

言ってから、こんな旅籠に入るんじゃなかったと悔いた。

「なんも怒鳴ることはねって」

女中が下足番にあごをしゃくった。すぐにすすぎのたらいが運ばれてきた。

「部屋はあるだよ」

女中は腰をかがめようともしない。

「朝飯つき六百文で前金だ」

立ったまま、宿賃を払えと手を突き出してきた。

部屋があると言われて、音次郎も引っ込みがつかなくなった。ここで出て行ったりしたら、宿賃がないとわらわれかねない。

「こまっかいのがねえや。小粒でいいな」

相手の返事もきかず、音次郎は紙入れから小粒七粒を取り出した。江戸の相場では銀一匁《もんめ》が八十四、五文のあたりである。

ひと粒八十五文の勘定でも六百文には五文欠けるが、江戸の商家ならどこでも端数は切り捨てた。

「七粒じゃ足りねって」

「なんだとう」

音次郎が気色ばんだ。それを見た下足番が、土間の隅から看板を運んできた。

「銀一匁八十三文也《なり》」

看板は両替の相場書きだった。書いてから随分ときが経っているらしく、筆文字がにじんでいる。

賭場《とば》で助《す》け出方《でかた》を務める音次郎は、暗算はお手の物である。八十三文が相場とは業腹だったが、この勘定なら十九文足りない。

「八つなら文句ねえだろうがよ。つりはいらねえ」

「気前いいだな、にいさん」

差し出された女中の手は、熊のように大きかった。

まるで愛想のない扱いだったが心づけに気をよくしたらしく、ひとり部屋があてがわれた。ところが両隣が成田講の連中だった。

夜が更けても酒盛り騒ぎがやまない。やっと静かになったと思ったら、牛の鳴き声よりも大きないびきが、折り重なって押し寄せてきた。

さらにわるいことに、音次郎は帳場に葛籠《つづらこ》を預けずにいた。あの愛想のない女中にものを頼むなど、まっぴらだった。

一向にやまないいびきと、大金を枕元に置いた不安とで、明け方近くまで音次郎はまんじりともできなかった。

境内に座って思案を続ける音次郎の目に、寺の前を通り過ぎる成田講の群れが見えた。

またあの連中と一緒かよ……。

音次郎は深いため息をついた。が、ひとつ分かったことがあった。

講の連中はあとから来る仲間への目印に、旅籠の玄関わきにのぼりを立てかけている。それが分かったのは、今朝、海神屋を出るとき、下足番が教えてくれたからだ。

「成田までの旅籠に泊まるときはよう、のぼりの少ない宿にするだよ」

三度笠《さんどがさ》をかぶろうとした音次郎の赤い目を見て、下足番が耳打ちしてくれた。

思案を終えた音次郎は、境内を出て佐倉宿に向かった。臼井から佐倉までは、ほぼ平らな道である。朝から履きなれた足袋《たび》に替えていたのと、馬子にもらった馬の油の効能で、佐倉までは急ぎ足を続けることができた。

旅籠の玄関わきを見つめつつ、宿場を端から端まで歩いたあとで、のぼりが立っていない宿場はずれの野平屋《のひらや》を選んだ。

一軒だけ他の旅籠から離れている地の利のわるさが、講の連中に嫌われたようだ。周りは田んぼだけで、店もなにもない。

しかしいまの音次郎は、なによりも静かな宿が欲しかった。

泊まってみて、大当たりだと分かった。

野平屋は夕餉《ゆうげ》も用意してくれた。六ツの鐘で、客は膳《ぜん》の調えられた広間に集まった。七部屋しかない宿でどの部屋にも客がいたが、ひとり旅が五人に、供とあるじのふたり客がひと組である。ひとり客を相部屋にしないのが野平屋の売りで、客の何人かは常連らしかった。

たったひとつの不満は、帳場が荷物を預かってはくれないことだった。

「うちは蔵がねえでよう、お客さんの荷物は預かれね」

女中ひとりに、あとは宿のあるじ夫婦だけで切り盛りする宿である。盗人《ぬすっと》に忍び込まれる気遣いもなさそうだったが、音次郎はいろいろなことに懲りていた。

晩飯のあと十両だけを手元に残し、残りのカネを旅籠の裏の空き地に埋めることにした。

月星の明かりを頼りに、人目のないことを念入りに確かめてから穴を掘りはじめた。

冬場の土は硬くて掘りにくい。それでも充分な深さにまで掘り下げた。

宿に戻ったときには、真冬の夜なのに汗をかいていた。

葛籠を抱えて湯に向かった。

湯船は小さいが、湯殿は掃除が行き届いている。泊り客の数が少ないので、湯は汚れていなかった。

野平屋は薄いながらも、掛け布団も具《そな》えていた。前夜はろくに眠れなかった音次郎は、湯であたたまった身体を布団にくるむなり、眠りに落ちた。


真夜中を過ぎたとき、枕を蹴飛《けと》ばされ、布団を引き剝《は》がされた。

行灯《あんどん》の明かりもなく、闇に近い。

「荷物を抱えてついてこい」

男は抜き身の脇差を手にしていた。

八

野平屋に盗賊が押し入ったのは八ツ半（午前三時）だった。

広間に泊り客八人と、宿のあるじ夫婦が集められた。通いの女中はすでに帰ったあとだったので、運良く難を逃れていた。

星明かりだけなのに、十人みんなが後ろ手に縛られた上で、鉢巻のようなもので目隠しをされている。

「ほかにはもういねえだろうな」

首領格の男があるじに質《ただ》した。

「ほかにって言われても、だれが縛られてるか分かんねだ、答えようがね」

あるじの答え方は気丈だった。

「いうじゃねえか」

賊の言葉は江戸弁である。

「目隠しが利いていて何よりだ。これで無駄な殺生をしねえですむ」

闇の中で賊がうそぶいた。

「おめえらもよく聞きねえ。おれっちはゼニさえ手にへえりゃあいい」

賊の仲間たちが、縛られている客を順繰りに小突いて回った。

「目隠しをしたてえのは、こっちのつらをうっかり見ねえですむようにの親心よ。言ったことが分かって命が惜しいやつは、おれに聞こえるように返事をしろい」

九人がてんでに答えた。

音次郎も普通の調子で答えた。

道中で厄介ごとに出遭ったときには、いきがらずにことを収めろと、源七からきつく言い置かれていた。

「分かったてえなら、紙入れやらゼニやらを隠し持っているやつはいまのうちに出しな」

首領の声音に凄《すご》みが加わっている。

「おめえたちの荷物を改めたとき、お宝がしょぼけりゃあ、こっちは無駄働きてえことになる」

宿の女房の息を飲む気配が、音次郎にまで伝わった。

「身体に隠し持ってるなら、いまのうちに出しといたほうが楽だぜ」

首領がしゃべるのをやめた。が、だれも返事をしない。

「なにもねえてえならそれでもいいが、身体をさがしたあとで泣き言は聞こえねえよ」

脅しつけても客に動きはなかった。

首領があごをしゃくると、種火を運んでいた手下が、龕灯《がんどう》に灯《ひ》を入れた。集めた荷物を改めるためだ。

客は七組八人で、様々な葛籠や胴乱が乱雑に積み重ねられている。首領の指図で、ひとつずつ荷物がほどかれ始めた。

音次郎は顔を動かして目隠しをずらし、様子がうかがえる隙間をつくり出していた。賭場は、いつ手入れが入るかも知れない。源七は組の若い者を集めては、暗闇で相手を見定める目の鍛練と、縛られたときの縄抜け、目隠しのずらし方の訓練を、月に何度もさせた。

龕灯に灯が入り、盗賊の顔が浮かび上がった。賊は首領を入れて五人いた。目隠しが利いていると安心したのか、連中は頬かむりもしていない。

五人の中でも首領の人相をはっきり覚えた音次郎は、もう一度顔を動かして目隠しを戻した。このあと、どんな運びになるか知れなかったからだ。

賭場《とば》の助け出方は、ひと目で客の顔を覚えなければいけない。音次郎が助け出方に取り立てられて、すでに二年が過ぎている。盗賊の首領の顔を覚えるぐらい、造作もなかった。

かならずお前たちを捕まえて、落とし前をつけさせてやる。

音次郎は胸のうちで、きっぱりと言い切った。盗賊連中への強い怒りが、五感の働きを鋭くした。いま見た首領の人相を、音次郎はしっかりとあたまのなかでなぞり返した。

音次郎は葛籠《つづらこ》に十両、紙入れには小粒銀と文銭とで二両近くをしまっていた。

十両盗めば首が飛ぶ。

十二両あれば、相客の所持金がわずかであっても盗賊には充分のはずだ、と音次郎は判じていた。

ほかにも路銀をたっぷり持っていた客がいたらしく、盗賊たちは身体をあらためることもせずに広間から消えた。

物音がしなくなったあと、四半刻《しはんとき》を過ぎたところで音次郎は後ろ手の縄から手を抜いた。四半刻を待ったのは、見張りが残っていることを案じてのことである。

音次郎は目隠しをとると、まずあるじの縄をほどいた。

「明かりをつけてくだせえ」

あるじが蠟燭《ろうそく》の明かりを広間に運んできたときには、音次郎は全員の縄をほどいていた。

荷物がすべて開かれていたが、紐《ひも》は切られてはいなかった。泊り客のひとりが自分の荷物にさわろうとしたとき、供連れの男が止めた。

「宿場のお役人がくるまでは、さわらぬほうがよろしい」

すでに六十見当の年寄りに見えるが、声には張りがある。ひとに指図をしなれている物言いだった。

「すぐさま、宿場のお役人を呼びに行かれたらどうですかな」

年寄り客にいわれたあるじは、搔巻《かいまき》を着込んで宿から飛び出した。あとに残った女房は、客八人分の搔巻を抱えてきた。

「わたしは江戸鎌倉河岸《かまくらかし》の鎌倉屋隆之介《りゅうのすけ》です。見事な縄抜けですなあ」

年寄りはみずから名乗り、音次郎の技を誉めた。

「今戸の芳三郎の若い者で、音次郎てえ駆け出しでやす」

騒ぎに遭った直後なのに、あいさつはすんなりと出た。

ここまではしくじり続きの旅できたが、今夜のことが音次郎を一歩先へと歩ませたようだった。

## 九

佐倉宿は成田街道唯一の、堀田《ほった》家十一万石の城下町である。その宿場での盗賊騒動だ。一夜明けたあと四ッ半（午前十一時）からの野平屋での吟味は、宿場肝煎《きもいり》五人の案内で、宿場番所吟味方同心が出張ってくる物々しさとなった。

「盗賊は、野平屋に蔵のないことを知っており、狙い撃ちにしたようだ」

吟味方同心岡野《おかの》甲子郎《こうしろう》は、ここにくるまでに調べのついていることを、客たちに聞かせ始めた。

「佐倉宿には二十九軒の旅籠《はたご》があるが、賊はここしか襲ってはおらん」

岡野が客たちを順に睨《ね》めつけた。

「一軒だけ離れて建っておる野平屋なら、賊にとっても押し込みに好都合かも知れんが、わしの見方は違う」

岡野は膝元《ひざもと》の宿帳をぱらぱらとめくった。

「ここの部屋が全部ふさがったのは、去年九月十七日以来のことだ。さほどにはやらん野平屋に、なぜ昨夜に限って客がいたのか。しかもよりにもよって、なぜ賊は野平屋を襲ったのか」

岡野の声は甲高くて聞き取りにくい。が、宿場番所役人のいうことを、聞き逃すわけにはいかない。だれもが耳をそばだてていた。

「そのほうたちが奪われたと肝煎に申し出た金高は、都合百三両二分に上る」

金高は、客同士ですでに話し合っていた。

鎌倉屋隆之介が、道中路銀として持っていたのが四十三両。

音次郎が十二両。

銚子まで仕入れに向かう途中の、船橋の魚の仲買人が十九両。

成田への帰り道だったうなぎ屋が十一両。

薬草を仕入れに、富里村に行く段取りの薬行商が五両二分。

臼井村での商談を終えて、佐原に帰ろうとしていた油屋の手代が七両三分。

船橋の親類をたずねて成田に帰る、味噌屋《みそや》の跡取息子が五両一分。

都合百三両二分である。

「こんな小体《こてい》な旅籠に泊まっている客が、都合百三両もの金子《きんす》を持っていると見抜いたならば、賊の眼力も尋常ではないが、いかにも話ができ過ぎておる」

岡野がもう一度客を見回した。その目が音次郎で止まった。

「客のなかに、賊を手引きした者がおるに相違ない。これよりひとりずつ厳しく吟味するゆえ、しかと肚《はら》をくって問いに答えろ」

ひとりずつといいながら、岡野が客のなかでただひとりの渡世人、音次郎を疑ってかかっているのは明らかだった。

「なにゆえ渡世人が、十二両もの金子を持って旅をしておるか」

「旅籠《ここ》に一番遅く入ったのが、そのほうであろうが」

「そもそも、なにゆえわざわざこんな旅籠に泊まったのだ。十二両もの路銀があれば、ほかに幾らでも泊まる先はあっただろう」

肝煎、旅籠のあるじ夫婦、それに客七名の前で、岡野は音次郎ひとりを矢つぎばやに問い質《ただ》した。

「畏《おそ》れながら申し上げます」

口を開いたのは鎌倉屋だった。

「なんだ。そのほうには訊《き》いておらん」

「ただいまお役人様がおっしゃられました通り、音次郎さんは昨晩もっとも遅くここに入りました」

「だからどうした」

「もしも賊の引き込み役なら、はなに入って顔ぶれを確かめるのが常道かと存じます」

うっ……と岡野が口ごもった。

「その伝で申しますれば、はなの客はてまえと連れでございます」

縄抜けをしてみなの縛りをほどいた音次郎を、隆之介は買っているようだ。他の相客も同じ思いを抱いているらしく、隆之介の言い分にうなずき合った。

「野平屋さん」

音次郎に呼びかけられて、野平屋が身を乗り出した。

「半紙と筆を貸してくだせえ」

「お安いこったが、なんでだね」

「待て、ふたりとも。わしの吟味のさなかだ、勝手は許さんぞ」

岡野が声を荒らげた。

「この場であっしに絵を描かせてくだせえ」

「なんだ、絵とは」

岡野がさらに声を尖《とが》らせた。様子の分からない他の面々も、怪訝《けげん》な面持ちである。

「あっしは盗賊のあたまのつらを覚えておりやす。それを見てもらいてえんで」

「まことか、それは」

「富岡八幡さまにかけて、嘘じゃありやせん。とにかく描かせてくだせえ」

思いもよらない申し出に、岡野はすぐには返事をしなかったが、わきに座した肝煎五人に促されて、描くことを許した。

似顔絵描きは、讀賣堂で何年にもわたって鍛えていた。渋々ながら筆を許した岡野だったが、描き進むに連れて半紙の正面に座を移していた。音次郎を疑ったことなど、すっかり忘れているようだった。

描き上がった絵を見て、岡野と肝煎五人が、丸くなった目を見合わせた。

「こませの十郎《じゅうろう》か」

「去年暮れに、江戸から出張ってきたお役人様に見せてもれえやしただ。間違いねえこんで」

音次郎の描いた似顔絵を前にして、岡野と肝煎たちが得心しあった。

総髪で顔は細長く、あごの先が尖っている。眉《まゆ》も目も細く、薄い唇と鼻筋の通った顔は、小芝居の役者のようである。

「そのほうも、暗い中で目隠しをされておったのではないのか」

問い質し方がやわらかくなっていた。

「それなりに技を持っておりやすから」

気負いもなく音次郎が答えた。隆之介が深くうなずいている。

「首領の顔を見たのであらば、賊の仲間も覚えておろうな」

「暗がりのことでやすから、手下連中までは覚えきれやせん」

「なんだ、そんなものか」

「音次郎さん」

問いかけたのは肝煎のひとりだった。

「手下が何人だったかは、見なさったかね」

「ああ、それは覚えてやすぜ」

「なんだと……人数は分かっておるのか」

「あたまのほかに四人でやす」

「そうか、四人であったか」

岡野は膝を打って音次郎を見た。

「こませの十郎は、常に四人の配下を引き連れて盗みを繰り返しておるとのことだ。これでそのほうの言い分を、わしも真に受けて役所に申し出ることができる」

岡野は初めて目元をゆるめ、歯を見せた。日々の手入れがよくないのか、前歯が黄ばんでいる。

「番所より上等の筆と半紙を持たせるゆえ、同じ絵を百枚描いてくれ。ほかに入り用の品があれば、なんなりと言ってかまわん」

にわかに音次郎に擦り寄ってきた。

「ご城下に版木屋さんはありやすかい」

「版木屋だと？」

岡野は版木屋を知らなかった。

「新町《しんまち》の摺《す》り定《さだ》のことでねえか」

肝煎たちが名指した店の商いを聞いて、音次郎が大きくうなずいた。

「摺り定さんにそう言って、桜か黄楊《つげ》の版木と、彫り物道具に摺り道具をひとそろいずつ、借りてきてくんなせえ」

「手当てするのは造作もないが、なにに使う気だ」

「似顔絵を百枚も描くのは勘弁してくんなせえ。その代わりに何枚でも摺れる版木をこせえやす」

「おまえがか」

音次郎の呼び方が、そのほうからおまえに変わっている。

同心に言いつけられた肝煎たちが、版木の手当てに座を立った。

「野平屋さん、ゆんべの女中さんはどうしやしたんで」

「まだ出てきてねえだよ」

「女中さんの宿は近所ですかい」

「田んぼの裏の突き当たりだが、なんか気になるかね」

「だれか一緒に暮らしてやすんで？」

「いんや。ふたおやが死んだあとは、荒屋《あばらや》みてえな百姓家に、にわとりだけが一緒に住んでるだ」

「待て待て。わしに断わりなく話をするな」

また顔をしかめた岡野が、あるじと音次郎の話に割って入った。

「音次郎はなにを訊きたいのか」

同心はついに、名前で呼び始めた。

「こませの十郎てえ二つ名の起こりは、すけこましてえことでやしょう」

「それは軽々には答えられん」

もったいをつけたものの、岡野の顔はその通りだと応じていた。

「女中なら、ゆんべの客の素性はすべてお見通しでやしょう」

音次郎のわきに座った隆之介が、お見事と言って膝《ひざ》を叩《たた》いた。

「野平屋さんの泊り客は多くはねえかも知れやせんが、鎌倉屋のご隠居さんみてえな金持ちが泊まりたくなる宿でやしょう」

鎌倉屋は宿駕籠《やどかご》の老舗《しにせ》である。隆之介は隠居して息子に店を任せており、気ままに成田山詣《もう》でを楽しんでいると、朝方音次郎に聞かせていた。

「こませの十郎に、九分九厘、女中はたらしこまれたはずですぜ。荒屋に一味をかくまいながら、時機を狙ってたんでやしょう」

「そうか……その見方もあるやも知れんな」

岡野はすでに立ち上がっていた。

「わしは番所の者を引き連れて、女中の住まいを取り調べる。野平屋、貴様が案内《あない》せい」

あるじを連れて出ようとして、岡野は座敷を振り返った。

「音次郎のほかに用はない。奪われた金子《きんす》と、在所および姓名を宿の内儀に書き残したら、そのまま旅立ってよいぞ」

岡野とあるじが出たあと、足止めの解けた客が出立の支度を始めた。

「ちょいっとお待ちなすって」

宿の裏手に回った音次郎は、カネをしまった絹袋を掘り出してきた。

「道中、一文なしてえわけにもいかねえでやしょう。当座しのぎにしかならねえでしょうが、これを遣ってくだせえ」

袋から取り出した封紙包みを破り、二両ずつ手渡した。

「あっしは、江戸は今戸の、恵比須の芳三郎の若いもんでやす。難儀はお互いさまてえことで、遠慮なしに遣ってくだせえ。うちの親分も、きっと同じことをしやすから」

二両あれば、佐原や銚子までの路銀としても不足はない。

音次郎が渡世人だと知って、当初はだれもがためらった。うっかり受け取ったりしたら、あとでどんな難儀が降りかかるかもしれないと思ったのだろう。

しかし瓜実顔《うりざねがお》の音次郎の物言いには、押しつけがましさも、よこしまな感じも、まるでなかった。心底から、災難に遭ったのは相身互いだと思っている。それが伝わったらしく、ひとりがあたまを下げると、残りの面々も礼を口にして二両を受け取った。

隆之介もカネを受け取ったが、他の面々が野平屋を出たあとも、腰はあげなかった。

「あたしは先を急ぐ旅じゃない」

言ってから、野平屋の女房を手招きした。

「宿場に飛脚宿はあるかね」

「ごぜますだ」

「江戸まで急ぎを誂《あつら》えたい。手間をかけてわるいが、ここに寄越《よこ》してくれないか」

「すぐに行ってきますだ」

女房は素早く飛脚を呼びに出た。

「あたしのような商人《あきんど》は、算盤《そろばん》の合わない人助けは、しようと思ってもできない。そうだろう、庄吉《しょうきち》」

供の手代が何度もうなずいた。

「あたしも渡世人を知らないわけじゃないが、あんたの親分のような度量の大きなひとには、会ったことがない」

しみじみした口調で隆之介が話しているさなかに、飛脚が広間に入ってきた。

「これはまた早いことだ」

「急ぎだそうで」

飛脚は江戸弁を話した。

「これから江戸の鎌倉河岸まで、どれほどあれば行き帰りできますかな」

「いまがちょうど昼でやすから、明日の今時分てえことでどうですかい」

「文句なしだ。いま手紙を書くから」

似顔絵を描いた半紙と筆を使い、音次郎の目の前で手紙を書いた。

飛脚に百両を言付けるようにと、枯れた筆遣いで認《したた》められていた。

十

「あんた、てえした腕でねえか」

道具一式を野平屋に運んできた摺り定の職人が、心底から感心した。まだ摺ってはおらず、版木の彫りを見ただけなのに、職人には仕上がりが分かったようだ。

版木は夕暮れ前に仕上がった。しかし音次郎は、行灯《あんどん》のとぼしい明かりでは摺りたくなかった。

「彫りは夜なべでもいいが、摺りは明るい昼間でなくちゃあ、やってはいけねえ」

讀賣堂で年長の職人に、きつく戒められていた。渡世人になってすでに七年経つが、版木を彫ったことで、いまの音次郎は職人になりきっていた。

岡野は早く摺れとせっついた。しかし音次郎は頑として動かなかった。摺り定の職人も、音次郎の言い分に肩入れした。

十三日は、野平屋に番所の見張りが立って一日が暮れた。おかげで音次郎も隆之介たちも、安んじて眠ることができた。


明けて一月十四日は、朝から小雪が舞った。

分厚い雲が陽をさえぎってはいたが、それでも夜とは桁違《けたちが》いに明るい。炭火が熾《お》きた火鉢ふたつを広間に持ち込み、手先をあたためながら摺り始めた。

最初の二、三枚は墨が硬く、うまく摺れなかった。が、部屋があたたまるにつれて、摺りも首尾よく運び出した。

広間には朝から隆之介も一緒にいた。

盗賊はカネは残らず奪い取ったが、ほかの荷物には手をつけていない。隆之介は道中でも持ち歩いている煎茶《せんちゃ》を、宿の女房にいれさせた。

岡野が顔を出したのは、二十枚ほど摺りあがった四ツ（午前十時）ごろだった。

「これはいい。音次郎、これはいいぞ」

岡野はもったいぶらず、素直に誉めた。

「この調子なら、八ッ（午後二時）までには仕上がるな」

問われても音次郎は摺《す》りの手を休めず、軽くうなずいただけである。八ッで役人は執務を終える。それまでに届けて、岡野はおのれの面目をほどこしたいらしかった。

「手を止めずに聞いてくれ」

同心が渡世人に、捕り物の次第を話し始めた。座を外せと言われなかった隆之介が、大店《おおだな》の隠居らしく、抑えた笑顔になった。

「おまえの見立てた通り、女中が一枚噛《か》んでいたのは間違いない。わしらが荒屋《あばらや》に向かったときには、すでに一味は逐電《ちくでん》しておった」

百姓家は女ひとりの暮らしではなく、何人もが寝起きしたあとが残っていた。岡野と捕り方たちが押しかけたときは、人影のない農家の土間で、七羽のにわとりがこぼれた米粒をついばんでいた……。

「人相書が仕上がり次第、すぐにも江戸おもてに回すと奉行は申されておる。過日わしが受け取った十郎の人相書よりも、おまえの絵ははるかによく描けておる」

昼過ぎまで野平屋にとどまっていた岡野は、仕上がった七十二枚を手にして出て行った。

夕刻に残りを取りに戻ってきたときには、なんと水引を巻いた角樽《つのだる》をさげていた。

「奉行からだ。遠慮せずにいただけ」

人相書の仕上がりを多とした奉行が、岡野に言いつけて持たせた褒美である。

「藩御用達《ごようたし》の笹沼屋《ささぬまや》に誂えさせた、灘《なだ》よりの下り酒だ。わしもまだ呑《の》んだことはない」

岡野は相伴したそうである。しかし朝から気を張って百枚を摺った音次郎は、くたびれ果てていた。

「今日は湯にへえって、とにかく休みてえんでさ」

音次郎は二日続けて、月代《さかやき》もひげも手入れをしていない。不精ひげの生えた顔は、見るからに起きているのがつらそうである。

「分かった。ゆっくり休め」

岡野はその上の無理強いはせず、残りの人相書を手にして帰って行った。

佐倉宿の飛脚は小雪のなかを駆けて、昼間のうちに江戸から百両を持ち帰っていた。

「この先幾日かは、ここをあたしの貸し切りとさせてくれ」

岡野が番所に帰ったあと、隆之介は宿のあるじと掛け合った。

疲れきっている音次郎を見て、相客を取らせずに静かに休ませようと思ったのだろう。

「それは分かっただが、余分な泊り賃はいらねだ」

野平屋は、定め通《きま》りのほかは一文も受け取ろうとはしなかった。

十五日になっても雪はやまなかった。

さほどの降りではなかったが、それでも二日続きの雪である。朝には一寸（約三センチ）ほどに積もっていた。

岡野は前日同様、四ツに顔を出した。

音次郎は宿の女房に、奉行からの褒美の酒の燗付《かんづ》けを頼んだ。

「身体をぬくもらせてくだせえ」

朝の四ツだが、岡野は盃《さかずき》を受けた。隆之介も相伴した。あとの務めを考えたのか、岡野は徳利《とっくり》一本だけで立ち上がった。

「おまえの働きで、わが藩も公儀に対して大いに面目をほどこせる。雪がやみ次第、すぐさま江戸に使いを出すとの奉行のおおせだ」

酒で身体があたたまっており、吐く息がことのほか白く見えた。

「このたびはあいにく取り逃がしたが……」

つかの間、忸怩《じくじ》たる思いを顔に浮かべた。が、すぐにそれを消した。

「おまえの人相書が届けば、公儀も本腰を入れて取り押さえにかかるだろう。首尾よく捕えたあとは、わが殿より相応の恩賞が下されるかも知れんぞ」

雪の照り返りのなかで笑った岡野の前歯は、相変わらず黄ばんでいた。

余計な宿賃を受け取らないあるじの振舞いを買った隆之介は、音次郎とのふたりだけの宴席を言いつけた。少しでも多く、宿にカネを落としたかったからだ。

宿場の仕出屋に料理の調えをさせようとしたが、あいにくの空模様で、魚の入荷がなかった。

「佐倉《ここ》は、うなぎなら冬でも獲《と》れるでよう。それっきゃ用意できねってだが、いいかね」

「この雪なら仕方がない。とにかく豪勢な膳《ぜん》にしてくれ」

隆之介から仕出しの費《つい》えをたっぷり手渡されたあるじは、小判を見て張り切った。

「だったらよう、うちに料理番呼んで、ここでうなぎを焼かせるだよ」

「それはいい。何よりの趣向だ」

隆之介が相好を崩した。

「ぜひとも料理番を入れてくれ」

「なら、すぐに」

「あっ……ちょっと待ちなさい」

立ち上がろうとしたあるじを呼び止めた。

「ここには芸者衆はいるかね」

「そりゃあいるだよ」

あるじは、気分を害したような答え方をした。

「江戸に比べりゃあ田舎だけんどよう、ここは十一万石のご城下だ」

「あたしの口の利き方がわるかった」

隆之介はすぐに詫《わ》びた。

「手間を重ねさせてすまないが、飛び切りの芸者衆を目利きしてもらって、五人ばかり呼んでくれ」

「五人って……あんたらはふたりでねえか」

「そとは雪だ。座敷だけでも、賑《にぎ》やかにやりたい」

「それもそだな」

得心したあるじは、雪のなかを手配りに駆け出した。

夜に入って、野平屋の広間では隆之介と音次郎とが差し向かいで座っていた。

酒は灘の下り酒。

料理は蒲焼《かばや》き、白焼き、きも吸いと、うなぎづくしである。しかも焼きたてだ。

うなぎを焼く香りが座敷に流れてくる。

芸の披露を終えた芸者衆は、地方《じかた》、立方《たちかた》ともに音次郎と隆之介のわきに侍《はべ》った。音次郎の両脇に座った芸者ふたりは、焼きあがってくるそばから、相伴しつつもうなぎを勧める。

うなぎが供されてから半刻《はんとき》で、音次郎は鼻血を出した。

「あらま、たいへんだ」

音次郎の右に座った芸者が、帯にはさんだ懐紙を差し出した。袖《そで》がめくれて、白い腕がのぞいた。それを見て、鼻血が勢いを増した。

隆之介はすべてを察したらしい。野平屋のあるじに隆之介が耳打ちし、それをあるじが地方を隅に呼び寄せて伝えた。

微笑を浮かべた地方は、懐紙を渡した芸者を伴って広間を出た。

ほどなく宴席はお開きとなった。


音次郎が野平屋を発《た》ったのは、雪が消えた十七日である。

「すっかりここが気に入ったものでね。あたしはまだ幾日か泊まる」

隆之介と庄吉は宿の玄関先で見送り、あるじは宿場の木戸まで付き添った。

「帰り道にも、また寄ってくだせ」

「できりゃあ、そうさせてもらうぜ」

「お絹姐《きぬねえ》さんも待ってるだ」

音次郎は三度笠《さんどがさ》の前を引き下げた。
空は真っ青な冬晴れである。
木戸を出たあとは、音次郎は宿場を振り返らなかった。
路傍に伸びていた葉を一枚摘まみ取り、唇に当てた。涼しげな音色で葉が鳴った。
年配と若い女のふたり連れが、宿場を出たのも知らなかった。

# 回り兄弟

一

天明八年一月十七日の、九ッ半（午後一時）過ぎ。冬の陽は頼りないながらも、低い空の真ん中あたりにあった。

この日の朝、佐倉を早立ちした音次郎は、酒々井《しすい》村はずれの浅間《せんげん》神社境内で休んでいた。

こゝより成田まで二里。神社手前の道しるべに彫られていた道のりである。江戸から酒々井まで旅するうちに、わらじもすっかり足に馴染《なじ》み、足運びにもそれなりの覚えができていた。

足を急がせりゃあ、一刻（二時間）で行ける。

日暮れ前には成田に行き着けると分かり、音次郎は大きな伸びをした。

境内日陰の松枝には、まだ雪が残っていた。が、音次郎は日溜《ひだま》りにいる。

目の前の松からはきれいに雪が消えており、昼下がりの陽が、松葉の隙間から音次郎の足元に降り注いでいた。

江戸を発つとき、母親のおよしは細々と旅支度を調えた。京まで上る旅でも間に合いそうなほどに、買い込んできた品が多かった。ところがひとつ、大事な物をおよしは買い忘れていた。

吸筒《すいづつ》（水筒）である。

真冬の旅ゆえ、ここまでさほどに喉《のど》の渇きに苛《さいな》まれることはなかった。しかし吸筒は入り用だった。

旅人の多くが、成田街道のあちこちの日溜りに腰をおろして、うまそうに吸筒を使っているのを、音次郎は何度も見てきた。

浅間神社の境内裏には、竹薮《たけやぶ》が広がっていた。よそでは見たことのないような、太い竹の群れだった。しかも境内の御手洗《みたらし》には清水が湧き出ている。音次郎は、清水のうまさをすでに味わっていた。

吸筒を造ろう。

まだ日が高いことで気持ちにゆとりがあった音次郎は、振り分けの葛籠《つづらこ》を開いた。麻縄だの、折りたたみの小田原提灯《ぢようちん》だのが、使われないまま葛籠の隅に収まっている。およしが日本橋内山で、手代に勧められるままに買い込んできた品々である。

音次郎は母親の気持ちが分かっているだけに、無駄かも知れないとは思いつつも、それらを担いで旅に出た。

ひとつだけ、自分で加えた品があった。亡父半助が遺《のこ》した鉈《なた》である。

包んでいた油紙をはがし、形見の鉈を手に持った。松葉の隙間からの木漏れ日が、鉈の刃に当たっている。手入れが行き届いている刃が、いぶし銀のような色味を見せていた。


音次郎は生まれて半年で父親を亡くした。半助の顔も声も、なにひとつ知らない。

鳶《とび》職人だった半助は、火事場の後始末に年中駆り出された。その手伝い先で、高さ四間（約七・二メートル）の足場から転がり落ちた。そしてその場で息が絶えた。

突然の死で、半助はあとに何も遺せなかった。ただひとつ、その日、焼け跡には持ち出していなかった鉈が、いわば形見の品のように遺されていた。

鳶が普段使いに用いていた道具である。銘もなにもない、ありふれた鉈だ。

音次郎は十歳の正月四日から、瓦版屋《かわらばんや》讀賣堂で手伝いに出ることになった。その年の元日に、およしは身繕いを調えて半助の思い出話を話して聞かせた。

「おまえが生まれた年は、八月に入っても暑さがひかなくてねえ。おまえは汗疹《あせも》がかゆいらしくて、夜泣きがひどかった」

正月の凍えが我が物顔で居座っている部屋で、音次郎は汗疹の話を聞かされた。

「そのころ暮らしていた長屋は、周りが職人さんばかりでねえ、どこも朝が早いんだよ。おとっつあんは、夜泣きを気にしてさ。夜中に木戸を抜けて、よくおまえを川っぺたまで抱いて出てったもんだった」

この日まで、住み込み暮らしの瓦版屋の狭い寝床で、音次郎は母親から何度も半助の話は聞かされていた。が、自分が乳飲み子だったころの話は初めてだった。

なぜ正月早々、およしがそんな話をするのか、十歳の音次郎には分からなかった。

しかし父親の話は、何度聞いても、物悲しさを抱えつつもわくわくして聞けた。

「やっと汗疹がひいたと思ったら、こんどはおなかをこわしてさ」

「おいらが？」

およしが笑いながらうなずいた。

「なんにも食べなくなったんだよ。あたしよりもおとっつあんのほうがおまえを案じてねえ、仕事の合間を見つけては、方々のお医者さんをたずねて歩いたそうだよ」

「でもおいらは元気になったんだよね？」

「それもおとっつあんのおかげだよ」

「とうちゃんがお医者さんを見つけたの？」

およしは首を振った。振りながら、半助への思いがこみ上げたのか、両目になみだが溢《あふ》れてきた。

「どうしたの、かあちゃん……」

いきなり様子の変わった母親を見て、音次郎がおよしの膝元《ひざもと》に寄った。

「なんでもないから」

およしはこどもを向かい側に押し戻した。

音次郎が元気になったもとは、およしが言った通り半助にあった。だが、医者が役立ったわけではなかった。

医者はおよしの乳がよくないと言った。

「母親の乳に、赤子の欲しがっている滋養が足りていないのかも知れぬ」

産後の肥立ちがよくなかったおよしは、食が細くなっていた。それに音次郎の夜泣きが重なり、傍目《はため》にはやつれて見えていた。

「ヤギの乳を飲ませるのが、この子には一番じゃろう。この近所なら、黒船稲荷《くろふねいなり》の裏手で手に入ると思うがの」

半助は医者の診立てに従い、ヤギの乳を求めてきた。どろりと濃い乳は生温かく、かぐと獣のような匂いがした。

「こんなもんを飲ませて、赤ん坊はでえじょうぶかよ」

半助は強い匂いを嫌って顔をしかめた。親の気持ちが移ったのか、音次郎は乳を含ませようとしても口を開かない。

「おめえがやってみてくれ」

半助が音をあげた。

「これを飲めば、元気になるからね」

ところが母親がどうあやしても、腹が減っているはずの赤子が、いやがって飲もうとしない。飲まない代わりに、小さな手は母親の乳を求めて胸元をまさぐった。

「やっぱりこいつには、おめえの乳が一番だ。ちょいと待っててくんねえ」

いきなり宿を飛び出した半助は、一刻《いっとき》ほど経ったころ包みを提げて帰ってきた。

「茅場町《かやばちょう》の岡本《おかもと》まで、ひとっ走り行ってきた。およし、こいつを食って精をつけろ」

岡本はうなぎの老舗《しにせ》である。

竹皮の包みを開くと、蒲焼《かばや》きが五串《くし》出てきた。半助は目一杯に駆けてきたらしく、うなぎはまだ温かだった。

「こいつを食やあ、おめえの乳にも、たっぷり滋養てえやつが回るだろうよ」

「あたし、こんなに食べられないわよ」

「いいから食いねえ」

半助がおよしの箱膳《はこぜん》を運んできた。

「岡本の職人は、いくらなんでも五串は多い、せめて四串でどうだと言ったがよう。精をつけようてえのに、四《し》は縁起がわるいじゃねえか。三に減らすのもしゃくだから、五串にしたんだ。目一杯食いねえ」

半助の気持ちが嬉《うれ》しくて、およしは音次郎を抱いたまま、うなぎを口に運んだ。

蒲焼きの香りをかいで、音次郎がぐずり始めた。およしにはわけが分からず、箸《はし》をおいて両手で抱いた。

音次郎は一向に泣き止まない。

「音次郎……おなかがすいたんでしょう？」

およしは乳を含ませようとしたが、音次郎は小さな手でおよしの乳首をおさえて、いやいやをした。

「どうしたのかしら、いきなり」

「ことによると、音次郎もうなぎが食いてえんじゃねえか」

「ばかなこといわないで。生まれてまだ三月《みつき》にもなっていないのよ」

「そうは言うけどよう……うなぎを見てから様子が変わったぜ」

およしが止めるのもきかず、半助はうなぎの小さなかけらを音次郎に含ませた。

音次郎はまだ歯もはえていない口で、うなぎをもぐもぐさせ、そして飲み込んだ。

「見ねえな。もっともっととせがんでらあ」

「ほんとうねえ」

驚いたおよしは、しばらく赤子に見入っていた。

「でもねえ、半さん……」

「なんでえ」

「こんな小さな子に、うなぎなんか食べさせて平気かしら」

「平気もなにも、こんなに嬉しがってるじゃねえか」

音次郎は生後三月の手前で蒲焼きを口にした。

赤子がうなぎを喜んだのが嬉しかったらしく、半助も三串を平らげた。

うなぎと白湯《さゆ》とで元気になった音次郎の様子と、うなぎを食べたあとの半助との睦《むつ》み合いを、およしは思い出したようだ。

目の前では、音次郎が不安そうな目で母親を見ている。

およしは照れくさくなったのか、両目を拭《ぬぐ》いもせず立ち上がった。

そして部屋の隅の行李《こうり》の底から、油紙に包まれた鉈《なた》を取り出した。

「おまえも四日から、讀賣堂さんの手伝いに入るでしょう」

「そうだよ。おいら、早く働きたい」

「これはおまえのおとっつあんから、仕事始めのお祝いだよ」

明和七（一七七〇）年の元日に、音次郎は母親から半助の形見を託された。

以来、毎年の盆と両彼岸、それに元日に、音次郎は鉈に油をくれて、研ぎあげてきた。

鉈で竹を伐《き》り、吸筒を作る。

そう思案を定めた音次郎は、鉈を帯に差した。重さで帯が撓《たわ》んだ。きつく帯を締め直し、合羽《カッパ》と笠《かさ》を手にした音次郎は、葛籠《つづらこ》を振り分けに担いだ。

向かったのは、境内の掃除をしていた下男の小屋である。竹藪《たけやぶ》に入れば幾らでも伐れるだろうが、知らない土地で勝手なことはできない。

なにより音次郎は、恵比須の芳三郎の名代の身である。おのれの軽はずみな振舞いで、青海波の紋を貶《おとし》めるわけにはいかない。

間のよいことに、下男は小屋にいた。

「少々うかがいやすが、あすこの竹藪はこちらの神社の持ち物でやすかい？」

厚手の綿入れを着込んだ下男は、億劫《おっくう》そうな顔でうなずいた。

「吸筒をこしらえてえんでやすが、一本伐らせてもれえやせんか」

「そんだこと、断わることたね。ちょうど透かし伐り（間引き）しなきゃと思ってたとこだ。一本と言わず、好きなだけやんなせ」

声に愛想はないが、下男は文句をつけなかった。

「そいつはありがてえ」

手に持った荷物を地べたに置いた音次郎は、紙入れから小粒をひとつ取り出した。

「礼代わりてえほどのものでもねえが、こいつを納めてくだせえ」

土間の外に立ったまま、下男の手に一匁《もんめ》の小粒を差し出した。

芳三郎はどんな些細《ささい》な頼みごとにも、かならず祝儀を渡した。もっとも安い祝儀が、小粒一匁である。それでも銭に直せば、相場にもよるが八十文を超える立派な祝儀だ。

代貸の源七から手渡された百両の路銀には、小粒銀が三百粒も用意されていた。使いやすいということもあるが、祝儀用にとの配慮でもあった。

酒々井村では、小粒の祝儀はまれだったに違いない。受け取った下男は、目元をゆるめて土間から出てきた。

「竹伐るのは楽じゃねっから、おらも手伝ってやっぺ」

下男が腰を伸ばした。伸びをすると、思いのほか背丈があった。

「あっしは江戸は今戸の芳三郎の若い者で、音次郎と申しやす。手間をかけやす」

「見たところ若いのに、あいさつがしっかりできるでねえか」

下男が微笑んだ。歯の幾つかが抜けたままで、残りの歯は煙草のヤニで黄色くなっていた。

「おらの名は徳三《とくぞう》だ。構わねっから、徳三と呼んでくれ」

「がってんでさ」

渡世人の物言いが、すっかり音次郎の身についたようだった。

「だけんど兄さん、どうやって竹を伐るだ」

「こいつでバッサリやりやすから」

帯に挟んだ鉈を見せた。

徳三は渋い顔つきで首を振った。

「鉈で竹伐るってか」

「いけやせんか」

まだ音次郎は竹を伐ったことがない。余計な見栄《みえ》を張らずに正直にそれを口にした。

「待っててけれ」

小屋に引っ込んだ徳三は、横挽《よこび》きののこぎりを手にして出てきた。

「これで挽かねと、手に負えね」

「なるほど。そうでやしたか」

音次郎は鉈を帯に差し戻した。

「兄さんの荷物は、小屋に置いとけばいい」

「そいつあ助かりやすが……」

音次郎が語尾を下げた。

「なんだね、うまくねってか」

「路銀がへえってるんでさ」

「そったことかね」

徳三はもう一度小屋に戻ると、大きな錠前を持ち出してきた。

「こっちにきなせ」

連れて行かれたのは、小屋の裏手の納屋だった。太いかんぬきが差さっている。徳三はかんぬきを外し、納屋の戸を開いた。

中には松葉が山積みになっていた。真冬のことで香りはしないが、葉は濃い緑色を失ってはいなかった。

「乾かせば、焚《た》きつけに一番だで」

言いながら、松葉の山に穴をこしらえた。

「ここに入れなせ」

音次郎は笠と合羽、それに振り分け荷物を穴に押し込んだ。欲がないのか、徳三は路銀がいかほどかを聞こうともしなかった。納屋の戸が閉じられ、かんぬきが差された。徳三は、小屋から持ち出した錠前をかけた。

余り使うことはないらしく、錠は錆《さ》びついたようなきしみ音を立てた。

「兄さん、こん寒空でなんも着ねえのはさみいべ」

「陽が出てるし、あっしは平気でさあ」

「竹藪んなかは、まだ雪が残ってるだ」

徳三は小屋の入口に吊《つ》るしてあった、刺子《さしこ》半纏《ばんてん》を音次郎に手渡した。

「なら、行くべ」

のこぎりを手にした徳三が先に立ち、竹藪へと向かった。

陽が少しずつ西に移り始めていた。

二

徳三の言った通り、竹藪に入るとまだ方々に雪が残っていた。陽の差さない地べたに積もった雪は、かたく凍りついている。

徳三はその雪の上を苦もなく歩いた。竹藪に入ってからは、徳三の腰がしゃきっと伸びていた。

厚手の刺子半纏を着た音次郎は、あとを追うのが精一杯だ。真冬だというのに、浅間神社の竹は勢いよく伸びていて、太い幹は青々としている。

今戸の山谷堀には聖天社《しょうでんしゃ》があり、そこにも大きな竹藪があった。芳三郎の宿のすぐ近くであり、音次郎は笹を取りに何度もそこに入っていた。伐ったことはないが、竹はよく見ている。正月の松飾りにも、竹はつきものだ。竹細工職人には及ばないまでも、並の者よりは竹を間近に見てきた。

浅間神社の竹は、見たことがないほどに太く、しかも高く伸びていた。根元から竹の先を見上げた見当では、ざっと六丈（約十八メートル）はありそうだ。

竹に見とれて、音次郎の足が止まっていた。

「兄さん、どうしたね」

先を行く徳三が振り返った。

「あっしはこんな太い竹を見たことがねえもんでやすから、ついつい見とれてやした」

「そりゃあ見たことねえべさ」

徳三が音次郎のそばまで戻ってきた。

「どの竹も、差し渡しで五寸（約十五センチ）はあるだ」

「五寸もですかい」

音次郎は心底から驚いた。今戸で使う竹は、せいぜい二寸だった。

「こん竹は、島津《しまづ》の殿様が琉球《りゅうきゅう》から持ち込んだ孟宗竹《もうそうちく》を株分けしてもらったもんだ。ここのほかには江戸にもねえって、神主がいっつも自慢してるだ」

「そうだったんですかい。道理で……」

言いかけて、音次郎が顔つきをあらためた。

「そんなでえじな竹を、あっしが伐ってもいいんですかい」

「構うこたねって」

徳三の物言いはきっぱりしていた。

「こいつら気性が荒っぺんだよ。年中透かし伐《ぎ》りやってねえと、竹が喧嘩《けんか》するだ。真冬はことさら、竹は気立てがよくねっから」

「徳三さんは、竹藪《たけやぶ》の番もなさるんで？」

「そんで雇われてるようなもんだ」

徳三が足元に残っていた雪をすくいとった。凍ってはおらず、汚れのないまっさらな雪である。

「竹は汚れ水をきれいにするだよ。あんた、御手洗《みたらし》の水を飲んだべ？」

「飲みやした」

「どんな味がしただ」

「うめえ……としか言えやせん」

徳三が嬉《うれ》しそうに顔を崩した。笑うと顔に幾つもしわができた。

「兄さん、吸筒は腰に提げて歩くだか」

「そう思ってるんでやすが」

「だったら、あんまり太《ふて》えのはうまくねな」

徳三がまた竹藪の奥に歩き出した。追いかける前に、音次郎は徳三の真似をして雪をすくい、口に含んだ。

冷たいが旨《うま》い。わずかに青竹の香りが含まれていた。

「こんあたりのを伐るべ」

徳三が指し示した場所まで、足元を気遣いながら駆け寄った。

竹は、節と節の間が八寸（約二十四センチ）ほどで、差し渡しが三寸見当の太さだった。

「そいつは具合がよさそうでさ。よろしく願いやす」

「兄さんの鉈《なた》で、周りの余計なものを払ってくれ」

竹の根元には、落ち葉だの冬でも枯れない野草だのが群れて、盛り上がりを築いていた。

「がってんでさ」

音次郎は帯に差している鉈を取り出した。

「手入れが滅法いいでねえか」

鉈を見て徳三が感心した。

陽が差さない竹藪のなかでも、刃の研ぎ具合のよさが分かった。

「兄さんが研いだかね」

「あっしの親父の形見でやすんで」

徳三はそれ以上は問いかけてこない。そのほどのよい間合いの取り方が、音次郎には嬉しかった。

毎年、何度も研ぎをかけた鉈は切れ味がよく、邪魔物をスパッと払うことができた。

「そんでええ。あとはのこぎりだ」

徳三が竹にのこぎりを入れ始めた。

綿入れの袖《そで》がめくれて、両腕が剝《む》き出しになった。

肘《ひじ》の先まで彫り物がされていた。

だが、音次郎が渡世人だと分かっているせいか、徳三は彫り物を見られても気にせず、ひたすらのこぎりを使った。

挽《ひ》いているのは、根元から五尺（約百五十センチ）ほど立ち上がった節目である。

挽き終わると五丈（約十五メートル）の竹が倒れた。残った五尺の竹を、根元から三節目のところで挽いた。八寸の節が三つついた竹が手元に残った。

「これを細工すれば、ちょうどの吸筒ができるだ」

「えれえ手間をかけさせやした」

音次郎があたまをさげた、そのとき。

竹藪の奥から、男たちの争い声が聞こえてきた。

徳三の目つきが鋭くなった。神社の下男の目ではなく、音次郎が見慣れた渡世人ならではの、隙のない目つきである。

のこぎりを右手に持ったまま、徳三は聞こえてきた声に向かって歩き出した。節三つの竹を手にして、音次郎が追った。

竹藪では男三人が、ひとりの男を袋叩《ふくろだた》きにしていた。

雪の上に転がされた男は、立ち向かう気力をなくしている。足蹴《あしげ》にされようが、雪のかたまりを投げつけられようが、されるがままである。いたぶる男たちも、転がっている男も、手には道具を持っていない。それゆえ血を見るには至っていなかった。

徳三が近寄ったとき、男たちは三人がかりでひとりの男を摑《つか》みあげようとしていた。

「おめら、なにやってるだ」

のこぎりを手にした年寄りに怒鳴られて、三人が手を放した。徳三の声は大きくはなかったが、男たちが手を放すだけの凄味《すごみ》があった。

「とっつあんの出る幕ではね」

三人組の兄貴分らしい男が、徳三に詰め寄った。鹿皮でこしらえた、半纏《はんてん》のようなものを着ている。

「怪我しねうちにけえれ」

男が徳三に向かって、右手のひとさし指を突き出した。

「ばかいうでねえ」

のこぎりを持つ手に力がこもった。

鹿皮の男は、その気配を感じて身構えた。身体に巻いたさらしには、匕首《あいくち》が差さっていた。両足を開き、腰が落ちている。

徳三は平気で男との間合いを詰めた。

「神様の竹藪で、つまらねえいたずらをするんじゃゃね。そっただことやるなら、こんな先の山んなかでやれ」

徳三はもう怒鳴ってはいなかった。おとながこどもを諭すような物言いだった。

それが鹿皮の男の怒りをおびき出した。男は匕首は抜かず、右手をこぶしにして突き出した。年寄りを軽く痛めつけようとする動きだった。

徳三は思いも寄らない動きに出た。

のこぎりを足元に捨てると、突き出された右手をおのれの右手で摑み、左手を添えた。そして摑んだ右手首を内側に折り曲げた。

鹿皮の男から呻《うめ》き声がこぼれた。

さらに徳三はおのれの左手で、折り曲げた手首の内側を摑み、前方に投げ放った。

男は雪の上に右肩から転がった。

音次郎が駆けつけたのは、鹿皮の男が投げ放たれた、まさにそのときだった。

居合わせただれもが、徳三の動きを見たあとでは言葉を失っていた。袋叩きにされていた男までが、口を半開きにして突っ立っていた。

「どうした、わけえの。まだやるか」

雪の上で動けなくなっている男に、徳三が声を投げつけた。年寄りとも思えない、張りのある声だった。

投げられたとき肩を痛めたらしく、男は左手で右肩を押さえながら立ち上がった。

「行くだ」

仲間ふたりに呼びかけると、捨てゼリフも残さずに竹藪を出て行った。

あとには音次郎、徳三と、いたぶられていた男が残った。半纏の下に着ている紬《つむぎ》の胸元が、だらしなく開いている。

「見苦しいところを見せちまった」

男は胸元を合わせながら、ひとりごとのようにつぶやいた。言葉づかいに土地の訛《なま》りはなかった。

「あっしは成田の……」

男が名乗りかけたとき、徳三が手を振って相手の口を閉じさせた。

「聞きたくね」

これだけ言うと、腰をかがめてのこぎりを拾い上げた。

「なんも言わねでええ」

徳三はのこぎりを振って、ここから出て行けと示した。

男は髷《まげ》がよれており、殴られた目の下が脹《は》れている。髷を直したあと、黙ったまま辞儀をして竹藪《たけやぶ》を出ていった。

「成田のばかなごろつき連中だ」

言葉を吐き捨てて、綿入れの襟元を閉じ合わせた。さきほどの動きが信じられないほどに、そのしぐさは年寄りめいていた。

「吸筒はそんでええかね？」

なにごともなかったかのように、音次郎に問いかけてきた。

音次郎も余計なことは口にせず、うなずき返す。

「なら小屋に戻るべ」

来たときと同じように徳三が先に立ち、音次郎があとについた。

竹藪を抜けて境内に出ると、すでに陽が西空に移っていた。

「兄さん、これからどこに行くだね」

「成田宿に行きやす」

「だったら急ぎなせ。冬の陽はみじけえでよ」

のこぎりを手にして、徳三は小屋に戻った。音次郎は借りた半纏を脱ぎ、汚れを払った。幾らも間をおかずに徳三が出てきたが、顔に幾つもしわが寄っていた。

「すまねえこんだが、鍵《かぎ》が見つからね」

徳三の顔が一気に老いたように見えた。

三
「どうだね、たけのこ煮は」

浅間神社の番小屋で、徳三と音次郎とが晩飯を食っていた。

「とっても、去年のたけのことは思えやせん。てえした旨《うま》さでさ」

番小屋は外から見ただけでは、思いもつかないほどに広く、しかも造りが調ってい
た。

入ると十五坪の土間があり、焚《た》き口が三つの大きなへっついが据えられていた。へっついのわきには流しがあり、四斗は入る水がめが、二つも据えつけられている。水はあの美味《うま》い清水である。

土間にはほかにも、蓑笠《みのかさ》やら、鋤《すき》やら、大きな熊手やらが立てかけられている。熊手は竹藪の孟宗竹《もうそうちく》を使った、徳三の手製だった。土間の奥には、地べたから一尺五寸(約四十五センチ)持ち上がった十畳座敷がある。ひとり暮らしの年寄りには、充分過ぎる広さだ。

土間に近いところの座敷には、囲炉裏《いろり》がきられている。音次郎と徳三は、その囲炉

裏で向かい合っていた。

たけのこが煮えている鍋《なべ》は、囲炉裏の自在鉤《かぎ》に吊《つ》るされている。鍋から直箸《じかばし》で取っているが、膳《ぜん》には皿があった。

まだ青竹の香りが消えていない、できたての竹皿である。

こしらえたのは音次郎だった。


この日の八ツ半（午後三時）過ぎごろ、徳三と音次郎は竹藪から出てきた。

切り出してきた孟宗竹で吸筒をこしらえてから、音次郎は成田に向かう腹積もりだった。

ところが合羽《カッパ》や葛籠《つづらこ》などを仕舞った納屋の、錠前の鍵が見当たらないと徳三が言い出した。かんぬきを差した納屋の鉄枠は、頑丈な造りで壊せそうにない。

「屋根からあっしが忍び込みやしょう」

音次郎は格別に焦ってはいなかった。

江戸を出てから浅間神社に来るまでの道中で、様々な難儀に出くわしてきた。佐倉宿では、盗賊に路銀の一部を奪われもした。

それに比べれば、鍵のない納屋に忍び込むことなど、ものの数ではなかった。

しかし徳三は浮かない顔である。

「兄さんにはわりいが、神社の納屋はこしらえがしっかりしてるでよ。とっても忍び込む隙間はね」

言われてみれば、納屋の造りはたしかに丈夫そうだ。それはかんぬきと鉄枠を見ただけでも分かった。徳三がかけた錠前も、半端な大きさではない。

「よその寺からご開帳の道具を預かったりするもんだで、納屋のこしらえは立派だ」

徳三が納屋の戸を、どんどんと叩《たた》いた。音を聞いただけで、戸の分厚さが伝わってくる。

「もっとも錠さかけるのは、大事な物を収めるときだけだがよ。兄さんの荷物を入れたもんで、つい錠さかけただ」

「あっしのためにやってくだすったことだ、そんなにてめえを責めねえでくだせえ」

音次郎が取り成した。

「社務所には、備えの鍵がありやせんか」

「いんや、ねえ」

言ってから徳三は黙り込んだ。

なにかわけがありそうだ……。

そう判じた音次郎は、徳三が口を開くのを待った。

納屋の周りは日陰になっている。徳三から借りた刺子《さしこ》半纏《ばんてん》はすでに返していた。じっと立っているのがつらくなった音次郎は、その場で軽い足踏みをした。

「兄さん、小刀《こがたな》が使えるべ？」

「なんでそんなことを」

いきなり問われて、音次郎は戸惑い気味の声で逆に問い返した。

「竹で吸筒こさえる気だったでねえか。手先に覚えがねえと、そんなことは考えねって」

「それはまあ……徳三さんの言う通りだ。あっしは版木を彫ってやしたから」

「版木って……錦絵《にしきえ》のかね」

「いいや、瓦版《かわらばん》でさ」

「そうか」

徳三の顔が明るくなった。

「一緒に来てくれ」

徳三が連れて行ったのは、番小屋のなかだった。屋根には大きな明かり取りがふたつ開いており、土間にも充分な光が届いていた。

座敷に上がった徳三は、小さな木箱を持ってきた。蓋《ふた》を開くと蠟《ろう》が詰まっていた。

徳三が箱を逆さにすると、四角い蠟のかたまりがこぼれ出た。

「これが鍵だ」

蠟の表面が鍵の形にへこんでいた。

「一回使うだけなら、竹の鍵でも持つだ。兄さん、この形に竹を削れっかね」

徳三が差し出した蠟のかたまりからは、櫨《はぜ》の実の香りがした。

「この蠟は徳三さんが？」

「ここいらには、櫨はなんぼでも植わってるだ。実の搾り方さえ覚えれば、だれでもこさえられる」

手作りの蠟は、ざらりとした手触りだった。芳三郎の賭場《とば》で使う、百目蠟燭《ろうそく》のような滑らかさはない。しかし強く香り立つ櫨の実の蠟を、音次郎は心地よくかいだ。

なぜ手作りの蠟がここに……。なぜ鍵の形が蠟に……。

得心できないことが幾つもあった。

しかしいまは、鍵をこしらえるのが先である。手早く取りかからないと、冬の陽が沈んでしまう。

「小刀と矢立はありやすかい」

「なんぼでもある」

ふたたび座敷に上がった徳三は、布袋に収まった小刀を持ってきた。矢立は根付のついた見事なこしらえである。

音次郎が布袋から小刀を取り出してみると、刃の形がそれぞれ違っていた。

「いい道具じゃねえですか」

音次郎は中から三本を選び出した。

竹は徳三が切り割った。鍵《かぎ》の形が彫り出せるように、手ごろな大きさの竹片を五本作り、音次郎に手渡した。

音次郎は竹片を蠟に重ねた。

形を覚え、それを竹に墨で描いた。五本の竹に、少しずつ鍵の切れ込みを変えたものを描いた。

音次郎は版木彫りは何年も修業していた。しかし鍵を彫り出すのは初めてである。しかも番小屋には真冬の寒さが居座っており、手先がうまく動かない。最初の一本は、彫る途中で鍵の形を欠いてしまった。

様子を見ていた徳三は、囲炉裏の灰を掻《か》き回して種火を掘り出した。それに乾いた焚付《たきつ》けをかぶせて火を熾《おこ》した。

「兄さん、先に指さ温めなせ」

「こいつあ、ありがてえ」

仕事のやりにくかった音次郎が喜んだ。

徳三がこしらえた竹片は竹が元気で刃が通りにくく、厚みが三分（約九ミリ）もある。それでも仕事ができたのは、小刀の手入れがよかったからだ。

型押しした蠟で鍵の形はよく分かったが、厚みが判じ取れなかった。厚み三分の竹を、どれだけ薄く削ればいいかが分からない。

どうしたものかと思案していたら、徳三が糸で鍵穴の太さを測ってきた。言葉にせずとも、ふたりの息は合っていた。

糸の長さは二分半の見当だった。

「二分半の鍵穴とは、ずいぶん太い鍵じゃありやせんか」

「丈夫な鍵が入り用だったもんでよ。船橋の錠前屋にこさえさせた」

納屋にかけた錠前が、本来はなにに使うものだったか、徳三は触れなかった。蠟で鍵の型取りをしていたわけも分からない。

徳三と音次郎の間には、相手が口にしないことは訊《き》かないという間合いができていた。

囲炉裏《いろり》で手が温まったことで、鍵彫りがはかどった。それでも四本目が仕上がったときには、屋根の明かり取りからは、もう光が届いていなかった。

三本目の鍵で錠前がほどけた。

辺りはすっかり暮れていた。

「成田行きは急ぐんかね」

「そうでもありやせん。宿が決まってるわけじゃねえし……」

「だったらひと晩ここに泊まって、たけのこ飯を食ってがねか」

「真冬にたけのこをですかい？」

徳三がにやりとしてうなずいた。

合羽にくっついていた松葉を払いながら、音次郎は番小屋に戻った。

たけのこ煮を口にしている途中で、たけのこ飯が炊き上がった。煮物も飯も徳三の味付けだが、下地と味醂《みりん》の塩梅《あんばい》がよく、音次郎は幾らでも食べられた。

昼飯を食っていなかったこともある。しかしそれ以上に、孟宗竹《もうそうちく》が美味だった。

たけのこは、去年の四月に徳三が掘り出したものである。掘ったあと、すぐに灰汁《あく》抜きをしてから、ここの清水で水煮した。それを蓋《ふた》付きの瓶《かめ》に入れて、納屋の土中に埋めて保存してあったものだった。

採れ立てのときのような歯ごたえはないが、味はまぎれもなくたけのこである。しかも孟宗竹は、それまで音次郎が食べてきた真竹とは異なり、分厚くて食べごたえがあった。

飯が終わると酒になった。囲炉裏に埋めた銚釐《ちろり》でほどよく燗《かん》のついた酒は、意外にも辛口の上物だった。

「神社には奉納の下り酒が幾らでもある。このたけのこと酒とを、ときどきとっけえこするでよ」

木の実をあてに、ふたりは灘の下り酒を酌み交わした。

二合入る銚釐で三回目の燗付けをしたころ、徳三はおのれの身の上話を始めた。

在所も歳も話さなかったが、二十歳を過ぎたころに、酒々井の貸元の若い者になったらしい。

「ガキのころから、なぜか勘定が得手だったもんでよ。盆の出方で重宝されただ」

出方とは客の賭《か》け金を勘定し、丁半双方が釣り合うように客を煽《あお》り立てるのが役目である。出方の仕切りがまずければ、盆は盛り上がらない。

今戸の賭場では、音次郎も出方の下で、助け出方を務めている。互いに同じ稼業に身を置いていたことが分かると、話は尽きなかった。

おのれの身の上は話した徳三だが、なぜ音次郎が股旅《またたび》に出たかを訊こうとしなかった。

徳三の気性に信がおけると判じた音次郎は、野平屋の盗賊騒ぎの話を聞かせた。

「こませの十郎だってか」

盗賊の名を聞いて、徳三が盃《さかずき》を置いた。

「おらも何年か仲間だっただ」

「徳三さんが盗人《ぬすつと》の仲間ですかい？」

「こませの十郎だけだがよ。あんたがやったとおんなじように、おらもいっとき竹で鍵をこさえただ」

徳三が納屋にかけた錠前は、鍵造りの稽古《けいこ》に使ったものだった。それゆえ蠟で形がこしらえてあったのだ。徳三手製の蠟は長いときを経ても型崩れしていなかった。

小刀や矢立も、盗人当時のものである。道具も蠟も残っているが、歳とともに手先がうまく動かなくなった。音次郎が鍵を彫り出しやすいように竹片を割ったのも、鍵穴の太さを測ったのも、せめてもの手助けであり、徳三の矜持《きょうじ》でもあった。

徳三が話したのはここまでである。

いまは神社の下男で竹藪《たけやぶ》番だが、昔の仲間を売るようなことは一切言わなかった。

「こませの十郎は、つらはあめえが気性は粘っけえ。兄さんも銭っこ盗《と》られて難儀だったが、この上はかかわらねえがいいだ」

「そうですかい……」

音次郎はあいまいな返事しかしなかった。

「こん先の道中で、渡世人が旅籠《はたご》さ泊まってもしゃんめえに」

徳三は旅籠よりも、貸元の宿で一宿一飯の義理を受けろと勧めた。大金を持っての旅なら、そのほうが安心だと付け加えた。

「成田にはふたり貸元がいるだ」

「宿場のなかにですかい」

「そうではね。大滝《おおたき》組が古くから宿場を仕切ってたが、三年前から吉川《よしかわ》って江戸帰りの跳ね返りが、宿場の手前で組を構えただ」

大滝組は配下に三十人ほどの若い衆を抱えた、本寸法《ほんすんぽう》の貸元である。成田門前町の旦那《だんな》衆相手に、定まった日に盆を開いていた。

吉川組は貸元も組員も若かった。大滝組とぶつからないように、宿場人足やら駕籠《かご》舁《か》き、近在の百姓などを客にしている。宿場のなかで盆を開かない限り、大滝組は大目に見ていた。

「昼間に竹藪で騒いでいたのは、吉川のばかどもだ。兄さんがわらじ脱ぐなら、大滝の貸元をたずねるがいい」

今戸の代貸からは、成田の貸元の名は聞かされなかった。渡世人の宿にわらじを脱げとも言われなかった。しかし徳三の言い分に、音次郎は得心していた。

旅籠はなにが起きるか分からねえが、貸元の宿ならそんな気遣いはねえ。

成田での逗留《とうりゅう》先を、音次郎は囲炉裏端で酒をやりながら定めた。

四

前夜は遅くまで、音次郎と徳三は酒をやり取りした。しかし酒は身体に居残ってはおらず、気持ちよく目覚めた。

一月十八日の明け六ツ（午前六時）は、まだ空に星が見えていた。

冬の夜明け前に最後まで残っている星を、音次郎は深川の裏店《うらだな》で毎朝見ていた。その同じ星が、深川とは違う方角で光っている。見なれた星を見上げる向きの違いが、いまは旅の途中だと音次郎に教えていた。

神社の御手洗《みたらし》で顔を洗い、口をすすいで戻ったら、徳三が朝飯の支度を終えていた。

音次郎の母親がこしらえる朝飯は、いつもしじみの味噌汁《みそしる》だったが、浅間神社の近所には海も川もない。徳三はすり潰《つぶ》した木の実を、味噌汁の具に使っていた。味噌は成田の味噌屋が神社に奉納したもので、香りも味もよい上物である。木の実の旨味《うまみ》を味噌が引き立てていた。

徳三は飯の炊き方が上手だった。

米もいいのだろうが、へっついと釜《かま》がよかった。焚《た》き口の大きなへっついは強火が得られたし、分厚い鉄釜は蒸らしが利いた。それに加えて、清水が美味《うま》い。

散々に酒をやった翌朝なのに、音次郎はどんぶり飯をきれいに平らげた。

釜に残った飯は、徳三が味噌をかぶせて握り飯にしてくれた。包むのは孟宗竹の皮である。仕上げた吸筒にたっぷり清水を詰めて、音次郎の旅支度が調った。

「すっかりやっけえになりやした」

祝儀を渡そうとしたが、徳三はきっぱりと断わった。

「ここにいれば宿にも食いもんにも不自由しねだ。銭に用はねって」

遠慮ではなく、ほんとうに無用だというのが音次郎にも分かった。

「世話になった徳三さんに、なにも礼ができねえまま発《た》つのは、どうにも気持ちが落ちつかねえんで」

「だったらひとつ、頼みをきいてくれ」

「なんでやしょう」

徳三から頼みがあると言われて、音次郎はかえって気が楽になった。

「あっしにできることなら、なんでも言いつけてくだせえ」

「もちろん兄さんにできることだ。きのうの鍵《かぎ》を、もう二つこさえてくれ」

「鍵って……竹細工のことですかい」

「そんだ。こん先でまた、いつ入り用になるか分からねでよ」

「お安いこってさ」

徳三が小刀と矢立とを出してきた。

昨日と同じように徳三が竹片を作り、音次郎が彫った。すでに何個も作っていただけに、半刻《はんとき》で五つの鍵が仕上がった。

「竹で鍵をこさえたのは、あっしも初めてでさ。なかのひとつを、土産にもらっていいですかい」

「あんたの彫ったもんだ、遠慮はいらね」

「それじゃあ遠慮なしに」

おのれがこしらえた竹の鍵ひとつを、音次郎は紙入れに収めた。

徳三は、成田街道の辻《つじ》まで見送りについてきた。

「帰り道に通るなら、また寄りなせ」

「徳三さんもお達者で」

辻を曲がり、徳三の姿が見えなくなると、音次郎は足を速めた。

酒々井から成田までは、ほぼ平らな一本道である。山越えもあると思い込んでいた音次郎は、拍子抜けした。

道の両側には田んぼが続いていた。稲の切り株が茶色く枯れて、冬の陽を浴びている。田んぼ道で出会うのは、竹馬で遊ぶ村のこどもぐらいである。

酒々井村を出て一里を過ぎても、田んぼの眺めは変わらなかった。が、成田が近くなったことで、街道を行き交う旅人の数は増えていた。

右手の畑の奥に、赤いのぼりが見えてきた。一本だけではなく、数十本が群れになって立っている。真っ赤なのぼりは稲荷《いなり》神社の標《しるし》である。

こんな田舎でも、二月の初午《はつうま》は江戸とおんなじに賑《にぎ》わうのかよ。

見渡す限り、田んぼと畑しかない村だった。目に入る農家の数に比べて、のぼりの数がやたらと多い。酒々井を出てから一里、半刻が過ぎていた。

音次郎は、稲荷神社ののぼりの多さに気をそそられた。先を急ぐ旅でもない。寄り道して少し休もうと考えた音次郎は、あぜ道を入って神社へと向かった。

神社はまぎれもなく稲荷神社だった。参道の両脇には狛犬《こまいぬ》ではなく、石造りの狐が据えられている。だがのぼりは違っていた。丸に十の字紋が染め抜かれただけの赤いのぼりで、奉納の文字はどこにもなかった。

いぶかしく感じた音次郎は、参道に足を踏み入れた。何歩も歩かないうちに、木陰から半纏《はんてん》姿の男ふたりが出てきた。

いずれも音次郎と同じぐらいの年恰好《としかっこう》だが、ひとりは六尺（約百八十センチ）を超えた大男で、相方は五尺（約百五十センチ）そこそこの小柄だ。一尺の差があるふたりが並ぶと、見た目がでこぼこして妙におかしい。ふたりはまっすぐ音次郎に近寄ってきた。

大男のほうが前に立ちふさがった。男たちは黒地の半纏姿である。襟元には吉川と染め抜かれていた。

「にいさん、どこ行くだ」

小柄な男の口から、ひどいにおいがした。音次郎は返事をせず、においから逃げるように顔をそむけた。大男が、音次郎の笠《かさ》のうちをのぞき込んだ。

「おめ、流れの渡世人だべ」

大きな身体だが肉付きがわるくて痩《や》せていた。

「ここはよそもんのくるとこでねえだ。けえってくれ」

痩身《そうしん》のせいか、高い調子の耳ざわりな声だった。

「お稲荷さんに賽銭《さいせん》するのにも、おめえさんらにあいさつがいるてえのか」

おだやかに問いかけつつも、音次郎は目を上下に動かしてふたりを等分に見ていた。

「にいさん、威勢がいいな」

小柄なほうが一歩詰め寄ってきた。両腕をだらりとさせて薄ら笑いを浮かべているが、目は笑っていない。

音次郎はこの手の男に覚えがあった。

渡世人は見た目が大きな売りになる。大柄だったり様子がよかったりすれば、それだけで名が通ったし、二つ名もついた。

小柄な渡世人は、なにかしら腕に覚えのある者が多かった。なかでも出入りに強い小柄な男は、特有の危うい匂いを発した。目配りに隙がなく、斜めに相手を見上げる。口数は多くない。腕が太くて胸板が厚い。そしていつでも立ち合えるように、両腕をだらりと垂らしている。

音次郎の目の前で、口からひどいにおいをさせている男が、まさにその手合いだった。

まだ成田にも着いていない。音次郎には、無益ないざこざを買い込む気はない。ふうっと大きな息をはいて、遣《や》り合う気がないことを示した。

「場違いなところに踏み込んだみてえだ」

「なんだと？」

「ここから出りゃあ、あんたらにも文句はねえだろう」

小柄な男の睨《にら》みを受けとめながら、音次郎が引いた。しかし遣り合うならいつでも受けて立つ気があることを、ゆるめない目つきで見せた。

大男にはそれが通じなかったようだ。

「なんだ、おめ。さっきまでの威勢はどうしただ」

からかうような調子で、右腕を突き出そうとした。それを相方が押さえた。

「けえり道は分かってるだな」

「来た道を戻るまでだ」

音次郎と小柄な男は睨み合いながら、言葉をやり取りさせた。仲間に腕を押さえられた大男は、頬骨の張った顔をゆがめていた。

あれが徳三さんの言ってた吉川組か。

あぜ道を戻りながら、音次郎はふたりが着ていた半纏の文字をなぞり返していた。

# 五

音次郎は、成田宿には昼過ぎに着いた。

諸国に名を知られた成田山新勝寺の門前だけに、宿場を行き交うひとの群れは雑多だ。もっとも多く目につくのが、江戸からの成田参詣講《さんけいこう》だった。

寺や神社が持つ神仏を、参詣者に見せることを開帳という。信濃《しなの》の善光寺《ぜんこうじ》御開帳など、著名寺社の開帳の日には、諸国から参詣客が集まった。

が、現地に行ける人には限りがあった。そこで日限を区切って神仏を寺社から外に出し、そこに行かなくてもお参りができる便宜を図った。

それが出開帳《でがいちょう》である。

八十五年前の元禄《げんろく》十六（一七〇三）年は、赤穂《あこう》浪士が切腹させられた年である。その同じ年に、江戸深川富岡八幡宮で成田不動《ふどう》の出開帳があった。

成田不動は、もともと江戸町民に人気が高かった。江戸にいながらにして不動にお参りできるということで、この出開帳には凄《すさ》まじい数のひとが押しかけた。

さらにもうひとつ、成田山新勝寺への信仰が厚かった人気役者の市川団十郎《いちかわだんじゅうろう》が、深川出開帳に合わせて『成田山分身《ぶんしん》不動』を上演した。

出開帳と芝居とで、成田参詣の人気が江戸で弾《はじ》けた。赤穂浪士への処断に対する不満が薄らぐと見た公儀も、成田詣《もう》でを奨励した。

以来、江戸町民には手軽に出かけられる旅として、成田詣でが大はやりとなった。各町で成田講が組まれ、その多くは四泊五日で江戸と成田を往復した。

一月十八日の真冬でも、宿場は成田講の旅人で大賑わいだった。

江戸を出て初めて泊まった船橋宿で、音次郎は成田講の旅人の騒がしさに懲りごりした。ゆえに次の佐倉宿では、講の連中がほとんどいない小さな旅籠《はたご》を選んで泊まった。宿の扱いには不満がなかったが、夜中に盗賊に襲われた。

そんな散々な目に遭いながらも、成田宿に到着したのだ。

講の連中は、お目当ての宿場が成田である。ここで二泊したあと、一気に江戸に引き返すのが彼らの旅程だ。

旅籠に着くなり、すぐさま新勝寺へお参りに出るらしく、昼過ぎの宿場は、旅籠に到着した講の旅人と、お参りに向かう連中とが行き交って、ごった返していた。

成田までの道々で、音次郎はこの先どうするかを思案した。

芳三郎の代参で、新勝寺へのお参りと寄進は欠かせなかった。それに加えて、土地の貸元をたずねて「他人の釜《かま》の飯」を食べる稽古《けいこ》も必要だった。

音次郎は一宿一飯の厄介になった経験がなかった。江戸を発《た》つ前に仁義の切り方の稽古はつけてもらったが、それはまだ稽古どまりである。

昨夜世話になった徳三は、成田宿にはふたりの貸元がいると教えてくれた。

「大滝組のほうが古い貸元だ」

徳三はどちらにわらじを脱いだほうがいいかまでも、分かりやすく示してくれた。

ここに来る途中の稲荷神社で、片方の吉川組の若い者とおぼしき連中と、すでに音次郎は遣り合っている。

大滝組にわらじを脱ぐことは決めていた。

しかしどんな組なのか、様子が分かっていないのだ。いかに佐原の稽古台とはいえ、大滝組のことをなにも知らないままたずねるのは、気が引けた。

まずは組の様子を見てみてからだ。

成田に着く手前でこう決めていた。しかし道中合羽《ガッパ》に三度笠《さんどがさ》姿では、渡世人の股旅《またたび》だと触れて歩いているようなものだ。

堅気衆のような身なりで、組の様子を確かめる。渡世人がわらじを脱ぐところに出合わせられるなら、それも見て覚える。ここまで幾つもしくじりを重ねていただけに、音次郎は初めて仁義を切ることに慎重になっていた。

ひと晩旅籠に泊まり、成田の様子を肌身で覚えよう。貸元をたずねるのはそのあとだ。

こう定めた音次郎は、どの旅籠に泊まるのがいいか、宿場を見て歩いた。さいわいにまだ昼過ぎである。陽の高さは充分にあるため、慌てて宿を決めなくてもよかった。

ここまで旅籠選びは、いずれも日暮れてから焦って決めていた。それゆえしくじりを重ねた。

蔵があって安心できる宿。周りが賑《にぎ》やかで、盗人《ぬすっと》に押し込まれない宿。講の連中が大騒ぎしない静かな宿。

これらのことをあたまに置いて、宿場をゆっくり見て回った。

端から端まで二度歩いて、藤倉屋《ふじくらや》という宿がもっともよさそうに思えた。屋根には黒光りしている本瓦《ほんがわら》を用いており、宿の玄関までは石畳が続いている。その両側はつつじの生垣で、半纏《はんてん》姿の下足番が打ち水をしていた。客引きも出ていないし、講の連中ののぼりも立てかけられてはいない。

両隣も旅籠で、道をへだてた向かい側にはずらりと商家が並んでいる。なによりよかったのは、半町先に火の見やぐらと自身番《じしんばん》小屋があったことだ。

藤倉屋には蔵もあった。

音次郎は笠をとり、合羽も脱いで片手に持った。下足番に顔を見せるためにである。

「部屋はありやすかい」

声をかけられて、下足番が打ち水の手を止めた。

「お客さんはおひとりで？」

白髪あたまの下足番は、客を品定めするような目つきは見せなかった。音次郎は笑いかけた。

「少々お待ちになってくだせえ」

訛《なま》りのない江戸弁で言い残した下足番は、幾らも間をおかずに戻ってきた。

「泉水べりの離れなら空きがあります」

「離れなら願ったりでさ」

「晩と朝の二食ついて銀十二匁《もんめ》ですが」

並の旅籠の三倍の宿賃である。

音次郎は迷わなかった。返事の代わりに、小粒ひとつを下足番に握らせた。

「ありがとうございます」

礼は口にしたが、下足番は喜んではいなかった。それまでも決して愛想はいいわけではなかったが、祝儀を受け取ったあとは一段とよそよそしい感じが強まった。

なんでえ、どうしたてえんでえ……。

音次郎がいぶかしんでいるとき、女中がすすぎを運んできた。

「お客様のお荷物はこちらですか」

敷台には笠と合羽、振り分けの葛籠《つづらこ》が置かれている。足をすすぎながら、音次郎がうなずいた。女中がそれらの荷物を持ち、足を洗い終わった音次郎を離れに案内した。

藤倉屋は外から見て感じた以上に、格式の高そうな宿だった。

まず女中のお仕着せが違っていた。生地は木綿ではなく薄桃色の紬《つむぎ》である。それに紺色のたすきをかけており、白足袋《たび》をはいた姿は、大店《おおだな》の奥女中のような身なりだ。

掃除が行き届いた廊下は欅《けやき》である。差し込む冬の陽光を浴びて、木目がくっきりと浮かび上がっていた。

案内された部屋は、三方が障子戸の十畳間だ。庭におりる濡《ぬ》れ縁もこしらえられていた。

「宿帳をお願いします」

女中は茶とともに、宿帳と矢立を盆に載せてきた。

「浅草今戸、恵比須芳三郎方、音次郎」

書き終えたところで、女中にも祝儀を渡した。

音次郎は葛籠を宿に預け、受取りをもらった。宿賃は前払いした。晩と朝の食事は部屋で摂《と》ることを伝えてから、大滝組がどこにあるかをたずねた。

「成田さんにお参りじゃないんですか」

女中がいぶかしそうな目で音次郎を見た。

「もちろんお参りにも行くさ」

茶に口をつけて、女中に笑いかけた。

「そのめえに、ちょいと組の宿をのぞいときてえんでね」

「そうですか……」

大滝組までは、藤倉屋から四町（約四百四十メートル）の道のりだと、女中が答えた。しかし物言いには、親しさがなくなっていた。祝儀を受け取ったあとの下足番と同じように、応対がよそよそしくなっている。

二度も同じ目にあい、音次郎も捨ててはおけなくなった。

「ちょいときいてえんだが」

「なんでしょうか」

女中は音次郎と目を合わせようとはしなかった。

「下足番のとっつあんもおめえさんも、なにかあっしに含むところでもあるのかい」

「滅相もございません」

「それにしちゃあ、随分と愛想がねえぜ」

「お客様とはなれなれしい口をきいてはいけないと、きつくしつけられておりますから」

音次郎には、建前の答えとしか聞こえなかった。下足番も、祝儀を受けとってから急に振舞いが変わった。そのことに音次郎は合点がいかなかった。が、重ねてきいても女中は通り一遍の答えしかしない。その上きくのも億劫《おっくう》になり、話をやめた。

宿のこしらえを、音次郎は気に入っていた。葛籠も、宿がしっかり預かってくれている。

愛想が欲しくて、ここに泊まるわけじゃねえ。そう思い直して、大滝組の下見に出かける身支度を始めた。

宿賃が高いだけあって、あわせの長着と、綿の入った丹前が用意されている。これを着れば、渡世人には見えなかった。大滝組のすぐ近くに立っていても、組の連中に見咎《みとが》められることもないだろう。

やはりここに泊まってよかったぜ。

丹前のたもとに紙入れだけを収めて、音次郎は離れを出た。

陽はまだ充分に高かった。

六

藤倉屋の長着に丹前姿で歩く音次郎は、どこから見ても旅籠《はたご》の泊り客だった。

下足番は相変わらず愛想がなかったが、音次郎が出かけるときには、まだ新しい下《げ》駄《た》を選《よ》りすぐって出してきた。

「いってらっしゃい」

声をかけられて、音次郎は軽くうなずいた。

「大滝組は、坂を登り切った辻《つじ》を北に入った突き当たりです」

どこに行くかは、すでに女中から伝わっていた。音次郎は言われた通りに、宿の前のゆるい坂道を登った。

坂の両側はみやげ物屋や商家、それに料理屋が並んでいる。いずれも参詣《さんけい》客相手の商いだった。火の見やぐらと自身番小屋を過ぎると、ほどなく辻に差しかかった。

真っすぐに進めば宿場の木戸である。先達に引き連れられた講の衆が、ひっきりなしに、坂道途中の旅籠を目指して歩いてきた。

辻の左手には、小さな間口の飲み屋が連なっているのが見えた。まだ陽が高く、どの店も閉まっていた。昼日中の飲み屋がとろんと眠っているように見えるのは、深川も浅草も、成田の門前町も同じだった。

下足番は辻を北に折れろと言った。

辻の真ん中に立ち、音次郎は北を見た。

一丈（約三メートル）はありそうな高い白壁塀に囲まれた二階家が、辻の北角を占めていた。造りは大きいが、商家ではなく仕舞屋《しもたや》風である。二階家は木の生地をそのまま生かしたこしらえで、いかにもカネがかかった普請ぶりだった。

塀の内側には松、桜、欅が植わっている。塀のなかほどに門があった。格子戸造りのありふれた門に見えたが、格子は樫《かし》を使っており、一本が一寸五分（約四センチ半）の細さである。

格子に見とれて、音次郎は門の前で足を止めた。

讀賣堂に奉公していたとき、毎日のように版木屋の手代が顔を出した。仕入れの掛け合いを終えると、手代と版木彫り職人とが茶飲み話をよく交わしていた。

あるとき、本当の金持ちはどんなやつかという話になった。版木屋の手代は、稼業柄、木の細工物に通じていた。

「なにがぜいたくだと言っても、格子戸ほどカネのかかるぜいたくはない。見た目には大したことがないだけに、これをやるのが本当の金持ちだ。なにしろ長さ六尺で、二寸角の格子一本を挽《ひ》き出すだけで、大工の出づら（労賃）ほどの手間賃がかかる。木場の大鋸《おが》挽きでも、杉板から二寸の格子を挽ける職人は十人もいない」

毎日、瓦版《かわらばん》彫りで寸法測りを続けた音次郎は、物の厚みを目見当で読み取れた。いま見ている格子は、杉よりはるかに硬い樫で、しかも一寸五分角である。

門にはこの格子が二十本も使われていた。

てえした仕事だぜ……。

あまりに造りのよい格子戸を見て、音次郎はつい手を伸ばして触れた。

「なんか用かね」

戸がガラリと開けられて、なかから六尺はありそうな男が顔を出した。真冬だというのに、紺地の縞《しま》木綿一枚だけである。手には竹ぼうきを持っていた。身なりからして、この家の下男らしかった。

「この格子に見とれていただけさ。あんまり造りがいいもんでね」

「格子だと?」

眉《まゆ》もひげも濃い下男だった。両目が音次郎を見詰めている。格子に触れていたからか、怪しい者だと決めつけているような目つきだった。

男の目つきと物言いとが業腹で、音次郎もきつい目で相手を睨《にら》み返した。

——たかが下男が、えらそうに。

胸の内で、音次郎らしくもない毒づき方をした。

しかし初めての土地で、見ず知らずの下男と睨み合うのがばかばかしくなり、音次郎から先に目を外した。音次郎はそのまま突き当たりに向けて歩き出した。後ろで格子戸を閉める音がした。

大滝組の宿は、白壁の屋敷から一町（約百十メートル）ほど奥に進んだ突き当たりにあった。

徳三が成田の古い貸元だと言ったことに間違いはなかった。長い年月《としつき》、雨風と陽にさらされてきた二階家は、板がほとんど黒くなっていた。

家は真横から陽を浴びていた。二階の雨戸は半分が閉じられている。同じ稼業の音次郎には、そのわけがすぐに分かった。組の若い衆たちが、内外《ないがい》（盆に白布をかけない仲間内の博打《ばくち》）で遊んでいるからだ。

貸元の宿は、その多くが二階家である。一階には貸元と代貸が暮らしている。わらじを脱ぐ客人のなかで大事な者も、一階の中座敷に泊めた。

二階は組の若い衆と、並の客人を泊める大座敷がある。賭場《とば》が開かれておらず、かつ出入りも、正月飾りなどの作り物もないときは、若い衆と客人とが一緒になって昼過ぎから内外を楽しんだ。

大滝組の二階の雨戸が閉じているのを見た音次郎は、雨戸を数えた。

二階の半分、十二枚の雨戸が閉じられていた。雨戸は幅が三尺（約九十センチ）である。

――十二間（約二十二メートル）間口とは、それなりの大きさだぜ。

宿の裏は二丈ほどの小高い台地になっており、寺が見えた。寺と大滝組の裏口とが石畳の道でつながっている。あらためて音次郎は、大滝組の本寸法ぶりを察した。

本格的な貸元は、おのれの宿では盆を開かない。使うのは近所の寺の本堂である。寺や神社は寺社奉行の管轄であり、町奉行所は手出しができないからだ。

恵比須の芳三郎も、月に一度札差や浅草界隈《かいわい》の大店《おおだな》、それに吉原大見世《おおみせ》の旦那《だんな》衆を集めて開く大盆は、裏手の聖天社を使った。

大滝組は、裏の寺とあたかも棟続きのような造りである。

――客は門前町の商家や旅籠の旦那衆か……。

宿の造りから、音次郎はおよその目星をつけた。代貸の源七に鍛えられた技だった。

大滝組の前の道も成田山詣《もう》での参道のひとつらしく、組の正面に一軒の茶店があった。もっとも、参道とはいっても本道ではなく、人通りもほとんどない。形だけ縁台は出ていたが、緋毛氈《ひもうせん》は色あせていて、方々が擦り切れている。

客の代わりに、縁台の日溜《ひだま》りには猫が座っていた。

「ごめんよ」

音次郎が声をかけた。が、ひとの出てくる気配がない。土間に入って、もう一度、少し大きめの声を出した。

「なんか用かね」

出てきた親爺《おやじ》が無愛想な声を出した。音次郎の身なりを見ると、てきめんに面倒くさそうな顔に変わった。

「新勝寺はこっちではね。うちの前の道を南に戻りなせ」

「なんでえ、それは」

「なんでって……あんた、旅籠の客だっぺ」

「それがどうしたよ」

「こっちきても、お不動さんはねえだ」

「おれは茶が飲みてえんだ。ここは茶店じゃあねえのかよ」

「あんた、客か」

よほどに客がこないらしい。茶が欲しいと言われて、茶店の親爺が驚いた。

「なにができるんでえ」

いささか苛々《いらいら》していた音次郎が、ぶっきら棒な調子で問いかけた。

藤倉屋の下足番、仕舞屋の下男、それに茶店の親爺。成田に着いてから口をきいた男は、ひとりとして愛想がない。

「茶にまんじゅうだ」

「だったらそいつをくんねえな」

「いま火を熾《おこ》すからよう、ちっと待ってられっかね」

「いいからやっつくれ」

親爺は返事もせずに奥に引っ込んだ。

これから火を熾すとなれば、湯が沸くまでにひまがかかる。気分がげんなりしたが、音次郎にはお誂《あつら》えでもあった。

気がねなしに、大滝組の様子が見られるわけだ。縁台の端に座った音次郎が手を伸ばすと、猫が寄ってきた。

深川の長屋には猫が何匹も居ついていた。ねずみを獲《と》る猫なので、長屋の住人たちがてんでにえさを与えている。音次郎も気が向いたときには、猫をかわいがっていた。撫《な》で方が気持ちよいらしく、どの猫も音次郎にはなついている。

成田の猫も同じだった。耳のわきと喉元《のどもと》を中指でくすぐったら、音次郎に身体をあずけてきた。毛並みが汚れていないのは、茶店の飼い猫ゆえかも知れない。

音次郎が背中を撫で始めた。さらに猫が身体を寄せた。

が、いきなり縁台から飛び降りた。

なにか気配を感じたのかと、音次郎が周りを見渡した。大滝組の軒下に、股旅《またたび》姿の男が立っていた。

「おひかえなすって」

男が身体を斜めに構えた。すぐさま組から若い衆が出てきて、仁義を受け始めた。

男の生国《しょうごく》が越後《えちご》ということだけは、音次郎に分かった。しかし訛《なま》りがひどくて、あとの言葉が分からない。

仁義を受けている若い衆も同じらしかった。聞き取りにくそうな若い衆を音次郎が見詰めているとき、親爺が茶を運んできた。

「またやってるだ」

親爺が顔をしかめた。

「またって、とっつあんは、よくあんなとこを見てるのかい」

「ほとんど、めえにち見るだ」

「毎日だって？」

音次郎は心底から驚いた。

今戸にも一宿を求めて客人が立ち寄ることはあるが、半年に何人かというぐらいだった。

「あすこの親分さんは古いひとだでよう。宿を借りてって渡世人は、だれでも迎えてるだ。親分さんは大した男だが、来るやつらはろくでもねっから」

一見《いちげん》客の音次郎にはその先を話す気がないらしく、親爺はなかに引っ込んだ。

向かいの大滝組では、越後の男が宿に迎え入れられるところだった。

仁義切りの稽古《けいこ》の足しにはならなかった。しかし大滝組がどんな組なのか、あらましは摑《つか》めた。あとは明日《あした》のことだ。

音次郎は茶とまんじゅうの払いに、小粒を出した。親爺の顔色が渋くなった。

「つり銭がねえだ」

「構わねえから、とっといてくれ」

「とっとけって……茶代は十六文だ」

「いいてえことよ。とっつあんの話がおもしろかったから、その手間賃だ」

「そうかね」

親爺の声の調子に嬉《うれ》しさが含まれていた。

成田で小粒を渡して、音次郎は初めて喜ばれた。藤倉屋に戻る下駄《げた》の音が軽かった。


明けて一月十九日。

昨日までの晴天が消えて、分厚い雲が空にかぶさっていた。

隅々にまで客に気を配っている宿だということは、音次郎も泊まってみてよく分かった。

湯殿は檜《ひのき》の香りに満ちた気持ちのよい湯だが、さほどに大きくはない。ゆえに使える番がくると、女中がそれを告げにきた。他の客と一緒にならないようにとの心遣いだった。

お仕着せの長着も丹前も、木綿ではなく紬《つむぎ》である。丹前は綿《わた》をぜいたくに使ってあり、昨日の外歩きでも、身体は温かだった。

離れで供された昨晩の夕餉《ゆうげ》は、煮物も椀《わん》も温かかった。飯は炊き立てを、小さな櫃《ひつ》に入れて運んできた。椹《さわら》を使った櫃は、余計な水気を木が吸い取るので、飯粒がしゃきっとしていて美味《うま》い。

「お客さん、目覚めましたかね」

障子戸の外から下足番が問いかけた。

朝飯も離れで摂《と》ることになっている。

「ちょいと待ってくんなせえ」

飯の支度かと思った音次郎は、布団から出て長着のままで障子戸を開けた。

下足番の後ろに、十手持ちが立っていた。

「成田宿を預かる仙造《せんぞう》だ」

十手を左右に振りながら、音次郎に詰め寄ってきた。

「御用の筋で、訊《き》きたいことがある。おめえさんの荷物をあらためるぜ」

言い終わる前に、仙造は離れに入っていた。

七

離れでは仙造、下足番のふたりと、音次郎とが向かい合わせに座った。

「客の荷物調べには、旅籠《はたご》のあるじか番頭に立ち合ってもらうのが成田宿の決め事だからよう。しまいまで、鉢右衛門《はちえもん》さんには居合わせてもらうぜ」

仙造のわきに座った下足番が、音次郎を見詰めている。鉢右衛門さんとは、下足番のことだった。

あっ、そういうことか……。

下足番があるじだと知っても、音次郎は驚いてはいない。賭場《とば》では客の様子を見定めるために、代貸が下足番を買って出ることはめずらしくなかったからだ。しかし、一匁《もんめ》の祝儀を受け取ったあと、なぜ不機嫌な様子を見せたのか、ひとつの思案に行き当たった。

藤倉屋は成田宿でも格式の高い旅籠である。しかも素知らぬ顔で下足番を務めながら、あるじが客の目利きをしている。音次郎に離れを勧めてくれたのは、目の肥えたあるじの、めがねにかなったがゆえだろう。

だが、音次郎はそのあるじに、祝儀に一匁を渡した。

賭場ではあたりめえだが、ひよっこ同然のおれが堅気衆相手に出すには、一匁は分不相応だったのかも知れねえ……。

向かいに座った鉢右衛門と目を合わせながら、音次郎は一匁の祝儀を思い返していた。

鉢右衛門は、あらためて名乗ることはしなかった。が、音次郎が胸のうちで思い当たったことが、伝わったのかも知れない。昨日とは違って穏やかな目で、音次郎を見ていた。

「随分手間取ってるようだな」

音次郎の葛籠《つづらこ》を待っている仙造が、小声で文句を言った。それが聞こえたかのように、女中が廊下を駆けてきた。足音が障子戸の外で止まった。

「入りなさい」

鉢右衛門の言葉遣いが変わっていた。入ってきた女中は、仙造が待ちかねていた音次郎の荷物を運んできていた。

葛籠ふたつの紐《ひも》の結び目には、昨日預けたときに音次郎が張りつけた封紙が、きれいに残っていた。

「こいつを開けろというんで？」

「それが仙造さんの指図です。ご面倒ですがお願いします」

なぜ荷物調べを受けるのか、そのわけが音次郎には分からなかった。しかし宿場の目明《めあか》し相手に文句をつけても、ことをこじらせるだけである。

なんのやましさもない音次郎は、さっさと荷物を見せて、手早くケリをつけたかった。仙造が見ている前で封紙を破り、自分の手で中身を残らず取り出した。

振り分けの葛籠に収められていた品だけで、畳二枚が埋まった。あまりの品数の多さに、仙造が呆《あき》れ顔になっている。

「これであっしの持ち物は全部でさ」

「笠《かさ》と合羽《カッパ》はどうしたよ」

「それも入り用ですかい？」

「おめえさんが締めてる、下帯まで外してもらうのが荷物調べだぜ」

十手の先で葛籠を叩《たた》きながら、仙造があごをしゃくった。

「でえじな葛籠だ。そんなことをして傷めねえでくだせえ」

合羽を取りに立ち上がる前に、音次郎は葛籠を十手から遠ざけた。仙造は文句をつけず、音次郎の好きにさせた。

鴨居から外した笠と合羽が、一番右端に並べられた。

「下帯もほどきやすかい？」

「いらねえ」

余計なことを言うなという目つきで、仙造が音次郎を睨《にら》みつけた。

「なにがあったのかを、あっしに聞かせてもらえやせんか」

答えるわけがないと思いつつも、音次郎は目明しに問いかけた。ところが意外にも、仙造は用向きを話し始めた。

「明け方、吉田屋のご隠居の宿に盗人《ぬすっと》が押し込んだ」

「吉田屋さん？」

屋号を言われても音次郎には分からない。坂の上の辻《つじ》に建つ屋敷だと鉢右衛門が教えた。

「賊は塀を乗り越えてもいねえし、戸締りの鍵《かぎ》も、あっさり開けて押し込んでる。手引きしたやつがいたにちがいないというのが、同心の旦那《だんな》のお見立てだ」

音次郎を見る、仙造の目が光っていた。

「成田に泊まる客は、お参りの講の連中か、商人《あきんど》がほとんどだ。あんたみてえな渡世人がひとりで泊まるのは、あんまり聞かねえ話さ」

話しながら、十手の先で物を叩くのが、仙造のくせらしい。離れの畳がへこんだ。

「ここの旅籠の宿帳そっくり、まるごとあらためた同心の旦那も、ことのほかおめえさんのことが気になったらしくてよう。おれがこうして出張ってきたわけだ。そんなところでいいか」

「それであっしはどうすればいいんで」

「おれが荷物をあらためるのを、邪魔しねえで、おとなしく見ててくれりゃあいい」

音次郎も納得したことで、葛籠の中身がひとつずつあらためられた。探し物が定まっているわけではなく、とりあえず渡世人の荷物をあらためている、という調子の荷物調べだった。

およしが調えた品々に、疑わしいものなど皆無である。品数は多かったが、調べはわけなく終わった。

ただひとつ、大金の路銀を見つけたときには、仙造が色めき立った。

「その金子《きんす》は、葛籠を預かる折りに金高をうかがっています」

盗人が押し込む前から預かっていた金子だと、藤倉屋が請け合った。仙造は舌打ちしながらも、鉢右衛門の言ったことを受け入れた。

「どうやら旦那の見立て違いらしい」

はなから音次郎を疑ってかかっていたことを、仙造はあけすけに漏らした。

「そんな大金を道中持ち歩いて、人目にさらしたりしたら物騒だぜ。見せびらかす、おめえさんの了見が知れねえ」

見込み違いで帰るのが業腹なのか、仙造は路銀の多さに難癖をつけた。

「しんぺえいただくまでもねえ。当座のゼニは紙入れにしまってやすから、人前で小判を出したりしやせん」

音次郎がやり返した。仙造の目の色が変わった。

「おめえの紙入れを見てねえぜ」

紙入れは、宿の丹前のたもとにしまったままだった。小粒銀が多く入ってはいるが、調べられて困るものでもない。うるさく訊かれる前に、音次郎は丹前から取り出して仙造に渡した。

仙造は中身を畳の上にあけた。小粒と文銭が、じゃらじゃらっと音を立ててこぼれ落ちた。

最後に竹の鍵がひとつ、ぽとりと落ちた。

「なんでえ、これは」

目明しが鍵を突き出した。

「こんなものを持ち歩いて、なにをやらかそうてえんだ」

音次郎は返事に詰まった。

徳三との一件を話せばすむことだが、それは口にできなかった。徳三の口から、盗人の仲間だった話を聞かされていたからだ。うっかり徳三の名を出したりしたら、なにが起きるか分からない。

「正直に聞かせろ。なんでえ、この鍵は」

獲物を見つけた目明しが、容赦なく押してきた。音次郎は咄嗟《とっさ》の思案が浮かばず、口を閉じたままでいた。

「番所に引っ立てるしかねえな」

仙造が唇を嘗《な》めた。

一月二十日の八ツ（午後二時）過ぎ。

芳三郎の代貸の手元に、誂《あつら》えの飛脚便が届いた。差し出しは成田宿からだった。

船橋や成田からは、毎日江戸にさまざまな荷が運び込まれている。また多くの商人《あきんど》が、江戸と下総《しもうさ》を行き来している。

源七は江戸に戻ってくる商家の手代や、回漕《かいそう》問屋の人足などに託された手紙を、数日おきに受け取っていた。

音次郎の様子をつぶさに記した手紙である。

組の代紋を背負わせた股旅《またたび》の素人を、源七は佐原に差し向けたいと芳三郎に進言した。初めは難色を示した芳三郎も、源七の強い薦めでそれを受け入れた。

親分に恥をかかせられねえ。

音次郎を推しつつ、かたわらでは案じていた源七は、音次郎に見張りをつけていた。流れの壺《つぼ》振り、おきち・おみつの母娘《おやこ》が、その見張り役だった。

稼業柄、おきちは旅慣れていたし、関東周辺の貸元にも顔が売れていた。

「もしも旅先で音次郎の手に負えねえ騒ぎが起きて、組の代紋が汚されそうになったら、おめえたちが助《す》けてくんねえ」

音次郎の股旅が始まってから、昨日までは取り決めた形の知らせが届いていた。

ところが今日は、誂え便である。読む前から腹をくったが、読み進むうちに、物に動じない源七が顔色を動かした。

手紙をふところにしまい、すぐさま芳三郎と向き合った。

「音次郎が、成田の番所に留め置かれておりやす」

おきちが伝えてきたあらましを、源七は口で伝えた。

おきちは成田で何度も壺を振っていた。大滝組とも、もちろん顔がつながっていたが、おきちは組に助けを求めるまえに、源七の判断を仰いできた。

聞き込んだ話の出所は、成田の目明し連中である。

「なにか起きたときの用心に、土地の目明しとは仲良くしておきねえ」

源七の耳役を務め始めて、おきちはすでに十年が過ぎている。十年前に源七から聞かされたことを、おきちはずっと守ってきた。

三年前の夏に成田で壺を振ったとき、おきちは土地の目明し二人に賭場《とば》の小遣いを融通してやった。うまい具合に、いまでもその二人は目明しを続けていた。

目明しの口が重たくなると、娘のおみつが艶《つや》のある目で、わけあり気味に見詰める。そして徳利《とっくり》を差し出し、わざと相手の手に触れたりする。

閉じかかった男たちの口が、これで開いた……。

このたびの話を聞き出している二人を思い浮かべて、芳三郎の前にいながらも、源七はふっと目もとをゆるめた。

「おきちの話では、成田の役人たちも、根っこでは音次郎はシロだと思っている節がありやす」

「少しでも物が見えれば、当然だ」

音次郎の未熟さを案じていた芳三郎である。しかし言葉とは裏腹に、男としての器量を買っていたことが源七にも伝わった。

「親分は成田の大滝組をご存知で？」

「いや、付き合いはない」

「おきちが伝えてきたことでやすが、大滝の吉之助《きちのすけ》てえ貸元は、佐原の好之助親分と兄弟分なんだそうで」

「小野川の、とか」

「名めえが一字違いだてえんで、互いに気が合って深い付き合いを続けているてえ話でやした」

「小野川のと兄弟分なら、おれとも回り兄弟になる」

芳三郎の顔が、わずかに晴れた。

「すぐさまおきちに、大滝さんにあいさつをしろと伝えろ」

「がってんでさ」

源七が立ち上がろうとした。それを芳三郎が呼び止めた。

「音次郎だが……」

「へい」

「竹鍵《たけかぎ》のことをうたわなかったというのは、おまえが見込んだだけのことはある」

源七は返事ができなかった。

昨日は今戸も曇り空だったが、今日は朝から天気が戻っている。

冬の薄い陽が、源七の膝元《ひざもと》にまで差し込んでいた。

# すいべら

一

真冬の成田は、凍えがきつい。

雪こそ降ってはいなかったが、一月二十一日の成田は三日続きの曇天におおわれていた。

一月の成田山新勝寺は元旦《がんたん》からの初詣《はつもうで》客が途切れないうちに、七日の七草ご印紋《いんもん》、八日の大般若会《だいはんにゃえ》が続く。そして月末近くの二十八日には、大本堂で執り行われる初不動がある。

二十一日は、初不動までの谷間のようなときである。江戸や近在からの参詣《さんけい》客が絶えない成田山といえども、冬場のこの時季は人出が減った。

それでも参道では、朝から駕籠《かご》舁《か》きや荷物運びの人夫、それに馬子連中が客待ちをしていた。

門前町の旅籠《はたご》から新勝寺山門までは、わずか二町（約二百二十メートル）の参道である。そんなわずかな道のりだが、門前町の駕籠はそれなりにはやっていた。ここで駕籠に乗れば、いい縁起が呼び込めるといわれていたからだ。

それは馬も同じだった。駕籠舁きも馬子も、見るからに縁起のよさそうな赤い半纏《はんてん》を着ており、背中には『招福』の文字が白く染め抜かれている。

駕籠賃は旅籠から新勝寺の行き帰りで、一匁《もんめ》の小粒一個である。安くはないが、江戸からの旅人はめずらしもの好きだ。しかも見栄《みえ》っ張りが多い。それを知り抜いている駕籠舁きは、言葉巧みに駕籠を売り込んだ。

馬は小粒二個と倍である。しかし馬に乗れる機会がほとんどない江戸からの旅人には、そこそこ人気があった。

「お客さんよう、駕籠乗ってけれ。乗ると、飛びっきり縁起がつくだ」

「馬やんねか。小粒ふたつで乗れっから」

参道の辻《つじ》で、駕籠舁きと馬子がひっきりなしに声をかけた。立っているだけでは底冷えがしてつらいらしく、手足を動かしながら呼びかけた。

馬はときどき、ブルルッと鼻を鳴らした。そのたびに、馬の鼻先が真っ白くなる。

それほどに参道は凍《い》てついていた。

声をかけられても、参詣客は足を急がせて通り過ぎて行く。縁起がいいと言われても、どんよりと重たい寒空の下では歩いたほうが身体も温まり、かえって楽だと思うからだろう。

参道両側のみやげ物屋や料理屋にとっては、駕籠も馬も迷惑だった。駕籠は人込みを押しのけるし、馬はところ構わず糞《ふん》をする。片付けるのは、糞をされた店の奉公人たちだ。

それでも文句をいわずに見逃しているのは、客が喜ぶからだった。駕籠舁きも馬子も、決められた駄賃のほかに心づけをねだることはない。それゆえ、客は安心して乗ることができた。

まれに不心得な駕籠舁きや馬子が、駄賃のことで客と揉《も》めることがある。そのときは、すぐに大滝組の若い衆が飛んできて客を守り、駕籠舁きたちにきつい仕置きを加えた。

それゆえ、参道の店も表立っての文句を言わないでいた。


「今日はだめだべ」

駕籠舁きの前棒《さきぼう》が、相肩《あいかた》にこぼした。

「ちげね。こんなシケだら、立ってるだけ無駄だべ。とっつあんはどうするだ」

わきで馬の鼻面を撫《な》でていた馬子に、駕籠の後棒《あとぼう》が問いかけた。

「どうするもねえべさ。小屋さけえってぬくもるべ」

「だったら、いっちょうやっか」

後棒がサイコロの壺《つぼ》を振るような手つきを見せた。馬子と前棒とがうなずいた。

「だったら、ひと足先に行ってるだ」

前棒が長柄に肩を入れた。すかさず後棒が続く。空《から》駕籠が、寒さを蹴散《けち》らすように勢いよく走り出した。

手綱を引いて馬も動き出した。歩き始めるなり、ぼとぼとっと糞を垂らした。馬糞《まぐそ》から湯気が立ち上っている。

馬子は知らぬ顔で歩き始めた。

辻の向かい側の金山寺《きんざんじ》味噌《みそ》屋《や》から、竹ぼうきと塵取《ちりと》りを手にした小僧が、顔をしかめて後始末に出てきた。

二

佐倉から成田までの三里（約十二キロ）を行く岡野甲子郎は、すこぶる機嫌がわるかった。

成田宿の田舎役人のうつけ者めが。なにゆえあって音次郎に嫌疑をかけたりするのか。少しでも知恵が回れば、そのような振舞いに及ぶはずもなかろうが……。

歩きながら、何度も胸のうちで毒づいた。ときには声に出してののしりもした。岡野から悪口が漏れるたびに、岡野を先導する成田宿の目明しが、顔をこわばらせた。

「おい、そこの者……」

岡野が先を歩く目明しに、きつい声を投げつけた。目明しが足を止めて振り返った。

「足がのろい。もっと早く歩け」

岡野は背丈が五尺八寸（約百七十四センチ）もある。目明しは五十を超えていそうな白髪交じりの男で、五尺一寸（約百五十三センチ）の見当だ。

岡野とは、足の運びも一歩の幅も大きく違う。しかも目明しは提灯《ちょうちん》ひとつの明かりを頼りに、成田から佐倉まで、夜通し歩いていた。ほとんど休む間も与えられず、いままた成田へと戻っている。身体は凍え切っており、足の運びもままならない。何度岡野に叱られても、歩みは早くならなかった。

岡野が不機嫌なのは、音次郎が成田宿番所の揚屋《あがりや》に押し込められていると知ったこともひとつだが、ほかにもわけがあった。

二十一日は、十日ぶりに勤めに休みがとれるはずだった。それを成田宿からの使いに潰《つぶ》された。ゆえに成田に向かういまも、使いの者に当たり散らしているというわけだった。

佐倉宿宿場番所吟味方同心の岡野は、この朝五ッ（午前八時）で久々に非番となるはずだった。佐倉藩城下町で起きた盗賊騒ぎの後始末に、やっと目処《めど》が立ったからだ。岡野はこの正月で四十路《よそじ》を迎えたものの、ひとり身である。三十俵二人扶持《ぶち》の薄給ではあっても、宿場の役宅に暮らす限りカネには困らなかった。

役目は一年交代で、毎年正月三日に藩の奉行所からやってくる。岡野は天明八（一七八八）年の今年正月三日に、着任したばかりだった。

一月は元日早々から、成田詣《もう》での参詣客で宿場は大賑《おおにぎ》わいとなる。七草のご印紋と八日の大般若会が過ぎるまで、岡野は気を抜かなかった。年初の行事も無事にやり過ごしたが、ふと気のゆるんだ一月十二日に、野平屋に盗賊が押し入った。

「盗賊どもは、わしの着任を待ち構えておったというのか」

岡野は、すぐさま宿場の肝煎五人を引き連れて野平屋に駆けつけ、みずから泊り客の聞き取りを始めた。岡野は客の中で、ただひとりの渡世人だった音次郎に、最初から目をつけていた。

吟味するうちに、音次郎にはかかわりがないと分かった。思い込みも激しいが、岡野は気性が真っすぐなだけに、おのれの過ちを認めるにもいさぎよかった。

吟味の途中で、音次郎は盗賊首領の似顔絵を描いた。その絵を見て、岡野も宿場の肝煎連中も目を見開いた。

音次郎が描いた顔は、岡野が奉行所で見た手配書の、こませの十郎の人相書にそっくりだったからだ。

似顔絵は江戸に回されることになり、岡野は奉行から誉め言葉がもらえた。それを多とした岡野は、音次郎と酒を酌み交わした。音次郎と同じ旅籠に泊まっていた江戸の大店《おおだな》の隠居、鎌倉屋隆之介とも親しくなった。

音次郎が成田に向けて出立したあとも、隆之介は手代庄吉とともに野平屋に残った。

「二十一日は久々に非番が取れそうだ。城下に出て、寒鯉釣りを一緒にどうかの」

岡野の誘いを隆之介は喜んで受け入れた。

その二十一日の朝。まだ暗い六ッ（午前六時）前に、成田宿の目明しが番所に出向いてきた。

「岡野様は、江戸の渡世人で音次郎ってのを知ってござるかね」

目明しは訛《なま》りがひどく、しかも口の利き方がなってなかった。

「なんだ、その物言いは」

まだ床に入っていたところに押しかけられた岡野は、不機嫌をあらわにして怒鳴りつけた。

岡野の声は背丈に似合わず甲高い。白髪交じりの目明しは、部屋に火の気がなかったことも重なって震え上がった。

「なにゆえ成田宿の者が、わしに音次郎を知っているかなどと訊《たず》ねにきたのか」

あたまごなしに怒鳴られた目明しは、つっかえながら次第を話した。岡野は話の腰を折ることはせず、腕組みをして聞き終えた。

「音次郎はいまどうなっておる」

「へっ？」

「ええい、まどろっこしい。音次郎は番所に留め置かれておるのか」

「さよでごんすだ。なにを訊《き》いても黙ったままなもんで」

「口にしたのはわしの名だけか」

「さよでごんす」

口の利き方を咎《とが》められた目明しは、できるだけ口数を少なくしているようだった。

「おまえの話をもう一度なぞるが、成田宿の吉田屋なる商人《あきんど》の隠居所に、十九日の明け方に盗賊が押し入ったということだな」

「その通りでごんす」

「それで音次郎が竹の鍵《かぎ》を持っておったがゆえに、番所に引き立てたというのか」

「そんだけではねっして……」

「なんだ、ほかにもわけがあるのか」

「音次郎ってやつは、隠居所の玄関の格子戸を、手でさわって調べてたでやすだ」

隠居所の下男から聞き込んだことを、目明しは怯《おび》えるようにして話した。

岡野は腕組みのまま思案を続けたあと、見開いた目で目明しを見据えた。

「わしが知っておると申せば、そのほうらは音次郎を解き放つのか」

問われても目明しは返答をしなかった。

岡野は重ねて同じことを問い質《ただ》した。目明しは目をしばたたかせながら、岡野を見た。

「うちらの同心の旦那《だんな》が、なにをかんげえてなさるか、わしには分からねっす」

目明しの答えに腹立ちを覚えながらも、岡野は得心した。下働きの目明しに、答えられる問いではなかったのだ。

「わしも成田に行く」

「へっ……」

目明しが驚きのあまりなのか、素っ頓狂《とんきょう》な声を出した。佐倉宿の同心が成田宿に出向くなどとは、勝手違いで考えられなかったからだろう。

「岡野様が、なして成田に？」

「貴様に言うことではないわ」

目明し相手に吐き捨てた岡野は、すぐさま身支度を始めた。

音次郎が留め置かれていることだけで、岡野は成田行きを決めたわけではなかった。目明しの話を聞くうちに、吉田屋の押し込みがこませの十郎一味の仕業ではないかと思い当たったからだ。それを確かめに出向くというのであれば、あとで詮議《せんぎ》を受けても大義名分が立つ。

身支度を調えながら、岡野はあれこれ思案をめぐらせた。考えれば考えるほど、音次郎を取り押さえた成田宿役人の間抜けさに腹が立った。

ひとことでも話をすれば、音次郎が盗みにかかわる男でないのは、分かりそうなものだろうが……。

初めて野平屋で吟味したとき、岡野はあたまから下手人は音次郎だと決めてかかった。そのことはすっかり棚に上げて、成田の役人は無能だと胸のうちでののしった。

佐倉から成田までは三里の道のりである。足を急がせれば、二刻《ふたとき》（四時間）もかからずに行き着ける。

佐倉宿を発《た》つ前に、岡野は野平屋に隆之介をたずねた。

「寒鯉釣りの約束をいたしたが、火急の用向きで成田宿に出向くことになった」

短い言葉で、音次郎が留め置かれている一件を隆之介に聞かせた。

「ことによると岡野様、その賊はここを襲った一味ではありませんかな」

「隆之介さんもそう思われるか」

「音次郎さんがいわれのない咎めを受けぬよう、なにとぞ岡野様のお力をお貸しください」

隆之介があたまをさげた。

「田舎役人と談判してまいる」

岡野は強い言葉で請け合った。


勢い込んで佐倉宿を出た岡野だったが、半里も歩かぬうちに焦《じ》れ始めた。

案内役の、目明しの足がのろいのだ。さりとてひとりで先に行ったのでは、番所でなにかと厄介だ。

岡野が岡野当人であることを知っているのは、宿場番所にたずねてきた目明しだけである。ことが揚屋に留め置かれた渡世人の解き放ち談判だけに、岡野の素性を請け合う者は欠かせなかった。

何度も目明しを急《せ》き立てたことで、佐倉宿を出て半刻あまりで酒々井村に入った。

村はずれの浅間神社手前に、石の道しるべが立っていた。

「ここより成田まで二里」

どんよりと重たい空だが、石に彫られた文字は、はっきりと読み取れた。

「もっと早く歩かんか」

岡野が目明しを急かせた。しゃべると、口の周りが白くなった。

三

成田の宿場木戸まで五町（約五百五十メートル）のところに、朝早くから店を開いているうどん屋がある。

屋号はひしやだ。

五坪ほどの土間には、卓代わりの樽《たる》も、腰掛も置かれていない。その代わりに、腰の高さに幅一尺の棚板のようなものが、両側の壁に取り付けられていた。

うどんの入ったどんぶりを受け取った客は、棚板を卓代わりに使ってうどんをすすった。

作っているのは、銚子の浜育ちだという、この正月で五十路《いそじ》を過ぎた親爺《おやじ》である。六尺を超える大男で、成田に移り住んで十年になるというのに、顔はいまでも潮焼けしたように真っ黒だった。

唇は分厚く、眉《まゆ》は太くて黒い。そして剃《そ》りあげたような禿頭《とくとう》だ。どこから見ても、およそ食べ物を扱う細やかさは感じられない男である。ところが丸太のような太い腕で、うどんを器用に茹《ゆ》で上げた。つゆは野田《のだ》の醬油《しょうゆ》を惜しげもなく使っており、たっぷりの煮干でとったダシの味もいい。

強い味のつゆは、親爺が毎日打つ太いうどんとうまく絡まりあっている。親爺は見かけ通り、無骨で無愛想な男だが、うどんの味にひかれて客が朝から押し寄せた。

一杯が十六文で、江戸の夜鷹《よたか》そばと同じ値だ。が、食べ応《ごた》えはまるで違っており、身体を使う駕籠舁《かごか》きや馬子でも、大盛りならうどん一杯で満足できた。

つゆを張ったどんぶりに、茹で立てのうどんが入っただけの、親爺同様に愛想のないかけうどんだ。薬味が欲しい客は、店の裏の畑からネギを引き抜き、自分で刻むのがここの流儀である。

残ったつゆを店のわきのどぶに捨ててから、食べ終わったどんぶりを客が大鍋《おおなべ》に突っ込むのも、またこの店の決め事だった。

一月二十一日の四ツ半（午前十一時）過ぎから、おきち・おみつの母娘はひしやの縁台に座っていた。土間に入り切れない客が、どんぶりを手にして腰をおろす縁台である。空が重くて冷え込みがきついためか、さすがのひしやも客の入りは半分ほどだ。

「おうどんをいただいたあと、しばらく縁台で休ませてもらってもいいかしら」

おきちが親爺に断わりを言った。

いつもなら宿場の人夫やら駕籠舁きやらで立て込んでいる店だが、この朝は客がまばらだった。

「好きにしなせえ」

親爺はきれいな江戸弁だった。

「うちは構わねえが、吹きっつぁらしで、ねえさん方にはきつくねえか」

おきちの江戸訛《なま》りが嬉《うれ》しかったのか、明るい調子だった。ひしやのなじみ客が、目を丸くして親爺を見た。

「あったかいのを着込んでますから」

おきちとおみつは、綿入れを羽織っていた。しかし親爺の言った通り、縁台に座ったふたりには寒さが食らいついてきた。

うどんを食べたあと、しばらくは身体があたたまっていたことで我慢もできた。それにふたりとも、鳥追いで外歩きには慣れていたが、真冬の成田の寒さは容赦がなかった。

おみつの唇が紫色に変わり、かじかんだ手は、幾らこすりあわせても血の色が戻らない。それでも縁台を離れないのは、人待ちをしていたからだ。

ふたりが待っているのは、昨夜佐倉に使いに出た目明しだった。

今戸の源七宛に誂《あつら》えの飛脚便を出したあとも、おきちは馴染《なじ》みの目明しふたりから聞き込みを続けた。

源七からの指図が届くまで、早くても丸一日はかかる。それまでに、音次郎の様子に変わったことが起きていないかを確かめるためである。

もしものときには、おきちは大滝組の吉之助を頼る気でいた。しかし、できれば貸元に借りは作りたくなかった。

それゆえ、目明しからの聞き込みには目一杯の手管を尽くした。馴染みの目明しは、喜平《きへい》と伝吉《でんきち》のふたりである。歳はふたりとも三十一だが、伝吉は酒々井村在の農家の三男で、江戸を知っているという喜平よりも、気性が素直で口も軽い。

「番所に留め置かれている、様子のいい若いひとはどうなってるの？」

おきちが二本目の徳利《とっくり》で伝吉に酌をした。

「なんだ、おきちさん。おめはあいつが気になるってか」

酒がさほどに強くないらしく、伝吉は一合の酒でしゃべり方に粘りが出ていた。

「どうしたのよ、伝さん。こんな年増《としま》にやきもち焼いてくれてるの」

「そうさ、おきちさん。こいつあ前っから、ねえさんに気があったんだぜ」

喜平が薄い唇をなめつつ、おきちに笑いかけた。おきちは喜平には取り合わず、伝吉にもう一度徳利を差し出した。

「妙な気を回さないでね。あたしはただ、江戸の若いひとが、牢屋《ろうや》にとじこめられてるのが気になっただけなんだから」

言いながらおきちは娘に目配せした。おみつは徳利を手にしたまま、喜平に寄りかかった。

「おっかさんは、幾つになっても若いひとが気になるのよ。ばかみたいよね」

おみつは酌をしながら、喜平の耳元でささやいた。喜平が上気したような顔になり、背中がだらしなく丸まった。

「あたしは若いひとなんか、どうでもいいの。ちょっとでも仕置きされると、若いひとってすぐに泣いたりするんでしょう？」

おみつが喜平の背中に、胸のあたりをくっつけた。喜平は自分も背中をさらにおみつに押しつけてから、背筋を伸ばした。

「ところがあの音次郎てえ若いのは、存外に骨がありやがるのよ」

江戸を知っているというだけあって、喜平のしゃべりには土地の訛りがなかった。

「おもしろそうね。もっと聞かせて」

おみつの唇が、喜平の耳たぶに触れそうだ。喜平の口が滑らかになり、その夜までの次第を余すところなくしゃべった。

音次郎は在所と名前のほかは、ほとんど話していなかった。

吟味に当たった同心も、吉田屋の盗みに音次郎はかかわっていないと、薄々は察していたようだ。うしろめたさを抱える者特有の、役人におもねるような振舞いが皆無だったからだろう。

しかし盗みに入られた隠居所の下男は、音次郎が玄関の格子戸を調べていたと訴え出ていた。問い質《ただ》しても、音次郎は口を閉じたままである。

なぜ竹の鍵《かぎ》を持ち歩いていたかも答えない。在所とおのれの名前のほかに口にしたのは、ただひとつ。佐倉宿宿場同心、岡野甲子郎の名前だけだった。

「なにゆえそのほうが、岡野同心を知っておるのか」

「そちらで岡野さんに訊《き》いてくだせえ」

音次郎の返答は素っ気なかった。

「岡野同心よりの答え次第では、そのほうもただでは済まんと心得ろ」

成田宿の同心は言葉で凄《すご》んだものの、音次郎の身体を責め立てることはしなかった。

二十日の夜、同心は配下の目明しひとりを佐倉宿に差し向けた。

「真冬の夜道を佐倉まで歩かされる、とっつあんもついてねえ」

話し終えた喜平が、おみつの胸の膨らみを求めるように背中を動かした。

おみつはそっと身体を離した。

おきちとおみつは、身体を寄せ合うようにして繁造《しげぞう》を待っていた。うどんをもう一杯食べれば、いっときは身体があたたまるだろうが、女の腹に二杯のうどんはきつい。

そこまでして繁造を待っているわけは、成り行き次第では、吉之助に助けを求めなければならないと思っているからだ。

岡野の答えによっては、音次郎は抜き差しならない立場に追い込まれる……昨夜おみつが喜平から聞き出した話をもとに、おきちはそう判じていた。

繁造が通り過ぎたあと、おきちはあとを追って番所のそばまで行く気でいた。なかの様子は分からないにしても、ことが動けば番所の外にも伝わってくる。

今戸の源七から指図はまだ届いていない。

このひしやの縁台で待っていれば、運良く飛脚に出会えるかもしれない。おきちは誂え便を頼んだ飛脚の顔は、はっきり覚えていた。目明しと飛脚のどちらも、成田宿に戻るときはひしやの前を通り過ぎる。見張るには、寒くても縁台に座っているしかなかった。

「ねえさん、こいつを使いなせえ」

ひしやの親爺《おやじ》が、真っ赤に炭火が熾《お》きた七輪を手にしていた。

「どんなわけだかは知らねえが、火の気がなしじゃあきついだろう」

これだけ言うと、おきちの礼も聞かずに戻って行った。

おきちの目が燃えはじめた。

「おっかさん……おっかさんったら」

「どうしたのよ」

「どうしたのって、そんなときじゃないでしょう」

おきちがなにを思っているか、娘にはお見通しのようだ。

「音次郎さんが番所から出してもらえたら、おっかさんの好きにすればいいから」

おきちは返事の代わりに、娘に笑いかけた。目がまだ燃えていた。

さらに四半刻《しはんとき》（三十分）が過ぎた。

七輪の炭火に白い灰がかぶさり始めたころ、おみつが母親の綿入れの袖《そで》を引いた。

繁造を急《せ》き立てながら、岡野甲子郎が宿場の木戸に向かっていた。

おきちもおみつも、佐倉宿の盗賊騒ぎは最初から見張っていた。野平屋に駆けつけた岡野の顔も覚えている。

しかし、なぜ岡野が佐倉宿から成田まで出向いてきたのかは分からなかった。

「おまえは番所まで、あとを追いなさい」

「おっかさんは？」

「江戸から飛脚が戻ってきそうな気がするの。あと半刻ほど、ここで待ってるから」

おきちは七輪に目を落とし、縁台のわきに転がっていた小枝で、白くなった炭火をかき回した。

「分かったわ」

おみつが素早く立ち上がった。

「おっかさん」

呼ばれたおきちが娘の顔を見た。

「妙な気を起こしたらだめよ」

母親にしっかり釘《くぎ》をさしてから、おみつは岡野のあとを追い始めた。

四

「めしだでよう」

背丈で五尺七寸（約百七十一センチ）、目方は二十貫（七十五キロ）はありそうな大柄な女が、揚屋に朝飯を運んできた。

ときはすでに五ツ半（午前九時）の見当だ。朝飯というにはいささか遅かった。

女は鍵の束を腰に吊《つ》るしていた。飯を運んできた盆を床に置き、鍵束をジャラジャラいわせて腰から外した。

鍵の数は全部で五本あった。

揚屋には牢がふたつ設けられており、それぞれの入口と差し入れ口の鍵が二本ずつで四本。それに揚屋出入り口の鍵だ。

牢番《ろうばん》が揚屋に出てくるのは五ツ半過ぎだ。それまでは賄《まかな》い女が牢の番をした。

女は音次郎から先に飯を配った。

「今日の昼ぐれえには、佐倉宿からなんか言ってくるだでよう。にいさん、もうちっとの辛抱ですむだからな」

女は飯と汁を差し入れ口から手渡しながら、音次郎の手を握った。見かけは大柄で山出しだが、手のひらは絹ごし豆腐のように柔らかかった。

「もう少しの辛抱てえことは、佐倉宿の答え次第で、あっしは出られるてえことですかい？」

「十手持ちのひとりが、ゆんべそっただことを言ってただ」

「そうですかい」

牢に入って以来、音次郎は初めて笑みを浮かべた。

「にいさん、笑ってもいい男だな」

女が舌で唇を舐《な》めた。

ねずみを前にした猫のような仕草だった。飯を受け取った音次郎は、目を合わせないようにして牢の隅に移った。

音次郎がこの揚屋に押し込められたのは、十九日の昼である。牢で出される飯は、朝晩の日に二回。十九日の夜から数えて、これで四回目の飯である。

その四回とも、女は音次郎から先に飯を配った。隣の牢に入っている男のほうが、音次郎よりも年長で、しかも先に牢に入っていたにもかかわらず、である。

先に配るだけではない。明らかに飯の盛り方が違っていた。どんぶりに入っているのは麦飯で、これはとなりの男と変わらない。

違うのは、盛られた量である。

麦は米と違って粘りがなく、ぱさぱさしている。それを高く盛り上げて音次郎に配るのだ。となりの男のどんぶりは、ほぼ平らに盛られていた。

粘りのない麦飯を高く盛るにはコツがいるが、それは食べるのも同じである。うまく箸《はし》を使わないと、ぼろぼろ膝《ひざ》にこぼしてしまう。

音次郎は、麦飯を食うのがこどもの頃から得手である。牢に入れられて最初の晩飯を、音次郎はどんぶりにひと粒の麦も残さずに、きれいに平らげた。

汁も菜《さい》も新香《しんこ》も残さなかった。

初めて口にした晩飯の菜は、ごぼうの煮物だった。

成田山新勝寺はごぼうが名物である。寺に頼めば、参詣《さんけい》客は坊入《ぼういり》（精進料理）を振舞ってもらうことができる。この坊入で出されるのが、新勝寺が農家に別誂《べつあつら》えさせている大浦《おおうら》ごぼうである。

長さ三尺、太さ一尺の途方もなく大きなごぼうを、アク抜き・煮込み・寝かしを丸二日間繰り返して供する、新勝寺の名物料理だ。

音次郎が牢で食べたごぼうは、もちろんそんな立派なものではない。甘味もダシも使わず、ただ醤油《しょうゆ》で煮ただけのごぼうである。

しかし朝飯も食わずに番所に連れ込まれた音次郎は、麦飯とごぼうの晩飯までなにも口にしていなかった。ゆえに醤油で煮ただけのごぼうも、具なしの味噌汁《みそしる》も、そしてどんぶりに盛られた麦飯も、きれいに平らげた。

二十日の朝は、麦飯の盛りがさらによくなった。

「にいさん、食いっぷりがいいな」

賄い女が笑いかけた。

麦飯だけではなく、味噌汁も粗末な椀《わん》からあふれんばかりだ。小皿には金山寺味噌が盛られていた。

金山寺味噌は、牢で甘味に飢えていただけにありがたかった。冷えた麦飯だが、金山寺味噌と一緒に食べると、麦飯の匂いも気にならなかった。

往生したのは味噌汁だ。味噌汁の味噌は近在の農家がこしらえたものだろうが、江戸のものよりは香りも味もいい。ただし、いささか塩味が強すぎた。

音次郎はどんぶりに半分残した麦飯に、味噌汁をかけて味を薄くした。そして一気にかきこんだ。

二十日も朝飯のあとは牢から引き出されて、成田宿宿場番所の吟味方同心、古川浩《ふるかわこう》三《ぞう》より取調べを受けた。問い質《ただ》されたのは、前日とほとんど同じことだった。

なぜ藤倉屋のような泊り賃の高い旅籠《はたご》に、若い渡世人の分際で泊まっていたのか。

なぜ吉田屋の隠居所の格子戸を、しげしげと調べていたのか。

なぜ竹の鍵《かぎ》を持ち歩いていたのか。

おもにこの三つを繰り返し訊《き》かれた。

「佐倉宿で蔵のない宿に泊まった折りに、盗人《ぬすっと》にへえられやした。それに懲りたんで、見栄えのよさそうな宿に決めたんでさ」

藤倉屋に泊まったわけは、素直に答えた。

「そんな話は信じられんわ。渡世人なら渡世人らしく、なぜ土地の貸元をたずねんのだ。この宿場には、大滝吉之助がおることぐらいは、渡世人駆け出しのそのほうでも知っておろうが」

音次郎の股旅《またたび》荷物一切は、藤倉屋から番所に運び込まれている。葛籠《つづらこ》の品物と、まだ使い込まれていない道中合羽《ガッパ》や笠《かさ》を見て、古川は駆け出しの渡世人だと判じたようだった。

「藤倉屋に泊まったのは、すぐ近くの吉田屋の下調べに好都合だったからであろう。調べはついておる、有体《ありてい》に話せ」

調べはついておる、と古川は連発したが、音次郎は本気にしていなかった。

「道中で、もしも役人に咎《とが》められる目に出くわしたら、在所となめえだけを何度でも答えろ。おめえにやましいことがなけりゃあ、役人もそのうち分かる」

出立前に聞かされた源七の教えである。音次郎はこれを守っていた。当たり障りのない問いには答えたが、そのほかは口を閉ざした。なにかいうと、さらに問い詰められそうだったからだ。

十九日に初めて詮議《せんぎ》を受けたとき、古川は竹鍵のことをしつこく問い質した。

「あっしの道中のお守りでさ」

「たわけたことを言うな。竹鍵のお守りなどが、あってたまるか」

古川は吉田屋隠居所に鍵を持ち込み、片っ端から鍵穴に差し込もうとした。玄関も納戸も、まるで合わなかった。明らかに大きさが異なる手文庫にまで差し込もうとしたが、これは吉田屋の隠居が、鍵を見るなり断わった。

番所に引き立てた手前もあるのか、格別のことが出ないあとも、古川は音次郎を解き放とうとはしなかった。音次郎が名前と在所のほかには、ほとんど口をつぐんでいることも、牢から出さない理由になった。

二十日の午後、古川はそれまで聞き流していた佐倉宿の一件を、本気になって問い質し始めた。音次郎が佐倉宿の宿場同心、岡野甲子郎の名を出したのはそのときである。

十九日、二十日の取調べで、古川は音次郎が押し込みの一味ではないとの心証を抱いたようだ。しかし調べに素直な返答をしない渡世人を、そのまま解き放っては、配下の目明しにも示しがつかない。

牢から出す大義名分が欲しかった古川は、音次郎が口にした岡野を使おうと決めた。佐倉宿同心が音次郎を知っていると請け合えば、それを理由にして牢から解き放つことができる。

「これより佐倉宿まで出向き、宿場同心岡野甲子郎殿から聞き込んでまいれ」

古川はもったいぶった口調で、目明しに命じた。早く解き放って厄介払いがしたいなどとは、おくびにも出さなかったが、目明したちは真意を見抜いた。

「繁造とっつあんもかわいそうに」

冬の夜道を佐倉まで歩かされる繁造を、目明し仲間は憐《あわ》れんだ。

この沙汰《さた》は、音次郎の知らないところで決められた。いずれ解き放たれるとは思っている音次郎だが、いつになるかの見当はつかなかった。

揚屋の牢に押し込まれたのも初めてであり、となりの牢の男と、どんなかかわり方をすればいいかも分からなかった。

　幸いにも、その男は五十年配で寡黙だった。男が声を出すのは、用足しに出たいと牢番《ろうばん》に告げるときだけだ。

　背丈は五尺一寸（約百五十三センチ）と小柄で、目方も十三貫（約四十九キロ）ほどしかなさそうだ。薄暗い牢でも、はっきり分かるほどにしわの多い男だが、音次郎は男をあなどってはいなかった。用足しに向かう男の足の運びには、寸分の隙も見えなかったからだ。

　後ろから仕掛けたら、振り返りもせずに相手を叩《たた》きのめすだろう……音次郎は男の後ろ姿に、その技量を感じ取っていた。

　男の飯は、音次郎に比べて盛りがわるかった。賄《まかな》い女が、歳を考えて盛り方を加減しているとは思えない。

　大きな格子越しに、互いの様子は筒抜けである。飯の盛り方がどうであるかは、見たくなくても見比べることができた。

　おれはえこひいきされている……。

　飯になると、音次郎は居心地がわるかった。しかしとなりの男は、盛りの大きく異なる飯を見ても、話しかけてはこなかった。

「にいさんよう……」

麦飯を食べ終わった音次郎に、となりの男が初めて話しかけてきた。空になったどんぶりと椀を差し入れ口の前に戻したあと、音次郎は男のほうに顔を向けた。

となりの牢とは、大きな格子で仕切られているだけである。男は小声だが、充分に聞き取れた。

「どうやら出してもらえそうだな」

かすれ声でも、重みのある声だった。

「賄いねえさんの言ったことだけでやすから、定かには分かりやせんが」

「あの女の言うことは、百にひとつも間違いはねえ」

「あにさんは、あのねえさんをよくご存知なんで？」

「ほどほどには知ってるが……」

男の口が重たくなった。

「あっしは音次郎てえ、駆け出しの渡世人でやす」

「おれは橋場の吾助《ごすけ》だ」

「橋場てえのは、大川端の橋場で？」

「あんたの今戸とは、近所みてえなもんだ」

音次郎は目を見開いた。今戸だとは、ひとことも話していなかったからだ。

「目明し連中は口が軽い。おだてりゃあ、なんでも話してくれるさ」

吾助が食べ終わったどんぶりを差し入れ口まで運び、音次郎のそばに寄ってきた。格子越しに、ふたりの顔が向かい合わせになった。

「あんたをしつけた親分は、てえしたひとらしいな」

「どうしてそんなことを言われますんで？」

思わず音次郎の口調がていねいになった。

「余計なことはうたわず、しっかり口を閉じてるじゃねえか。できるようで、できねえことだぜ」

そんな音次郎だから、口を利く気になったと吾助は続けた。

「あんたが先に出るだろうが、ここでわらじを脱ぐなら大滝組がいい」

なぜいいかは言わなかったが、吾助の物言いにはそうだと思わせる強さがあった。

「ここの賄い女は、参道裏のこけしてえ呑《の》み屋《や》の酌婦だが……」

そのとき、揚屋の戸が開いて牢番が勤めに出てきた。

吾助はすっと格子から離れ、あとは口を開かなかった。

ふたりとも調べに呼びだされず、ときだけが過ぎた。揚屋の戸が開いたのは、正午の鐘が鳴ったあとである。繁造が鍵をあけて、音次郎を牢から出した。

「客が待ってるだ」

繁造はそれしか言わず、音次郎の背中を押した。

五

音次郎の姿を見て、岡野は立ち上がって迎えた。まだ番所に着いたばかりで、厚手の道中羽織を着たままだった。

「おお、音次郎……息災か」

十五日に佐倉宿で酒を酌み交わしてから、まだ六日しか経っていない。さらに言えば、岡野と音次郎は、さほどに親しいわけでもなかった。岡野の大げさな物言いが音次郎には嬉《うれ》しかった。

曇り空ながらも、牢に比べれば番所の土間は、はるかに明るい。通りを背にした岡野を見る音次郎は、目を細くした。

「どうした音次郎、なにかされたか」

同心が番所で吐く言葉ではない。古川がむっとした目で岡野を見た。岡野は気にも留めていない様子で、音次郎を呼び寄せた。

「牢は寒かろうが。ここにきて炭火にあたれ。構わん、遠慮は無用だ」

まるで佐倉番所にいるかのように、岡野は物言いに遠慮がなかった。

音次郎も物怖《ものお》じせず、火鉢を取り囲む座の真ん中に座った。わきに立ったままの目明したちが目を尖《とが》らせた。

岡野はまだ立ち上がったままだが、それでよしと、音次郎に目で笑いかけた。

古川が大きな空咳《からせき》をした。岡野が顔つきをあらためて、古川を見た。五尺八寸の岡野が、三寸は背の低い古川を見下ろす形になった。

「この者は、音次郎に相違ござらん」

岡野が立ったまま、音次郎の肩に手を置いた。あたかも、知己の肩をいつくしむがごとくに見えた。

「佐倉藩宿場番所において……」

岡野は佐倉藩に力をこめた。

「貴殿配下の者より、音次郎留め置きの次第はうかがい申した」

岡野は古川ひとりではなく、番所の目明し連中にも聞こえるように話しているようだった。

「この音次郎なる者は、去る十二日深夜に当藩佐倉宿にて生じた盗賊騒動において、持てる技を用い、惜しみない助力を藩に示した。それを多とし、奉行より直々に言葉と恩賞が下された」

角樽《つのだる》に入った酒のことを、岡野は恩賞と言い放った。が、その実を知らない古川も目明しも、奉行よりの恩賞と聞いて身体を硬くした。

「この上、格別の嫌疑なかりせば、音次郎が身は手前が請け人となって貰《もら》い受けたい。いかがでござるかの、古川殿」

「岡野氏《うじ》の差配下で生じた盗賊騒ぎと、身共《みども》の宿場で生じた騒動に、なにぞかかわりがあるとお考えかの」

同役の横柄な物言いに、気性の真っすぐな岡野は顔に血を上らせて赤くなった。目には燃え立つような怒りがあふれている。

「そのようなお尋ねありせば、書面にて問い合わせされたい」

いうなり音次郎を立ち上がらせた。

「行くぞ」

「がってんだ」

音次郎は、笠《かさ》の紐《ひも》を結わえる左手に葛籠《つづらこ》をさげたまま、岡野と並んで番所を出た。

「遠路、ありがとうやんした」

音次郎が熱燗徳利《あつかんどっくり》を差し出した。

ふたりは藤倉屋の離れで差し向かいになっていた。

岡野は成田に一泊してから帰るという。それなら今夜は一緒にと、音次郎から藤倉屋に誘った。

　あるじは相変わらず、宿の玄関先で下足番をしていた。

「ひと晩、やっけえになりてえんでやすが」

「そちらのお武家様は？」

「あっしと相部屋で構いやせん」

　藤倉屋はそれ以上余計なことを訊《き》かず、女中を呼んだ。案内されたのは、先夜と同じ離れである。

「湯の支度が調っておりますが」

　音次郎は十九日から今日までの、揚屋の垢《あか》を落としたかった。岡野は佐倉からの道中の、ほこりを洗い流したかった。部屋掛りの女中から言われて、ふたりはなにより先に湯殿に向かった。

　湯からあがると、あらかじめ頼んでおいた昼飯の膳《ぜん》が調っていた。

　寒鯉の鯉こくに、冬野菜の炊き合わせ。それに銚子の浜から仕入れた貝柱と、大根の小鍋《こなべ》である。小鍋を載せた七輪は火加減もよく、酒をやり取りしているうちに煮立ってきた。

「えらい目に遭ったのう」

　盃《さかずき》を干した岡野が、真顔で音次郎をねぎらった。

「岡野さんが来てくれるとは、夢にも思いやせんでした」

「わしも来ようとは思わなんだがの」

岡野の声は相変わらず甲高く、そして大きい。しかしここは離れである。ひとに聞かれる気遣いはなかった。

「わしも含めてだが、放っておくと、田舎の役人は手柄欲しさに、なにを先走るか知れたものではない。しばらく成田山参りもしておらんゆえ、来るにはいい折りだった」

徳利四本をあけ、鯉こくと小鍋を平らげたところで飯になった。

飯は昼間でも、櫃《ひつ》に入った炊き立てが運ばれてきた。生卵と新香《しんこ》に焼き海苔《のり》、金山寺味噌がついている。

「生卵は、あるじからでございます」

器に割った卵に醤油《しょうゆ》を垂らして、女中が出ていった。

「あるじとは、あの下足番だの」

岡野はずばりと言い当てた。

「なぜお分かりになりやしたんで」

「わしは宿場同心だ」

「あっ……すっかり忘れてやした」

音次郎はあたまをかきながらも、感心した目で岡野を見た。

「下足番とあるじの見分けがつかなくては、わしの役目は務まらん」

岡野がわずかに胸を反らせた。

茶と干し柿が出て、昼飯が終わった。

女中が下がると、卓をはさんで岡野と音次郎とは改めて向き合った。

「成田までの道々で、目明しに聞いたまでゆえ、定かなことは言えんが……」

「なんでやしょう」

「吉田屋に入った賊は、ことによると、こませの十郎ではないか」

「なぜそんなことを？」

「ひとを殺《あや》めぬことといい、あらかじめ合い鍵《かぎ》を調えておることといい、よく似ておる」

酒が入った上に、藩の外の旅籠《はたご》で同じ賊にかかわったことで、岡野は心安さを感じたらしい。ここまで調べがついていることを、余さず音次郎に話した。

こませの十郎は、なにより合い鍵造りを念入りに行った。盗みに入る手前の備えを抜かりなく手配りすることで、無益な殺生が避けられる……。そう嘯《うそぶ》いていることが、公儀役人から佐倉藩にも伝わっていた。

「吉田屋がいかほど盗まれたか、おまえは聞いておるか」

「いや、知りやせん。岡野さんはご存知で」

「吉田屋の隠居の申し立てでは、百二十三両と二分らしい」

「そんな大金を隠居所に」

「そうだ」

「なんとも無用心なことで」

「なにを言うか」

岡野が人差し指を突き出した。

「百両を持ち歩くおまえに、そんなことが言えた義理か」

「ちげえねえ……」

語尾を小さくして、音次郎がうつむいた。

「江戸からの話によると、こませの十郎は滅法な博打《ばくち》好きとのことだ」

「ありそうな話でやすね」

「佐倉、成田と立て続けに盗みを働いたのも、博打の元手欲しさかも知れんぞ」

これで話を打ち切るためか、岡野が立ち上がった。

「わしは成田山にお参りしてくるが、おまえはどうする」

「あっしは横になってやす」

「そうか」

岡野は無理強いをしなかった。

「今夜は、色町でも冷やかすか」

「そうでやすねえ……」

明日《あした》には大滝組に顔を出す気でいる音次郎は、先々のことを考えて返事を濁した。

ところが晩飯にはうなぎが出た。

三日間の揚屋暮らしを思ったあるじは、音次郎に白焼き、蒲焼《かばや》きを二尾も調えさせたのだ。佐倉から運ばれるうなぎは、真冬のいまでもたっぷり脂が乗っていた。

岡野もうなぎ好きらしく、ふたりとも大きな二尾をぺろりと平らげた。

飯を終えてごろっと横になった岡野は、朝方の歩きの疲れが出たのか、転《うた》た寝を始めた。

「岡野さん……岡野さん……」

「なんだ」

「色町を冷やかすんじゃありやせんかい」

「おまえはいやだと言わなかったか」

岡野が億劫《おっくう》そうに身体を起こした。

「なんだか、あっしもその気になってきやして」

「ふううむ……」

今度は岡野の気が乗らないようだ。

「佐倉から足を運んでくれた岡野さんを、このままけえしたら、あっしが代貸にどやされやす。人助けだと思って、付き合ってくだせえ」

「色町に行くと、おまえを助けることになるというのか」

「へいっ」

気が昂《たか》ぶっている音次郎は、すぐにでも町に出たかった。岡野に両手を合わせて頼み込んだ。

「寒くて億劫だが、人助けとなれば是非もないのう」

大きな伸びをして、立ち上がった岡野が、黄色い歯を見せて笑った。

「身なりはどうする」

「門前町の夜でやすから、宿の丹前で行きやしょうや」

宿を出た音次郎は、吾助から聞かされた参道裏の「こけし」を探した。

牢番《ろうばん》がきたことで、吾助の話は途中で終わっていた。あの大柄な賄《まかな》い婦のことが気になっていた。牢で示してくれた好意に、礼も言いたかった。

牢で見たときは、あんな山出しは願い下げだと思ったが、いまはうなぎの精が身体の中で暴れまわっている。柔らかな手のひらの感じを、音次郎ははっきりと覚えていた。

乳も大きかったし……。

あたまで勝手なことを思い返しながら、こけしを探し当てた。

五坪ほどの小体《こてい》な店で、まだ時分が早いのか、客はひとりもいなかった。土間から素通しで見える調理場では、おんながふたり立ち働いていた。

ひとりは見覚えのある大柄な女で、もうひとりは痩《や》せた小柄な女だった。

「いらっしゃい……」

賄い女が音次郎を見て、あいさつの言葉を途中で飲み込んだ。そして、いそいそと出迎えに出てきた。

賄い婦のときとは、身なりもこしらえもすっかり変わっていた。

唇には薄い紅がひかれており、眉《まゆ》も細く見えた。白粉《おしろい》の使い方がうまいのか、色白の顔になっており、頬紅の塗り方も艶《つや》やかだ。

着ているものは渋めの紬《つむぎ》だが、化粧をした顔にうまく合っていた。

あまりの変わり方に音次郎が戸惑っていると、遅れて岡野が入ってきた。宿のお仕着せに丹前を羽織っただけだが、なにしろ上背がある。

「こちら、あんたのお連れさんかね」

女が科《しな》を作った声で問いかけた。

「岡野さんてえひとだ」

「岡野さんって……」

女が岡野に目を合わせた。

岡野も大きいが、女も大きい。艶々とした目で、女は岡野を正面から見た。

「男気を見せて、佐倉からわざわざ出張って見えた岡野さんて、あんたかね」

「岡野さんを知ってるのかい」

音次郎が問いかけたが女は返事をせずに、もうひとりの女を手招きした。

調理場から出てきたのは、狐のような細長い顔をした四十年配の、目の釣り上がった女である。

「とめちゃん、提灯《ちょうちん》引っ込めてけれ。今日は店じまいすっから」

賄い女は岡野の手を引いて土間の腰掛に座った。店の入口で、音次郎ひとりが取り残された。

「あんたの相手は、とめちゃんがすっからね。なんでも好きにしてけれ。とめちゃん、あんな顔してて好きもんだからね」

あとは音次郎には一切構わず、岡野にべったりと寄り添った。

音次郎が呆然《ぼうぜん》として立っていると、提灯をさげたとめちゃんが戻ってきた。

「近くで見ると、あんた、いい男だがね」

とめちゃんが笑うと、真っ赤な舌が見えた。

六

一月二十二日の音次郎の目覚めは、五ツ（午前八時）を過ぎたころだった。昨日までの重たい空が消えて、柔らかな冬の陽が寝間に差し込んでいる。

目覚めたとき、音次郎はどこにいるのか、すぐには分からなかった。朝日の差す障子のわきに、枕屛風《まくらびょうぶ》が立てかけられている。その屛風の前に、藤倉屋のお仕着せと、丹前がきれいに畳まれていた。

ぼんやりした目で、音次郎は畳まれた丹前を見た。まだ、はっきりとは目覚めていなかった。

しばらく丹前を見続けていたが、いきなり我に返って飛び起きた。素肌に着ていた搔巻《かいまき》の前が開いた。

音次郎は下帯もしていなかった。

木綿のさらしと下帯が、丹前の上に畳まれている。大急ぎで下帯を回し、さらしを巻いているところに、昨夜のとめが入ってきた。

「朝飯、とっくにできてるだ」

とめは髪をばい髷《まげ》に結っていた。かんざしに髪を巻きつけて結び、残りの髪を外に出す結び方である。こうすると巻かれた髪が、ばい貝のように見えた。手早く結えるので玄人の女に人気があったが、とめが結うと髪が少なくて、貝の立ち方がわるい。

朝飯は、こけしの土間に用意されていた。飯は炊き上がってからときが経っているらしく、熱々ではなかった。が、味噌汁《みそしる》はとめが温めなおしてくれていた。

「岡野さんは？」

「とっくに佐倉さ、けえったがね」

「そんなに早くかい？」

「明け六ツで出てった」

とめは音次郎を見て、にっと笑った。見えた歯ぐきは黒ずんでいた。

「ねえさんはよう、間夫《おとこ》が番所に押し込められてるもんだでさ。ゆんべは相手を寝させなかっただに、岡野さん、六ツに出てくとは達者だで」

「それで……、ねえさんはどこでえ」

「番所に決まってるでねえか。にいさんも、ねえさんの麦飯食ったべ？」

とめがまた、にっと笑った。

おれはうなぎを食ったばっかりに、とめねえさんと……。

いきなり味噌汁が塩辛く感じられた。が、そのかたわらで、牢で会った吾助と面倒なことにならずにすんだと、安堵《あんど》した。

吾助はあのあとなにを言おうとしたのか。

音次郎はそれ以上考えるのをやめた。飯に味噌汁をぶっかけて、牢で食ったと同じように一気にかきこんだ。

昨夜を思い返しているのか、音次郎を見るとめの目が、濡《ぬ》れているように見えた。


大滝組を正面に見る茶店の縁台に、おきちとおみつが座っていた。

縁台は南向きで、冬の陽が斜めから差している。火の気はなかったが、ふたりは綿入れだけで充分にあたたかそうだった。

縁台には、茶と、ふちが欠けた皿に載ったまんじゅうが出ている。おみつが手にした湯呑《ゆの》みにも、大きな欠けがあった。

座ってすでに半刻《はんとき》が過ぎている。

おみつは二度、茶をおかわりした。だが、大滝組から目を外さずに手にしているその茶は、ぬるくなっていた。

おきちは、縁台の端に座ったまま寄ってこようとしない猫を、あきずに手招きしていた。

「チュウ、チュウ、チュウ……」

ねずみの鳴き真似に、最初は猫も薄目をあけた。しかしいまは、耳ひとつ動かそうとしない。おきちはむきになって、縁台においた手をバタバタさせていた。

「おっかさん……」

猫にかまっているおきちの袖《そで》を、娘が引っ張った。振り返ったおきちは、正面の大滝組に目を凝らした。

股旅《またたび》姿の音次郎が、大滝組の十二間間口に向かっているのが目にとまった。

源七からの手紙は、昨日の八ツ（午後二時）過ぎに飛脚宿に届いた。

「音次郎がまだ番所に留め置かれているなら、すぐさま大滝組をたずねること。佐原の好之助親分と、うちの芳三郎とが兄弟分であることを伝えて、入り用な助けを求めること。ただし音次郎が番所からすでに出ていれば、手助けは無用」

指図は、はっきりしていた。

手紙を読んだときには、すでに音次郎は牢から放たれていた。岡野甲子郎と音次郎とが、藤倉屋に投宿したのを見ても、おきちは驚かなかった。ここまでの音次郎の振舞いを思い返したら、恩人の岡野を手ぶらで帰すとは思わなかったからだ。

一夜明ければ、音次郎はかならず大滝組にわらじを脱ぐと、おきちは読んだ。もしも旅籠《はたご》に泊まり続けるようなら、そこで見限って源七に知らせる気だった。

大きな貸元の存在を知りながら、仁義も切れないようでは、渡世人として見込みがない。源七からも、それを言われていた。

音次郎の姿を見て、おきちはふうっと小さな安堵の吐息を漏らした。

「おひかえなすって……」

音次郎が二度声を投げ入れたところで、大滝組の若い者が顔を出した。

音次郎の、初めての仁義切りである。

おきちとおみつは耳をすませた。

「軒下三寸をお借り申し上げての仁義、失礼さんでござんす。おひかえなすって」

「どうぞ」

組の若い者が、土間の内側から答えた。

「さっそくのおひかえ、ありがとうさんでござんす」

形も口上も、しっかりとできていた。おみつが母親を見た。さきほどまで猫にかまっていたおきちの手が、小さなこぶしになっていた。

「てまい、生国《しょうごく》と発しますところ関東でござんす。関東は東の筑波山の峰々の美しさに、華の都は大江戸の大川の清き流れは美しく、深川でござんす。深川は仮の住まいとして、浅草は今戸の、恵比須の芳三郎の若い者でござんす」

音次郎はここで、ひといき置いた。

源七から教わった通りの作法である。

淀《よど》みのない音次郎の仁義が、おきちの耳にも届いている。おきちの息遣いがわずかに荒くなっていた。

「姓は草笛、名は音次郎。姓は草笛、名は音次郎と申しやす。いまだ渡世若輩の駆け出し者でやすが、以後万端、よろしくお頼み申しやす」

大滝組の若い者相手に、音次郎が仁義を切り終わった。それを受けて、土間の奥から年かさの男が顔を出した。

「大滝組を仕切る元四郎《げんしろう》と申しやす。久々に形のきれいな仁義を受けやした」

土間で聞いていたのか、代貸が出てきた。

「どうぞ、おあがんなせえ」

代貸はみずから、音次郎を招き入れた。音次郎は若い者のあとについて土間に入った。

一部始終を見届けて、おきちとおみつは嬉《うれ》しそうな目を交わした。

さきほどまで知らぬ顔をしていた猫が、トコトコッとおきちのそばに寄ってきた。

七

音次郎が連れて行かれたのは、一階の階段わきの板の間から一段低く構えられた、十六畳の広間だった。

部屋には先客が七人いた。

「こちらを使ってくだせ」

案内役の若い者は、部屋の入口で引き返した。敷居の外に立つ音次郎に、七人の目が集まった。

「ごめんなすって」

手刀《てがたな》を切って、音次郎は敷居をまたいだ。

「江戸は今戸の音次郎と申しやす」

新顔としてのあいさつをした。

素早く立ち上がって名乗り返す者もいたし、知らぬ顔で座ったままの者もいた。

名乗り返した男のひとりは、十八日に音次郎が仁義を聞いた訛《なま》りの強い越後の男だった。

「越後高田《たかだ》の真太郎てえやすだ」

二度聞き返して、音次郎は男の名がやっと聞き取れた。

十六畳間の壁には、釘《くぎ》が何本も打たれている。先客は、それぞれが合羽《カッパ》と笠《かさ》を吊《つ》り下げていた。

客は古い順に、奥からおのれの居場所をこしらえていた。畳は八枚が二列に敷かれている。だれもが二畳をひとりで使っており、畳の縁《へり》がうまく境目になっていた。

音次郎は敷居に一番近い二畳に座り、壁の釘に笠と合羽を引っ掛けた。

「あっしは相州《そうしゅう》江《え》ノ島《しま》在の、昌吉《しょうきち》と申しやす。よろしくお見知りおき願いやす」

音次郎が腰をおろすと、となりの男があいさつをしてきた。

「今戸の音次郎でやす」

互いに江戸弁を話すことで、気楽にあとの話ができた。

「朝飯は五ツ、晩飯は六ツでやす。湯は二日に一度、偶数の日に立てられやす」

「がってんでさ」

「あと、こちらの貸元がいたずらされやすのは、四五《しんごん》のカブでやすから」

昌吉が小声で、大滝組のしきたりを耳打ちした。いたずらとは博打《ばくち》のことで、四と五のつく日が開帳日である。

貸元の宿にわらじを脱ぐ渡世人（客人）は、寝泊りと、日に二度の飯を世話してもらえた。組から格別の頼みをされない限り、客人は手伝いをしないのが作法である。

組の若い衆に祝儀を渡すのはご法度だが、路銀にゆとりがあれば、賭場《とば》で遊ぶことは許されていた。目が出て勝ちを収めるのに、遠慮はいらない。このときは、相応の祝儀を盆に渡すのが礼儀だった。

客人が組にとどまるのに、限りはない。が、多くの渡世人は、長くても十日で組を出た。

手伝いは無用だが、組に出入りが生じたときには、真っ先に斬り込んで行くのが、客人に課せられた務めである。

長く居続けると、出入りに出くわしかねない。そうなれば、命を落とす羽目につながる。客人が長居をしないわけがこれだった。

ひとつの宿場で、ふたつ、三つの貸元が張り合っているときは、客人はほとんど寄りつかない。いつなんどき、出入りに駆り出されるか知れたものではないからだ。

大滝組の客人部屋は、音次郎が加わったことで十六畳間がふさがった。このことが、大滝組の力のほどを示していた。


昌吉が耳打ちした通り、六ツの鐘で晩飯が始まった。場所は台所につながる十畳間である。客人はてんでに台所で箱膳《はこぜん》を受け取り、十畳座敷におのれで運んだ。

飯は米と麦とが半々で、菜は二品に、汁椀《しるわん》、新香《しんこ》である。

「音次郎さんは、よその貸元にわらじを脱がれやしたかい？」

飯も昌吉と隣り合わせに座ることになった。

「いいや、ここが初めてなんで」

「そうですかい。大滝の貸元は、気前がいいてえ評判でやすから……あすこに樽《たる》がおいてあるのがめえやすでしょう」

昌吉が座敷の隅を指差した。

「あれは地酒の四斗樽なんでさ。飯のたんびに、酒はやりてえ放題でやす」

「そいつあ豪勢だ」

音次郎が感心して見ていると、奥に座ったふたりが、徳利《とっくり》を手にして立ち上がった。

「酒は呑《の》み放題でやすが、客がいざこざを起こしたら、喧嘩《けんか》両成敗で、ふたりともその場で叩《たた》き出されやす。音次郎さんも、客同士の喧嘩だけは気をつけてくだせえ」

「色々とおせえてもれえて、大助かりでさ」

音次郎が軽くあたまをさげているところに、組の若い者が新しい飯櫃《めしびつ》を運んできた。

「好きなだけ、やってくだせ」

客人に言い触れている若い者が、音次郎を見て棒立ちになった。そのさまを見て、客人たちがいぶかしげに音次郎に目を向けた。

汁を飲んでいた音次郎は、それに気づかなかった。

「音次郎さん……」

昌吉が小声で呼びかけてきた。

「どうかしやしたかい」

「あの若い衆に見覚えがありやすかい」

音次郎が目を向けると、若い者から寄ってきた。

「あんときゃ、どうも」

言われても、音次郎には思い当たる節がなかった。

「すまねえが、どちらさんでやしたかい」

「浅間神社の竹藪《たけやぶ》で」

「あっ、あのときの……」

袋叩《ふくろだた》きにされていた、と危うく口にしそうになって、音次郎は言葉を飲み込んだ。

男はあたまを下げて音次郎の前を離れた。


飯が終わり、五ツの鐘が鳴ったところで、湯の支度ができたと組の下働きが告げにきた。昌吉の話だと、湯船は大きくて八人が一度に入れるという。客人たちは、てんでに湯殿に向かった。

音次郎は、一番あとから部屋を出た。

湯殿に続く廊下に出たところで、先刻の若い者が音次郎を待っていた。

「ちょっといいだか」

男は音次郎の返事も聞かずに、土間におりた。仕方なく音次郎もあとに続いた。十二間幅の土間には明かりが回りきっておらず、隅は闇に近かった。

「おらはここの組のわけえもんで、カツオてえますだ」

あまりに変わった名を聞いて、音次郎が思わずなぞり返した。

「在所の親父は犬吠埼《いぬぼうざき》の漁師だもんで、三男坊のおらには、なめえかんげえるのが面倒だって……その日に獲《と》れた魚《うお》からカツオだと」

「へええ、そうかい。だったらにいさんは、ことによるとサバかイワシてえなめえだったかも知れねえな。カツオでなによりだ」

音次郎は、つい軽口でやり返した。

カツオはそれには応じず、差し迫ったような声で話を続けた。

「竹藪でおらを取り囲んでたのは、吉川組だ。にいさん、吉川組を知ってるだか」

「宿場外れの貸元だろう」

答えながら、音次郎は別のことを思い返していた。

「カツオさんよう」

「なんだ」

「あんた、竹藪で出会ったときは、江戸弁をしゃべってなかったか」

「覚えてたかね」

「やっぱりそうかい」

「あんときはなんだか、バツがわるくてよ。聞きかじりの江戸弁使って騙《だま》したつもりだったがさ。まさか、ここで会うとは思わなかっただ」

暗闇のなかであたまをかいたあと、カツオはあの日の顚末《てんまつ》を話し始めた。

カツオは前日から二日の休みをもらい、同郷の仲間をたずねて酒々井の町に出かけていた。

帰り道で浅間神社に差しかかったとき、吉川組の若い者と出くわした。吉川組は、もともとが若い衆の集まりのような組だが、神社で出会った三人は、とりわけ若い跳ねっ返りばかりだった。

吉之助は、吉川組が宿場の外にいる限りは、盆を開くのを大目に見ていた。が、それでも見回りは欠かさず、吉川組の連中を宿場で見つければ、有無をいわさずに叩き出した。

カツオは何度か、吉川組の若い者を見つけては、見回りの仲間とともに、手荒く扱っていた。

浅間神社で出会ったなかのひとりが、カツオの顔を覚えていた。酒々井はどちらの組の息もかかっていない場所である。

「いいとこで会っただ。つら貸せや」

日ごろのお返しだということで、三人は思いっきりカツオをいたぶった。そこへ、吸筒《すいづつ》造りの竹を求めて竹藪に入った音次郎が出くわしたという寸法だった。

「すまねがにいさん、このことはうちの組にだまっててくんなせ」

カツオが音次郎を呼び止めたのは、口止めのためだった。

「そいつあできねえ」

音次郎はきっぱりと断わった。

「そんなことをおれに頼むてえのは、とんでもねえおめえさんの了見ちげえだ」

「だったら告げ口する気だかね」

「ばか言うんじゃねえ」

音次郎は大きな息を吸い込んだ。このましゃべると、声を荒らげそうになったからだ。

「あれは、おめえさんが袋叩きにされたわけじゃねえ。大滝組てえ代紋を、踏みつけにされたんだ。そこをおめえさんは、まるっきり分かっちゃあいねえ」

カツオと音次郎は、見た目にも同年配である。音次郎はカツオに渡世人の筋目を話しながら、おのれをもう一度戒めていた。

「いますぐ、代貸に話しなせえ」

「………」

「おめえひとりできついなら、その場に居合わせたかかわりもある。おれも一緒に話してもいい」

音次郎が言葉を重ねても、カツオは土間から動こうとしない。

焦《じ》れた音次郎が、言葉を荒らげそうになったとき。大滝組の土間に、男が三人飛び込んできた。

参道の駕籠舁《かごか》きたちだった。

# 八

元四郎は代貸部屋に音次郎を残したまま、貸元の居間に出向いた。

さほどに間を置かずに戻ってくると、音次郎を伴って部屋を出た。

連れて行ったのは、裏手の寺を見渡せる十畳の客間である。音次郎が部屋に入ったときには、すでに貸元が座って待っていた。

「恵比須の芳三郎に仕える若い者で、音次郎と申しやす」

音次郎が両手をついてあいさつをした。

「顔をあげなせえ」

吉之助の声は野太く、しかも張りがあった。

「あんたは、小野川のと回り兄弟の若い衆さんだったのか」

「へいっ」

「代貸から聞いたが、うちの若いのがいろいろと世話になったようだ。それを知らずに客人部屋に押し込んだのは、おれの手落ちだ。気をわるくしねえでもらいたい」

「とんでもねえこって」

音次郎がもう一度あたまを下げた。

夜更けのことで、外は闇に包まれている。しかし十八日に下見をしている音次郎は、この客間が寺に続いていると分かっていた。貸元が、神棚のある居間ではなく、別の客間で応対するのは、上客に限ったことである。それは芳三郎を見てわきまえていた。音次郎のとなりには、代貸の元四郎が座っている。音次郎を大事な客と認めた、もうひとつのあかしだった。

吉之助は顔色も息遣いも落ち着いていたが、元四郎が音次郎を引き合わせるに先立って聞かせた話は、決して穏やかなものではなかった。

代貸が貸元に伝えたことはふたつ。いずれも、吉川組にかかわることである。

ひとつは音次郎がその場に居合わせた、カツオが袋叩きにされた一件だ。貸元はカツオを助けたことと、今夜の諫《いさ》めとの両方について、おのれの口で音次郎に礼を言った。

ふたつ目は、土間に駆け込んできた駕籠舁き三人から聞き取った顛末である。

「これも渡世にかかわることだ。あんたも一緒に聞けばいい」

吉之助に指図されたことで、音次郎はそのまま代貸の話を聞くことになった。

駕籠舁きや馬子たちは、仕事がひまなときや早仕舞いしたときは、宿場外れの小屋で手慰みに興じてきた。

大滝組は、もちろんそれを知っている。分かってはいるが、素人同士でやり取りする小さな博打《ばくち》である。

「敷布を敷いたら叩《たた》き潰《つぶ》す」

サイコロ博打を座布団の上でやる限りは、大目に見ると伝えていた。

駕籠舁きや馬子たちは、組に言われたことを守り、仲間内だけの博打に限ってきた。

二十二日の今日は、久々に晴れた。

参詣客《さんけい》の数が増えて、駕籠も馬も大いに繁盛した。ふところがあたたかくなった馬子たちは、浮き浮きしながら博打を始めた。もちろん大滝組から咎《とが》められないよう、座布団博打に限ってのことである。

日が暮れたあとの六ツ半（午後七時）過ぎに、五人の男が小屋に押し込んできた。五人とも、匕首《あいくち》をさらしに巻いていた。着ている半纏《はんてん》で、吉川組の者と分かった。

「だれに断わってやってるだ」

なかのひとりが座布団を引っ手繰《たく》った。

「ここは大滝組のシマだべ。わしら、組の許しをもらってるだよ」

馬子が口を尖《とが》らせた。

「ばかいうでね」

五人のなかで一番小柄な男が、馬子をこぶしで殴りつけた。

駕籠舁きも馬子も、腕っ節自慢ぞろいだ。すぐさま立ち向かおうとすると、五人が匕首の鞘《さや》を抜き払った。

「駕籠舁きと馬子はうちの客だ」

馬子を殴りつけた男が、匕首をヒラヒラさせて凄《すご》んだ。

「内外《ないがい》をやるなら、寺銭《てらせん》払え。文句あったら、いつでも受けるだ」

匕首を左手に持ち替えると、もう一度馬子を殴りつけて、小屋から出ていった。

内外とは、大滝組が大目にみるといった、座布団博打のことである。それに吉川組は、寺銭を払えと横槍《よこやり》を入れてきた。

収まらない駕籠舁き三人が、大滝組に泣きついた。これが話のあらましである。

「カツオのことだけならまだしも、宿場のなかに口出しするのは放っておけやせん」

吉之助はすでに答えを決めていたらしく、すぐさま代貸に指図を始めた。

「明日《あした》の明け六ツに、吉川組に仕置きをしろ」

「がってんでさ」

代貸の目が燃え立っていた。

その目を見て、吉之助は一段低い声で指図を続けた。

「吉川組ごときを叩きつぶしても、自慢にはならねえ。足腰が立たなくなるところで、仕置きを止めておけ」

「がってんでさ」

返事をしながらも、代貸の目はまだ怒りに満ちていた。吉之助はそれ以上の指図はせず、目を音次郎に移した。

「あんたは回り兄弟の大事な身内だ。出入りにかかわることはない」

吉之助は、真顔でそれを口にしていた。

「親分のお言葉ですが、一宿一飯の義理を欠いたら、あっしがうちの親分に仕置きをされやす。ぜひとも出入りに加えてくだせえ」

「そうか」

吉之助はこれしか言わなかった。

代貸に促されて、音次郎は座敷を出て客人部屋に戻った。すでに寝床が調っていたが、横になっている者はいなかった。

客人部屋の気配が張り詰めている。

「音次郎さん」

昌吉がすかさず寄ってきた。

「出入りがあるてえのは、ほんとうですかい」

「あっしには分かりやせん」

音次郎は答えなかった。

「そうですかい……」

昌吉はそれ以上は問いかけてこなかったが、音次郎の袖《そで》を引いて部屋の奥を指差した。

「奥にいたふたりでやすが、音次郎さんが代貸部屋にへえるのを見たあと、泡食ってずらかりやした」

音次郎を含む六人は、肚《はら》を決めた顔つきである。越後の真太郎は、脇差《ながどす》を枕元に出していた。

四ツ（午後十時）の鐘が鳴ったころには、大滝組の宿の隅々にまで痛くなるほどの張り詰めた気配が漂っていた。

若い者が土間で道具の手入れを始めた。

吉之助の指図もあり、刃物はだれも持ち出そうとはしていなかった。調えられていたのは、木刀と掛矢《かけや》である。樫《かし》でできた大槌《おおづち》の掛矢は、ひと振りで雨戸を吹っ飛ばす道具である。

力自慢の若い衆が、暗い土間で掛矢遣いの稽古《けいこ》を始めた。

ビュウウウ、ビュウウウ……。

客人部屋にも掛矢を振り回す音が届いていた。

# 九

一月二十三日の夜明け前、七ツ半（午前五時）。暗い空に雲はなく、無数の星がきらめいていた。

代貸の合図で雨戸が開かれた。

土間の明かりがこぼれ出て、凍《い》てついた通りが明るくなった。

大滝組の代貸と若い者が三十人。全員がたすきがけで、薄手の半纏を羽織っていた。冬物の半纏では、動きがにぶくなるからだ。

氷が張るほどの凍えだが、だれも身震いひとつしていない。三十人のなかには、掛矢を持ったカツオもいた。

はやる気を抑えるかのように、若い者たちが深い息を繰り返している。吐き出された息が、口のまわりで真っ白くなっていた。

客人六人も、それぞれが道具を持っていた。真太郎は脇差ではなく、木刀である。昌吉も音次郎も、木刀を握っていた。

たすきと半纏は、大滝組の物を使っているが、母親が葛籠《つづらこ》に入れた手拭《てぬぐ》い一本を、音次郎はたもとに収めていた。日本橋内山で求めた、道中用心の書かれた手拭いである。音次郎はこれを、お守りとして持っていた。

提灯《ちょうちん》はだれも持っていなかった。明かりをさげて行ったのでは、相手に行くぞと教えるようなものだ。まだ夜が明けきらぬ六ッの出入りは、襲いかかるほうに分があった。

提灯はなくても、空には月星がある。足元を気にせずに歩けるだけの明かりは、空が恵んでくれていた。

だれも声を出さず、聞こえるのは深い息遣いの音だけだ。静かにしているのは、近所への気配りだった。

元四郎は樫の木刀を手にしていた。長さ四尺五寸（約一・四メートル）の木刀は、手練《てだれ》が使えば太刀にも肩を並べる道具である。

その木刀を元四郎が振り上げた。

二十九人の組の者と六人の客人が、音を立てずに土間のほうに振り向いた。

土間を背にして吉之助が立っていた。

わきには女房のおすみがいる。

元四郎が貸元に向かって深く辞儀をした。三十五人がそれに続いた。

吉之助がおすみにうなずいた。

チャキン、チャキン。

おすみの打つ鑽《き》り火の乾いた音が、寝静まった通りに響いた。火花が、あたまを下げたままの三十六人に飛び散った。

静かな出入りの出立である。鬨《とき》の声もなければ、檄《げき》も飛ばない。

その静けさが、うちに秘めた三十六人の意気込みをふるい起こさせた。

「行ってきやす」

「うむ」

代貸と貸元が交わした言葉はこれだけだった。もう一度吉之助にあたまを下げたあと、元四郎は力を込めて地べたを踏んだ。


おきちは、ひしやの親爺《おやじ》と同じ布団にくるまっていた。となりで親爺はまだ寝息を立てているが、おきちはなぜか胸騒ぎがして目を覚ましていた。

昨日、音次郎が大滝組にわらじを脱いだことを見届けたあと、おきちは思いを遂げた。肌を重ねてみて、ますます親爺に惚《ほ》れた。

親爺の名は、賢蔵《けんぞう》といった。おきちの思いが伝わったのだろう。賢蔵は、名前だけでなく、身の上話を幾つか聞かせた。

土地の連中には銚子の浜育ちだと触れていたが、賢蔵は生まれも育ちも浅草鳥越《とりごえ》だった。

生まれたのは元文《げんぶん》三（一七三八）年。実家はいまの屋号と同じひしやという名のうどんやだった。

賢蔵は七歳から父親について、うどん作りを仕込まれた。ダシ取り、うどん打ちの両方を、すでに五尺三寸（約百五十九センチ）の背丈があった十歳のときには、ひと通りできるようになっていた。

父親は、うどん作りだけが生きがいの真面目な男であり、賢蔵はそんな父親を深く敬って育った。母親との夫婦仲もよかった。

賢蔵が十二歳になった寛延《かんえん》二（一七四九）年八月十三日に、江戸を桁違《けたちが》いに強暴な野分《のわけ》が襲いかかった。この嵐はとりわけ雨が強く、神田《かんだ》川と大川が溢《あふ》れた。ひしやは流され、ふたおやも溺《おぼ》れ死んだ。

その先の詳しいことについては、賢蔵は口をつぐんだ。が、はっきりした言葉で、おきちを好いていると言った。

「あんたにはすまねえ言い方になるが、野分で溺れ死んだ、おれのおふくろに生き写しなんでえ」

おきちは賢蔵にしがみついた。そして、そのまま朝を迎えようとしていたが。

ふっと目覚めて、掻巻《かいまき》に身をくるんだおきちは、ひしやの雨戸を少し開けて外を見た。

空には数え切れないほどの星があった。天気もよさそうだし、どこかで火事騒ぎが起きている気配もない。通りは、まだ寝静まっていた。が、なにかがおきちの胸のあたりを刺している。わけが分からないまま、雨戸一枚を開けて通りに出た。

成田宿の方角から、ひとの群れが歩いてくるのが見えた。やがてひとの群れが、ひしやの前に差しかかった。揃いの半纏《はんてん》を着ており、手には木刀や掛矢を握っている。

肝の据わっているはずのおきちも、このときはうろたえて雨戸の陰に身を隠した。

出入りだ……。

おきちはすぐに察した。

成田宿からだとすれば、大滝組しかない。しっかり目を凝らして見ると、木刀を手にした音次郎が加わっているのが分かった。

おきちはその場にへたり込んだ。

一宿一飯の義理がある限り、出入りに加わるのは当たり前である。音次郎の身を案じつつも、群れに加わっている姿を見て安堵《あんど》もした。

おきちにできるのは、武運を祈ることだけである。群れが通り過ぎたあと、おきちは通りの真ん中に出た。

両手を合わせて、音次郎の無事を祈った。

吉川組の宿では、だれもが眠りこけていた。

土間の隅には、昨夜遅く成田宿の油屋から届いた、行灯《あんどん》油の四斗樽《しとだる》五樽が積み重ねられていた。

成田宿からは夜更けて届いたために、油はそのまま土間に積み重ねられた。不寝番は、その油の火の用心を言いつけられた。

あまりの冷え込みの厳しさに我慢ができず、不寝番は炭火の熾《お》きた七輪を足元に置いた。なんとか眠らずに踏ん張ってはいたが、七ツ半ごろ、ついにこらえきれずに眠りこけた。それでも横にはならず、腰掛に座ったままである。

七輪を足元に置いたのは、寝ずに踏ん張るための暖だった。が、七ツ半には眠った。足元に七輪を置いたままで。

腰掛で眠るうちに、足が動いた。そして気づかぬままに、七輪を蹴飛《けと》ばした。

まだ充分に残っている炭火が土間に転がり出た。樽のひとつのタガがゆるんでおり、油がじわじわと滲《にじ》み出た。土間を伝わって流れる先に、転がり出た炭火が待っていた。

吉川組の宿まで、あと一町。

暗いながらも、少しずつ空の闇が薄くなっていた。暗がりの先に、吉川組の宿が見えている。

元四郎が木刀を振り上げて、三十五人の男に三重の小さな輪を作らせた。真ん中に元四郎が立った。

「掛矢が雨戸をぶち破ったあとは、一気に押し込むぜ」

輪を作っている男たちが、無言のまましっかりとうなずいた。

「刃物で立ち向かってくるやつは、手首を思いっきりぶっ叩《たた》いていい。骨が折れようが、指が砕けようが、構うこたあねえ。いいな」

男たちが、明けつつある空に向かって手にした木刀を突き立てた。

「ただしだ、相手の息の根を止めちゃあなんねえ。親分は、ひとりも殺《あや》めるなときつく言われた。身動きできなくなったら、そこまででやめにしろ」

元四郎が、ひとりひとりの目を見回しているとき……。

「代貸、代貸……」

声を出したのはカツオだった。

元四郎が睨《にら》みつけると、カツオは吉川組の宿を指差していた。

組の宿の一階から炎が出ている。薄暗いなかで見える炎は、蛇の舌のように不気味だった。

「火事だ」

木刀を手にした男たちが、声を揃えて炎を指した。

「走れっ」

元四郎の指図は短かった。

敵《かたき》の宿だが、火事は別だ。

だれもが一番恐れているのが、火事である。素早く消し止めなければ、どこまで燃え広がるか分かったものではない。

成田はカラカラに乾いていた。

三十六人の男が、吉川組の宿に命がけで駆けつけた。雨戸の隙間から、真っ黒な煙が出ている。

大滝組は、成田宿の火消しも担っていた。炎への立ち向かい方は、若い者も心得がある。

掛矢を持った者の三人が、雨戸を叩き壊した。外から風が流れ込み、ぶわっと炎が膨らんだ。それをやり過ごしてから、掛矢の三人が飛び込んだ。

入れ替わるように、中からひとが飛び出してきた。

「なにがあったんでぇ」

「油が……」

男は、それを口にするのが精一杯だった。

元四郎は手にした木刀を放り投げると、両手を口にあてた。

「新吉《しんきち》、正太郎《しょうたろう》、太吉《たきち》……油だ、すぐに出てこい」

元四郎が怒鳴っている間に、他の若い者たちが天水桶《てんすいおけ》を運んできた。朝の冷え込みで氷が張っている。すかさず木刀で叩き割り、水桶を手に持った。

掛矢を持って飛び込んだ三人が、それぞれ男の手を引いて飛び出してきた。半纏がぶすぶすとくすぶっている。

三人に、桶の水が浴びせられた。

「中にはだれもいねえのか」

吉川組の連中に、元四郎が怒鳴り声で問いかけた。問われても、答えられる者がいなかった。

そのとき。

中からこどもの泣き声が聞こえてきた。

「だれでえ、あれは」

元四郎が声を張り上げた。

そのわきを駆け抜けて、音次郎が火の中に飛び込んだ。

「ばかやろう、止めろ」

元四郎が怒鳴ったときには、音次郎の姿が消えていた。

火の勢いが強くなっている。それまで煙だけだった二階の雨戸からも、炎が出ていた。

「ありったけの水をここに持ってこい」

元四郎に怒鳴られて、吉川組の若い者も水桶を運んできた。どれも氷が張っている。

木刀を手にした男たちが、力を込めて叩き割った。

「音次郎……音次郎……」

元四郎が呼んでも声が返ってこない。

「音次郎、ばかやろう、返事をしろい」

元四郎の声が嗄《か》れている。水桶を持った男たちも、声を合わせて音次郎を呼んだ。

返事はなかった。

音次郎に代わって、炎が答えた。

柱がきしむ音を立てて、宿の一階が崩れた。燃え盛る炎が、バチバチッと火の粉を弾《はじ》き飛ばす音を立てている。

元四郎は言葉を失って棒立ちになった。

「こどもが泣いてるっ」

叫んだのはカツオだった。

「なんだと……」

元四郎が両手を下に向け、全員を黙らせた。

確かにこどもの泣き声が聞こえていた。

「裏側だ」

またもやカツオが叫んだ。男たちが炎を避《よ》けながら、宿の裏手に駆けた。

燃え盛る炎が、裏手の草むらを照らし出していた。しゃがみ込んで泣き続けている
こどものわきに、音次郎が倒れていた。

炎にあぶられて、髷《まげ》が焦げている。

が、口に巻いた手拭《てぬぐ》いが、小刻みに動いていた。

「おい、音次郎」

駆け寄った元四郎が、嗄れた声を張り上げた。

音次郎の返事はなかった。

「水をぶっかけろ」

六人の男が、手桶の水を音次郎にぶっかけた。氷の塊が音次郎の月代《さかやき》に当たった。

「いてえじゃねえか」

正気に返った最初の言葉がこれだった。

「ばかやろう、無茶しやがって」

元四郎は泣き笑いのような声で怒鳴った。

「すまねえ、おれのガキだ」

人ごみを割って、吉川組のあたまがこどもに駆け寄ってきた。こどもは怯《おび》えたまま、足が立たなかった。

やおら立ち上がった音次郎が、吉川組のあたまに詰め寄った。なにもいわず、こぶしで相手を殴り倒した。

「てめえだけ逃げやがって」

振り返った音次郎はこどもに手を差し伸べた。こどもは震えながらも音次郎に近寄った。

「おめえ、女の子だったのか」

こどもがこくっとうなずいた。

音次郎は地べたから手拭いを拾い上げた。

「火事のときには、すいべら（手拭い）を水にひたして口に巻けと、おふくろから何度も聞かされてやしたもんで……」

「その通りだ」

元四郎が大きくうなずいた。

「おめえのおふくろは、てえしたもんだ」

音次郎が手拭いを開いた。汚れてはいるが、道中用心の文字が読めた。

「このすいべらを、あっしはお守りだと思ってやしたが、ほんとうに命を助けてくれるとは思いやせんでした」

音次郎がまだ燃え盛っている炎に手拭いをかざした。

「火事を見たら、なにをおいても、まず逃げるべし」

炎にあおられて、すいべらがヒラヒラと揺れていた。

# 助け出方

「舎弟を持つ持たないに、歳はかかわりがない。相手があんたの器量を慕うかどうかだ」

一

大滝の吉之助が、分厚い湯呑《ゆの》みを長火鉢の縁《へり》に置いた。

吉川組の火事騒動の翌々日、一月二十五日の五ツ（午後八時）は、相変わらず底冷えがきつかった。

「ひとかどの渡世人として名を成した男には、おしなべて多くの若い者が、舎弟にしてくれと押しかけている。あんたが申し出を受けても、恵比須のに異存はないはずだ」

「親分のおっしゃることが、ようく呑《の》み込めやした。ありがとうごぜえやす」

音次郎は、長火鉢の前で畳に両手をついた。

「佐原に発《た》つのは明日《あした》なのか」

「へい」

「小野川のに会ったら、おれは変わらず息災だと伝えてくれ」

「がってんでさ」

あたまを上げた音次郎は、代貸の元四郎を見た。元四郎は、下がっていいと目配せをした。音次郎が立ち上がろうとすると、貸元が手で座れと示した。

「舎弟を持つと、なにかと物入りだ。道中の足しに使ってくれ」

吉之助が小判二十五両包みをひとつ、長火鉢に載せた。餞別《せんべつ》というには桁違《けたちが》いの金高だ。音次郎は息をひとつ吸い込んでから、火鉢のそばに近寄った。

「ありがたく頂戴《ちょうだい》しやす」

両手で包みを押し戴《いただ》いた。

「それでいい」

吉之助が、音次郎の振舞いを誉めた。

「金高に惑わされないためには、肚《はら》のくくりがいる。その息遣いを忘れないことだ」

「重ね重ね、渡世の道を諭していただけやした。ありがたく戴きやす」

ふところからすいべらを取り出した音次郎は、包みをていねいにくるんだ。火事場で使ったすいべらである。方々に、火の粉の焦げ痕《あと》がついていた。

「あんたが舎弟ふたりを抱えたことは、おれから恵比須のに知らせておく」

「へい」

「思いわずらうことなく、しっかり道中を続けなさい」

「へい」

「その様子だと、熱は下がったようだな」

「おかげさまで、すっかりよくなりやした」

餞別をふところに仕舞った音次郎は、もう一度畳に両手をついてから貸元の部屋を出た。元四郎が追って出てきた。

「半刻《はんとき》あとに、賭場《とば》まで顔を出してくれ」

四と五のつく夜は、大滝組の賭場が開かれる。昨夜は宿場の火事の後始末で盆が休みになったが、今夜はすでに客が集まっていた。

「がってんでさ」

歯切れのいい返事をしてから、音次郎は客人部屋に戻った。

相州江ノ島の昌吉と、越後高田の真太郎のふたりがそばに寄ってきた。

「どうでやした」

音次郎よりも二歳年上の昌吉が、ていねいな口調で問いかけた。

「こちらの貸元がおっしゃるには、うちの親分も許してくださるだろうてえことだ」

「だば、晴れてあにいの舎弟ってこんだな」

真太郎が丸顔を崩した。音次郎はふたりを順に見た。

「それについちゃあ、あっしにも言い分がある。舎弟じゃあなく、五分の兄弟てえことでどうだ」

昌吉は三十歳、真太郎は二十九歳で、いずれも音次郎よりは年長である。年上のふたりからあにい呼ばわりされるのは、居心地がわるかった。

「そいつあ、いけねえ」

昌吉は得心しなかった。

「あっしと真太郎は、よくよくかんげえたうえで、音次郎さんの舎弟になると決めたんだ。五分の兄弟てえのは受けられやせん」

「おらも昌吉さんとおんなじだで」

ふたりは舎弟分になることを譲らない。その目を見て、音次郎は受け入れた。

「分かった。このうえはもう言わねえ。佐原までの道中、身体を預からせてもらうぜ」

「よろしくお頼み申しやす」

昌吉と真太郎が、両手をついた。つい先刻、音次郎が吉之助の前で見せたのと同じしぐさだった。


一月二十三日未明の火事で、音次郎は身体中に冷水を浴びた。

こどもを助け出した直後は、気が張っていて寒さを感じなかったが、大滝組に帰り着くなり、顔を真っ赤にして倒れ込んだ。

「ええ熱でさ」

ひたいに触れた昌吉が代貸に訴えた。倒れた音次郎は、気を失っていた。

戸板を運ばせた元四郎は、客人部屋ではなく、上座敷の隅に布団を敷いて音次郎を寝かせた。

「医者を呼びにやれ」

出入りの顚末《てんまつ》を代貸から聞き取った吉之助は、宿場の医者を呼び寄せて音次郎の容態を診させた。

「寒さで身体の熱が上がっておるだけじゃ。滋養のつくものを食べさせれば、ひと晩で快復する」

「間違いはないだろうな」

医者は、音次郎の身体に触れ回った。閉じた目を開き、手首の脈を診てから、もう一度しっかりとうなずいた。

「滋養のつくものはなにがいい」

吉之助の問い方は、おのれの息子の容態を案ずる父親のようだった。

「まずは身体を温めることじゃろう。玉子酒を飲ませたあと、細かく刻んだうなぎを……ふた串《くし》も食べさせればいい」

医者は熱冷ましの煎《せん》じ薬を調合して帰った。

「おねげえがございやす」

出入り装束を唐桟のあわせに着替えた昌吉と真太郎が、代貸の前で手をついた。

「あらたまって、なにごとでやしょう」

吉川組との出入りに後れを取らなかったふたりに、元四郎はていねいな口調で応じた。

「音次郎さんの看病を、ぜひともあっしらに手伝わせてくだせえ」

病に臥《ふ》せった客人の世話は、同じ客人仲間がするのが渡世の定めである。元四郎はふたりの申し出を受け入れた。

熱冷ましは、真太郎が煎じることになった。へっついで火熾《おこ》しをしたあと、真太郎は種火を七輪に移して炭火をいけた。種火に載せる炭の加減も、風を送るうちわの使い方も、手馴《てな》れている。

「客人の火熾しは、うめえもんだな」

わきで見ていたカツオが、感心した物言いで話しかけた。

「在所では炭焼きを手伝ってたもんでよ」

「客人は、炭焼きをやるってか？」

問われた真太郎は、昔を思い出すのがいやそうだった。が、世話になっている組の若い衆には、無愛想にもできない。強い訛《なま》りで、十三歳までは山に暮らしていたと打ち明けた。

炭火が熾きると、真太郎は土瓶を七輪に載せた。そして水のうちから煎じ薬をなかに入れて、土瓶を沸き立たせた。

火熾し同様、薬の煎じ方も手馴れていた。

「山にへえったら、雪解けまでは里に出られねだからよ。飯を炊くのも薬を煎じるのも、みんなこどもがやらされただよ」

わきを離れないカツオに、真太郎は問われる前に手馴れているわけを話した。

薬ができると、小鍋《こなべ》で玉子酒をこしらえた。酒は成田の地酒、仁勇《じんゆう》だ。清冽《せいれつ》な湧水に恵まれた成田の地酒は、関東ではめずらしく辛口である。

すでに味の分かっている真太郎は、少し多めに砂糖を加えた。吉之助は料理にうるさいらしく、砂糖は上物の和三盆《わさんぼん》を使っていた。

「どんだべ、こんな味で」

匙《さじ》ですくった玉子酒を、鼻をひくひくさせているカツオに味見させた。

「うめ。てえした腕だ、客人は」

真太郎は笑顔も見せず、煎じ薬の入った土瓶と、玉子酒を注いだ湯呑《ゆの》みを手にして上座敷に戻った。

まだ眠ったままの音次郎の枕元では、小刀《こがたな》を手にした昌吉が小枝を削っていた。

「なにしてるだ」

「あにいのすいべらを乾かす、衣紋掛《えもんかけ》をこしれえてるのよ」

「器用なもんだな」

「江ノ島じゃあ、これでもちったあ名の通った指物《さしもの》職人だったからよう。衣紋掛ぐれえ、どうてえこたあねえ」

小枝を削り終えた昌吉は、真ん中に紐《ひも》を結わえて壁に掛け、道中用心が書かれた手《て》拭《ぬぐ》いを吊《つ》るした。

「あんた、いま音次郎さんをあにいって言ったべ」

「言ったが、それがどうかしたかい」

「火事場に飛び込んだ音次郎さんだで、おらもあにいって呼ぶが、いいかね」

「おれが、いいのわるいのを言えることじゃねえ。あんたがそうしてえなら、遠慮はいらねえさ」

煎じ薬に玉子酒、それに刻んだうなぎふた串を平らげた音次郎は、夜に入っても気持ちよさそうに眠り続けた。

寝相がわるく、身体にかけた上客用の掛け布団を蹴飛《けと》ばした。

「布団を蹴飛ばす元気がありゃあ、もうしんぺえはいらねえ」

枕元で寝ずの看病をしている昌吉が、真太郎に笑いかけた。

「昌吉さん……」

「どうしたよ。なんか起きたか」

「ちょっとここさ来てくれ」

布団を掛けなおそうとしていた真太郎が、昌吉を呼び寄せた。

「どうしたんでえ」

「あれ、見てくれ」

眠ったままの音次郎の、股間《こかん》を指差した。下帯が大きく膨らんでいる。

「てえした男だ。このひとは、正真正銘のあにいだぜ」

「おらもそう思うだ」

昌吉と真太郎が、真顔でうなずき合った。


縁起をかつぐ渡世人は、世話になった組からの旅立ちは、朝日を浴びて出るのを好んだ。一月下旬の成田は、四ツ（午前十時）なら充分に日が差している。

「佐原への旅立ちは、明日《あした》の四ツだ。それまでに支度を終えてくれ」

ふたりに言い置いた音次郎は、湯殿に向かった。風邪《かぜ》で寝込んだ二日間、湯に入っていなかった。賭場《とば》に出向く前に、音次郎は身体の垢《あか》を落としたかった。

「おらに背中を流させてくだせ」

真太郎が追ってきた。音次郎はこだわりなく、弟分の申し出を受け入れた。

二

音次郎が顔を出した五ツ半（午後九時）には、賭場は大賑《おおにぎ》わいのさなかだった。四ツ（午後十時）の鐘で勝負は中休みとなり、まだ遊びを続ける客には夜食が振舞われる。

吉之助の賭場は、寺の庫裏《くり》を使う本寸法である。勝負が始まると、代貸は盆を仕舞うまで賭場から離れられない。ゆえに音次郎を呼び寄せていた。

「四ツの中休みまで、うちの盆を見ていなせえ。流れ者の壺《つぼ》振りが、おもしろい勝負をやっている」

「分かりやした。見《けん》をさせていただきやす」

元四郎にあいさつをした音次郎は、盆の隅に座った。客人の身分でも、賭場で遊ぶことはできる。渡世人としては、幾らかでも負けて賭場にカネを落とすのが定法である。

しかし音次郎は、すでに貸元から餞別《せんべつ》をもらっていた。それを受け取ったあとは、勝負にはかかわらないのが筋だ。

音次郎は、成田の盆を見るのは初めてだった。勝負はサイコロの丁半である。

盆には真っ白な布が敷かれており、真ん中には左右一杯に黒い一本線が引かれている。盆の中央には、壺振りが座っていた。

壺振りの隣で客に勝負を勧めるのが、盆の仕切り役、出方である。

ざわざわしていた場が、壺振りがサイコロを手にしたと同時に静まり返った。上半身に二の腕まで彫り物をした壺振りが、座を見回した。

「はいります」

きれいな江戸弁で言ったあと、サイコロを壺に投げ入れた。五、六回素早い手つきで振ってから壺を盆に伏せた。

「壺が入りました。丁半どちらも賭《か》けてくだせえ」

出方が調子をつけて勝負の始まりを告げた。

盆を取り囲んだ客は、男ばかりで十七人。ほとんどの客が、綿入れを着て襟巻きをしている。賭場のろうそくの明かりでも、だれもが上物を着ているのが分かった。

「どっちもどっちも、どちらもどっちも賭けてくだせえ」

出方が声の調子を一段高くした。

黒い一本線から下、出方に近いほうが丁で、線の向こう側が半である。客が手持ちの駒を丁半それぞれに賭け始めた。

「丁にあと三両。丁が足りやせん」

盆の左右の隅にひとりずつ、半纏《はんてん》姿の若い者が座っている。出方の手伝いをする、助け出方である。右の助け出方が、丁が三両足りないことを客に告げた。

吉之助の賭場は、勝負の賭けはすべて客に任せていた。賭場の稼ぎは、勝負に勝った客から受け取る二割の寺銭だけだ。丁半の駒が揃わなくても、不足分を賭場が請け負うことをしなかった。

賭場が勝負にかかわらなければ、壺がいかさまを仕組む心配がない。それを知っている客は、安心して大勝負に出たりもした。

「丁にあと三両、駒が揃いやせん。お客さん、三両丁に乗りやせんか」

出方が正面の客に賭けをうながした。

「この勝負は見に回る」

目つきのきつい男が、きっぱりと断わった。他の客とは異なり、羽織も丹前も着ておらず、あわせ一枚の着流しである。堅気というよりは、渡世人のような物腰の男だった。

出方はそれ以上は勧めず、他の客をあおったが、結局、駒は揃わず、半に三両おろさせて勝負となった。

ていた。


「二《に》、三《さん》の半」

目は半と出た。

音次郎は出方の賭けを断わった男を見た。見に回ったことで、三両負けずに済んだことになる。盆の両側の助け出方が、寺銭を素早く勘定して勝ち分を半の客に支払っていた。

見に回った男は、あぐらに腕組みの形で次の勝負に備えているようだ。

ところが男は、次の勝負にも、その次にも加わらない。男の振舞いに気を惹《ひ》かれた音次郎は、盆の隅から様子を横目で捉《とら》えた。

「はいります」

音次郎が見始めて四度目の勝負で、男は丁に三両賭けた。手前の三度の勝負は、いずれも半だった。

「上州屋《じょうしゅうや》さんのツキに、あやかってみるか」

半で勝ち続けている客の周りで、五両、三両と、半に駒札が重ねられた。

「丁にあと七両。丁が足りやせん」

客の多くが半に賭けており、丁が七両も不足していた。出方が丁へとあおった。

「おれが受けよう」

見を続けていた男がさらに七両、丁に張った。都合十両、大きな賭けである。

「丁半、駒が揃いやした。盆中《ぼんちゅう》、手どまり」

出方が両手を広げて、そのうえの賭けを抑えた。壺振りが短い気合を漏らして壺を取り払った。赤い一がふたつ揃っていた。

「一《ぴん》、一《ぴん》の丁」

勝負は男の勝ちだった。

音次郎は男の勝負強さに感心した。そのかたわら、言葉にできない引っかかりを胸の奥底に覚えていた。

寺銭を差し引かれた八両の勝ちを手にした男は、見と張りとを混ぜこぜにしながら、三度賭けて二度勝った。賭けるのは、いつも丁である。

三度目の勝ちを男が手にしたとき、音次郎はひとつのことに思い当たった。そして壺振りの口上に気を集めた。

男はそのあと、二度続けて小さく負けた。四度目の勝ちを得たところで、四ツの鐘が鳴った。

「ひと息いれてもらいやしょう」

賭場の若い者が客を別間に誘《いざな》った。

「ちょいと気になることがありやすんで」

音次郎は代貸に小声で話しかけた。元四郎は余計なことを言わず、音次郎を連れて帳場に入った。

「気になることとは？」

元四郎が表情を動かさずに問うた。

「壺振りと客とが、ろうずを通してやす」

音次郎は迷いなく言い切った。

ろうずを通すとは、壺振りと客とが示し合わせて、勝ち目に張ることをいう。吉之助の賭場は、勝ち負けにはかかわっていないので、だれがどれほど儲《もう》けようとも腹は痛まない。

しかし、賭場のいかさまを見逃すわけにはいかない。

「あんたにも分かったか」

代貸の顔を見て、音次郎が得心顔になった。

「それで代貸は、おもしろい勝負をやっていると言われたんで」

「うちの者も気づいてはいない。それを見抜くとは大した眼力だ」

代貸からまともに誉められて、音次郎は赤くなった。

丁目を出した手応《てごた》えのときには、壺振りは「はいります」の語尾をわずかにかすれさせた。よほどに耳を研ぎ澄ませていないと気づかない変わり方だった。

しかも男は、丁に張り続けながらも、ほどほどに負けている。それゆえに、代貸のほかに気づいた者はいなかった。元四郎は、男の勝ち負けを暗算して見破っていた。

「壺《つぼ》振りと賭け役には仕置きをする」

代貸の目が、燃え立つような怒りを帯びている。音次郎はおもわず唾《つば》を呑《の》み込んだ。

そのさまを見て、元四郎が目つきをやわらげた。

「あんたに来てもらった用を、まだ話してなかったが」

帳場にはふたりのほかはだれもいないのに、元四郎は声をひそめた。

「うちに来る前に、あんたは宿場の番所に留められていただろう」

「へい……なぜ代貸はそのことを？」

「隣の牢《ろう》にいた橋場の吾助が、昨日出された」

「そうでやしたか」

音次郎は寡黙な吾助の姿を思い出していた。

「あいつは、五十を超えているように見えるが、匕首《あいくち》を使わせたら成田宿でも図抜けている。吾助の話だと、あいつの女の店に顔を出したそうだが」

「行きやした」

「面倒なことにならなくてよかったな」

話す元四郎は、にこりともしなかった。

「吾助のことはどうでもいいが、あんたが番所に留められたわけを聞かせてくれ」

音次郎は、佐倉宿で遭った押し込み強盗の一件から細かく話した。酒々井村でかかわりを持った、徳三のことも省かなかった。これを聞かせないことには、番所に留められたわけが伝わらないからだ。

聞き終わった元四郎は、若い者に半紙と筆を持ってこさせた。

「こませの十郎の似顔絵を、ここに一枚残しておいてくれ」

「がってんでさ」

百目ろうそくを手元に引き寄せて、音次郎は覚えている限りの似顔絵を描き上げた。

「こませの十郎は、なにより博打《ばくち》が好きだというんだな？」

元四郎に確かめられた音次郎は、役人からそう聞かされたと伝えた。

「佐原の好之助親分の賭場《とば》では、二月に貸元賭博が開かれるだろう」

「そうでやしたか」

「そうでやしたかって、あんたは聞いてなかったのか」

元四郎が怪訝《けげん》そうな顔つきをこしらえた。

「知りやせんでした。香取神宮の祭に、うちの親分が招かれやしたが、あっしが名代であいさつに出向けと言われただけでやすから」

佐原に向かうわけを聞いて、貸元賭博を音次郎が知らなかったことに、代貸は得心したようだ。

「あちらの貸元賭博には、利根川沿いの網元やら、造り醤油屋《じょうゆや》連中が顔をそろえる。ひと晩のやり取りが、千両に届く大きな盆だ」

元四郎は、千両のところで声に力を込めた。

今戸では、札差たちがひとつの勝負で千両の賭《か》けをすることがある。元四郎が口にした金高は、音次郎にはめずらしくはなかった。

しかしここは成田で、向かう先の佐原も、江戸に比べれば田舎の宿場だ。千両の博打は桁違《けたちが》いである。

「評判を聞きつけて、こませの十郎が佐原に顔を出すかも知れない」

「ありそうな話でやすね」

「叩《たた》き潰《つぶ》した吉川組のあたまは、こませの十郎とつながっていると聞いた覚えがある。あいつをもう一度締め上げて、なにか分かったらあんたに知らせる」

「そいつはありがてえ」

音次郎は、今度は心底から嬉《うれ》しそうな顔を見せた。

「火事場の動きといい、ろうずを見抜いた眼力といい、若いのに大したもんだ。これからは、おれとは五分の付き合いをしてくれ」

「とんでもねえこって。代貸をあにいと呼ばせてもらえるだけで、あっしには身に余る褒美でさあ」

「それでよければ、好きにやってくれ」

元四郎が面映《おもはゆ》げな目で音次郎を見た。音次郎も、しっかりと元四郎を見詰めた。

隙間風が入ってきたらしく、百目ろうそくの明かりが揺れた。

三

一月二十六日の成田は、前日までの晴天にさらに磨きがかかったかのように晴れた。

朝飯を終えた音次郎は、五ツ（午前八時）の鐘が鳴るのを待って元四郎をたずねた。

「代貸には世話をかけやした」

「出立か」

「いい按配《あんばい》に晴れやしたんで、朝日を浴びながら発《た》たせていただけやす」

「あんたのこころがけがいいからだろう」

代貸は安易なことを口にはしない。晴天が音次郎のこころがけだと言ったのは、本気のようだ。

「親分に、旅立ちのあいさつをさせてもらいてえんで」

「いまなら、親分も手すきだろう」

代貸が先に立って吉之助の居間に向かった。元四郎の取り次ぎで、待たされることなく部屋に招じ入れられた。

「元四郎から昨夜《ゆうべ》の次第を聞いた」

ろうずの一件である。

吉之助はそれしか言わなかったが、目つきが音次郎を誉めている。その目が見られただけで、音次郎には充分だった。

「佐原までの道筋は、代貸から教わればいい。六里（約二十四キロ）の道中だが、あんたらの足なら造作もないだろう」

「へい」

「二月の貸元賭博には、うちからも代貸を差し向けると小野川のに伝えておいてくれ」

「がってんでさ」

威勢よく音次郎が引き受けた。

代貸と連れ立って居間を出たあと、上座敷で佐原までの道筋を教わった。

「道のりは六里だが、途中に小さな枝道が幾つもある。大きな辻《つじ》は、寺台宿《てらだい》の先で出てくる浜《はま》街道の分かれ道だ」

元四郎は教えながら、半紙に道筋を描いた。寺台は、成田山新勝寺の東門から半里の一本道だという。

音次郎は、おのれの心覚え帖《ちょう》にそのことを書き留めた。

「浜街道の分かれ道には、道しるべがある。浜道のほうには曲がらずに、斜めの道を一里も歩けば吉岡宿《きちおか》に出る」

元四郎は辻の分かれ道を描いた。図の上が北で、吉岡宿は斜め上に描かれていた。

「斜めの道を、北に向かって真っすぐに行けばいいんでやすね」

「寺台から向かって行けば、辻の東角に大きな納屋の百姓家が建っている。その前の道を北に進めばいい」

「がってんでさ」

百姓家の納屋、と音次郎は書き留めた。

「吉岡から佐原までは、太い一本道だ。今から歩けば、そのあたりで昼時分だろう」

「一里半の見当なら、そうなりやす」

「吉岡には、下総屋という蕎麦屋《そばや》がある。つゆは甘目だが、いい蕎麦だ。昼飯は、その蕎麦を食ってみろ」

「代貸もそこのが好きなんで？」

元四郎がわずかに目元をゆるめた。

「佐原に行くときには、いつも食っている」

「分かりやした。あっしらもそこで昼にさせてもらいやす」

吉岡宿から佐原までは、一本道で四里半だと教えられた。音次郎は、その先の道は下総屋でたずねることにして代貸に礼を伝えた。

三人とも、佐原に向かうのは初めてである。浜街道の分かれ道に出るまでに、幾つか小道が枝分かれしていた。辻にはしるべがなく、真太郎がその都度、迷い顔になった。

「こっちでいい」

音次郎は、真っすぐの方角をきっぱりと進んだ。ふたりは音次郎にまかせて、あとをついて歩いた。

浜街道の分かれ道に出たのは、宿を発って四半刻《しはんとき》が過ぎたころだった。

「あすこに道しるべがありやすぜ」

辻の西角に、高さ三尺（約九十センチ）の石の道しるべが立っていた。

『右ハはまみち』

『左ハなりたみち』

分かりやすい、かな文字が刻まれている。

教わった通り、辻の東角には大きな納屋が建っている。合羽《カッパ》の前を開き、胸元から覚え帖を取り出した音次郎は、書き留めたことを確かめてから斜めの道に入った。

「これを一里歩けば、吉岡宿だ。昼飯は代貸に勧められた蕎麦屋にへえるぜ」

「がってんでさ」

道筋を誤りなく歩いてこられたことで、連れのふたりが弾んだ声で返事した。

辻の農家を過ぎると、家並みが消えて道の両側に田んぼが広がった。

枯れた切り株だけが残った田んぼの先には、小山が連なっている。道はその山に向かって延びていた。

「吉岡宿は、あの山を越えた先ですかい」

「あれは山でねって」

真太郎が鼻先で軽くいなした。

「あっただもん、地べたが腫《は》れたぐれえのもんだべ」

「そうかい。そいつあ、わるかったなあ」

深い山で育った真太郎にへこまされて、昌吉がむっとした顔で答えた。

道はゆるやかな上りになったが、確かに山道というほどではなかった。歩みがおとろえることなく、三人はずんずんと歩いた。道の両側は杉林である。

陽が杉でさえぎられて、空気が冷えてきた。冷たいが、木の精をたっぷり含んでいる。

「うめえべ」

胸一杯に吸った空気を吐き出した真太郎が、昌吉に問いかけた。気をわるくしていた昌吉も、木の精に満ちた空気を吸って機嫌を直したようだった。

上り下りを二度繰り返したあとで、林が消えた。道は長い下り坂になっており、十町（約千百メートル）ほど先に宿場のような集落が見え始めた。

「代貸は大して大きな宿場じゃあねえと言ってたから、あれが吉岡宿だろう」

知らない道を歩く三人は、人里を見て勢いづいた。しかも長い下りである。

「はやく、あにいの言った蕎麦が食いてえ」

「そんだな」

真太郎がうなずいた。

「蕎麦屋は下総屋でやすね」

「代貸はそう言ってた」

「だったらあにい、あっしらが先に行ってあにいの座り場所をこしらえときやす」

「そうするだ」

ふたりが連れ立って一目散に駆け出した。

「まかせたぜ」

ふたりの背中に、音次郎が声をぶつけた。

宿を出た直後の音次郎は、舎弟ふたりを抱えたことにまだ戸惑いを覚えていた。

いまは違っていた。

三人とも、初めて歩く佐原への道である。道しるべに示された道程と、天道《てんどう》の動きを見ながらの歩きだ。辻道や枝分かれの道に出たとき、道を選ぶのは音次郎の役目となった。

舎弟ふたりは、音次郎を信じてあとについてくる。東西南北、どの方角に歩くか。判断を間違えたら、道を見失うという形で、すぐに答えが出る。最初は気負いがあったが、道を選ぶことにも、ふたりの先に立つことにも、次第に慣れた。

下総屋に着いたのは、冬の陽が真上に上ったころだった。蕎麦屋の店先で、合羽を脱いだ昌吉と真太郎が待っていた。

「お疲れさんでやした」

昌吉が笠《かさ》と振り分けの葛籠《つづらこ》を受け取り、真太郎が後ろに回って音次郎の合羽を脱がせた。

下総屋は十坪ほどの土間に、卓代わりの菜漬けの樽《たる》が並べられた蕎麦屋だった。

店に入るなり、そばつゆの香りが音次郎の鼻に届いた。醬油《しょうゆ》の香ばしさと、ダシの香りが入り混じった、いかにも美味《うま》そうなにおいだ。土間に漂う香りをかいだだけで、蕎麦の美味さが感じられた。

元四郎が請け合った通り、宿場でも評判の蕎麦屋らしい。時分どきと重なったことで、土間に置かれた卓は客で埋まっていた。

「ここがあにいの座り場所でやす」

昌吉は、土間の隅の卓をひとつ押さえていた。腰掛には合羽と振り分け荷物が置かれている。それを見て、音次郎は目元を険しくした。

「どうかしやしたんで」

いぶかしげな顔になった昌吉に、音次郎は返事をせずに腰をおろした。

「誂《あつら》えを言ったのか？」

「あったけえのがいいと思いやしたんで、かけを頼みやしたが」

「それでいい」

言ってから昌吉を呼び寄せて、耳元に口を近づけた。真太郎も近くに寄ってきた。

「合羽と荷物を残したままで、土間から離れるんじゃねえ」

小声で昌吉を叱りつけた。

「ですがあにい……」

「口答えはいらねえ」

音次郎は昌吉の口を押さえつけた。

旅が始まったばかりのとき、音次郎は同じことで店の婆さんに叱られた。あのときの音次郎は、旅の素人だった。

江ノ島から出てきた昌吉も、越後高田の山奥から旅を続けている真太郎も、音次郎よりは旅なれているはずである。それなのに、ふたりとも荷物を残して席を離れていた。

「用心をうっちゃると、ひでえ目に遭うぜ」

小声ながら、きつい声音になった。ふたりが、へいっと短く口を揃えた。

土間の客たちが、なにごとかという目で、渡世人風体の三人組を見ていた。が、かかわりあいになるのを嫌ったのか、昌吉と真太郎が腰掛に戻ったときには目を逸《そ》らせた。

熱々のかけそばで、腹が膨れて身体があたたまった。

「ねえさん、勘定は幾らでえ」

音次郎の声は、すっかりおだやかになっている。

「一杯二十二文だがね」

客あしらいの女が、甲高い声で答えた。合羽を着ようとしていた昌吉が、思わず手を止めてしまったほどの大声だった。

店の客は、女の声に慣れているようだ。だれも気にとめずに、蕎麦《そば》を食い続けている。音次郎は小粒をひとつ、女に手渡した。

「つりはねえさんのもんにしてくれ」

「ほんとかね。あんた、気前がいいだね」

歯茎を見せて女が喜んだ。

合羽を着終わった音次郎が店を出るとき、女がひときわ大きな声で礼を言った。音次郎の足がびくっと止まった。

客の何人かが、笑みを交わした。

四

おきちとおみつの母娘は、音次郎たちと入れ替わるように下総屋に入った。

「かけそばをふたつ、お願いします」

娘のおみつが、ていねいな物言いで誂えを頼んだ。女の客が横着な物言いをすると、てきめんに扱いがわるくなる。そのことを、旅なれたおみつはわきまえていた。

蕎麦ができてくるまで、ふたりは口を閉じて客の話に耳をすませた。いましがた出て行った音次郎たちのことを、店の客が取り沙汰《ざた》するかも知れないと思ったからだ。

田舎宿場の蕎麦屋では、渡世人は目立つ。それも三人連れとなれば、黙って座っているだけでも堅気の者には気がかりである。

案の定、野良着に綿入れを重ね着した四人組が、音次郎たちを話のさかなにしていた。

「一番の若造なのによ。ふたりに小言ぶったり、銭さ払ったりしてたでねえか。あいつが仲間のあたまだってか」

「かもしんねえけんど、おかつの声に店の出口で飛び上がったべ」

「あれはおかつがよくねって。つりさもらったもんで、目一杯に張り上げたもんな。あれだら、おれでも飛び上がるだ」

「そば食う箸《はし》も止めなかったくせに、うそこくでね」

四人の笑い声が土間に響いた。

おきちとおみつが、口を閉じたまま目を見交わしていた。


音次郎出立の朝、張り番はおみつだった。

場所はすっかり馴染《なじ》みとなった、大滝組の向かい側の茶店である。縁台に座った猫も、おみつの顔を見ると寄ってくるほどになついていた。

渡世人の旅立ちは、四ツの鐘ごろだと分かっている母娘は、毎朝五ツ半過ぎから交代で音次郎の出立を見張っていた。

「あんた、大滝組のだれかとわけでもあるのかね」

地元でも無愛想で通っている茶店の親爺《おやじ》が、おみつに話しかけた。

「そんなこと、あるわけないでしょう」

「そうかね」

親爺の口調は得心していない。

「どうしてそんなことを言うの？」

「あんたとおっかさんとが、めえにち入れ替わりで茶を飲みにくるからよ」

「お茶もおまんじゅうも、おいしいもの」

「ばかいうでね」

親爺はまるで本気にしていなかった。

「うちのからっ茶が、美味いわけねって。いれてるおれが、飲み残すだよ」

親爺は真顔だった。

「そんなことないわよ」

おみつが言いつくろっているさなかに、寺の鐘が四ッを告げ始めた。

「もういっぱい、お茶をくださいな」

「ほんとにあんたも物好きだな。うちの茶をそんなに飲むと、しょんべんが近くなってしゃんめえに」

親爺が呆《あき》れ顔をこしらえて店に引っ込んだとき、組の玄関先に若い者が勢揃いした。

ひょっとしたら……。

おみつの読みは図星だった。

笠《かさ》をかぶっていない音次郎に続いて、丸顔の男と、痩《や》せ気味の男が通りに出てきた。

「それじゃあ代貸、佐原でお待ちいたしておりやす」

音次郎の歯切れのいい声が、通りを渡っておみつに届いた。

あのふたりも、同じ朝に出るのかしら……。

胸のうちでつぶやいていたおみつは、続く声を聞いて驚きを押し隠すように両手を強く握った。

「あにい、よろしくお頼み申しやす」

痩せた男が口にしたあと、丸顔の男と一緒に、音次郎にあたまを下げたからだ。

あにいと呼ぶのは、相手を兄貴分とみなしたあかしである。どう見ても年長に思えるふたりが、笠を脱いだまま音次郎にあたまを下げたのだ。

おみつには合点がいかなかった。初めての旅に出た音次郎が、旅先で舎弟を抱えるなどとは、とても考えられなかった。

ともあれ、おきちに伝えて後を追わなければならない。

「どうもごちそうさま」

まだ飲んでいない、お代わり分の茶代も置いたおみつは、急ぎ足で宿に戻った。

「いよいよ、旅立ちね」

娘の顔を見たおきちは、音次郎の出立を察した。

成田から佐原への道筋を、おきちは何度も行き来して諳《そら》んじている。気ぜわしげにせかす娘には取り合わず、ゆっくりと旅支度を始めた。

「おっかさんは見てないから、そんなにのんびりしていられるのよ」

おみつが襦袢《じゅばん》の紐《ひも》を結びながら、口を尖《とが》らせた。

「見てないって、なんのことなの」

「音次郎さんが、ふたりの舎弟分を連れて出たのよ」

「なんですって」

おきちが、いつにない甲高い声を出した。

「なんでまた、そんなことに」

「あたしにも、わけが分からないわよ」

「だったら、とにかく後を追いかけましょう。ぐずぐずしないで」

あっという間に鳥追い装束に着替えたおきちは、娘を宿に留め置いて、ひしやの裏口に出向いた。賢蔵はいつも通り、無口なままうどんを茹《ゆ》でていた。

おきちの顔を見ても、区切りがつくまでは出てこなかった。

「旅立つんだな」

まだ冬の寒さが残っているのに、賢蔵は手拭《てぬぐ》いでひたいの汗を拭っていた。

「佐原まで出かけます」

「けえり道に寄ってくんねえ」

「そうします」

ふたりが交わした言葉はこれだけだ。

言葉以上に、目で語り合っていた。

宿に戻ったおきちは、旅立つ前に東に向かって手を合わせた。重ね合わせた両手の先には、ひしやがあった。

母娘は音次郎たちに近寄り過ぎないように、加減して歩いた。それでも杉林を抜けた先で、坂道を下っている音次郎の姿を捉《とら》えた。

「舎弟なんか、いないじゃないの」

おきちは声を尖らせた。

ここまでの道々、どうして音次郎に舎弟分なんかがいるんだろうと、おきちはさまざまに考えた。が、答えは見つからなかった。

「ひとりは丸顔で、ひとりは痩せ気味なの。丸顔の男はなんだか田舎者みたいだったけど、痩せたほうは渋めのいい男ぶりだったわ」

おみつは、ふたりの男の様子を細かに話した。いぶかしく思いながらも、おきちは娘の言い分を聞いた。

ところが吉岡宿への下り道を歩いているのは、音次郎だけだ。周りにも先にも、舎弟分とおぼしき男たちの姿は見えなかった。

「そんなにこわい声を出さないでよ。おっかさんがどう言おうと、あたしはこの耳で、痩せたほうの男が音次郎さんをあにいって呼んだのを聞いたんだから」

「あら、そうですか」

冷たい口調で娘を突き放したおきちは、音次郎から二町（約二百二十メートル）の隔たりを保って後を追った。

吉岡宿のなかほどの蕎麦屋で、音次郎は男ふたりの出迎えを受けた。

「やっぱりいたわよ。おっかさんにも見えたでしょう」

男ふたりは蕎麦屋の店先で、合羽《カッパ》やら荷物やらを受け取っている。その振舞いは、まぎれもなく音次郎を兄貴分として敬っていた。

「おまえの言った通りだわ」

おきちとおみつは蕎麦屋の手前で足を止めた。そして、音次郎たちが出てくるまで、その場から動かなかった。


かけそばは熱々で身体があたたまったが、つゆが甘い。

「賢蔵さんのつゆには、かなわないわねえ」

おきちはそばだけを食べて、つゆをほとんど残した。おみつはつゆを飲み干した。

あわてずにひまをかけて食べたのは、音次郎たちの行き先が分かっているからだ。吉岡宿から佐原までは、大栄村を通り越しての太い一本道だ。あわてて追わなくても、道中はまだ四里半も残っている。母娘は、急ぎ足には覚えがあった。

「ごちそうさまでした」

勘定はおみつが払った。一文銭で四十四枚払うと、おみつの巾着《きんちゃく》の膨らみは小さくなった。

「そうか……」

宿場の木戸に差しかかったとき、おきちが声をあげて娘を振り返った。

「きっと音次郎さんが、火事場で人助けをしたのよ」

「おっかさんこそ、なんでそんなことが言えるのよ」

下総屋に着くまで、おみつは母親に得心されていなかった。その業腹さが忘れられないのか、いまはおみつが声を尖らせていた。おきちは娘に構わず、思いついたことをやめずに話した。

「おまえも成田宿の火事騒ぎは知ってるでしょう」

「それは知ってるけど、音次郎さんが人助けをしたなんて、だれも言ってなかったわ」

「言ってなくても、あたしには分かるの」

おきちは、思いつきを引っ込めなかった。

「丸顔の男も痩せ気味の男も、どっちも音次郎さんよりは年上だわよ」

「それはあたしも、そうだと思うけど……」

「年上の男が年下の者を兄貴分として受け入れるのは、よほどのことよ」

言い返す言葉が浮かばないらしく、おみつは黙った。

「大滝組の出入りは、火事騒ぎで取りやめになったでしょう？」

おみつが小さくうなずいた。

「だったら、火事場で音次郎さんが目覚しい働きでもしない限り、男ふたりが舎弟になったりはしないでしょうが」

そう言い切って、おきちはわずかに足を早めた。娘が急ぎ足で後を追おうとしたとき、

「そこの桶《おけ》の陰に隠れて」

おきちが娘の袖《そで》を引いて、天水桶の陰に身をひそめた。

一町ほど先で、音次郎たちが七十年配の夫婦者《めおともの》のわきにしゃがみ込んでいた。女房が地べたに足を投げだして座り込んでおり、心配顔の亭主が音次郎になにか頼み込んでいた。

年取った亭主と音次郎は、盛んに言葉を交わしていたが、やがて丸顔の男が老婆を背負った。そして一本道から外れて、山の中へと歩き始めた。

音次郎も痩《や》せ気味の男も、老亭主も一緒である。

「お婆さん、怪我でもしたのかしら」

おみつが思いつきを口にした。

「あの狭い道じゃあ、後をつけられないわねえ」

「どうするの」

「ここで待ちましょう。どのみち、佐原に行くにはここに戻ってくるしかないんだもの」

おきちの判断に娘も従った。

音次郎たちが入って行った山道が見渡せる場所は、宿場の外れである。茶店もなく、あるのは天水桶が店先に積み上げられた米屋だけだ。

「お米屋さんで待つわけにもいかないし、困ったわねえ……」

「おっかさん、あそこはどう?」

おみつが指差したのは、壁板が壊れかかっている納屋のような小屋だった。近寄ってみると、干草が山積みになっていた。

「いいじゃないの。草の間に隠れていれば、寒さもしのげるし」

おきちが先に干草の隙間に潜り込んだ。三味線を肩から外して、おみつが後に続いた。そして外れそうな壁板の間から、山道を見詰めていた。

# 五

四半刻《しはんとき》もの間、真太郎は老婆を背負ったままで山道を歩き続けていた。

「おれが代わるぜ」

昌吉が何度申し出ても、真太郎はがんとして聞き入れない。そんなやり取りを繰り返しながらの登りだった。

「あの峰のなかほどが宿だでよう」

いつの間にか先頭に立っていた老人が、杖《つえ》で行き先を示した。

「あの峰なら、まだ二十丈（約六十メートル）は登りそうだぜ」

山道の両側におおいかぶさっていた杉林が消えていた。吉岡宿外れの平地から、すでに五十丈は登った見当である。音次郎は、佐原に至る道筋のわきに、こんな山があるとは思ってもいなかった。

「意地を張ってねえで、おれに代わりな」

「なんもだ。好きでやってるこんだ、かまわねでくれ」

撥《は》ねつけた真太郎が、老婆の腰に回した両手に力をこめた。手の甲に血筋が浮かび上がっている。老婆の身体に巻いた蔓《つる》が、着物越しに痩せた背中に食い込んで見えた。

「婆さんが足をくじいちまっただで、歩けねえだ。無理言ってすまねえこんだが、山の宿までおぶってってくだせ」

足をくじいたという老婆は、脂気の抜けた白髪が乱れている。痛めた足のまま無理をして歩いていたらしく、ひたいのしわの間には脂汗が浮いていた。

連れ合いの難儀を見ていながら、手助けできないのが老人にはつらいようだ。

五作《ごさく》という名の年寄りに頼み込まれた音次郎は、供のふたりに目で問いかけた。

「じさまの頼みだ。おらにばさまを背負わせてくだせ」

真太郎の答えはきっぱりしていた。

「山道に入れば、すぐに宿にたどり着けますだ。年寄りを助けると思って、力を貸してくだっせ」

音次郎に向けた顔の前で、両手を合わせた。真太郎も行くと言っている。まだ充分に陽も高い。

「分かった。あっしらが代わり番こで、婆さんを運びやしょう」

引き受けた音次郎は、真太郎の振り分け荷物を昌吉に担がせた。

「でえじょうぶか、真太郎」

相棒の荷物を自分の物に重ねた昌吉が、歩き始めた真太郎に声をかけた。

「これぐらい、なんでもね」

背負った老婆は、痩せていて軽そうだ。真太郎の言ったことは、音次郎にも昌吉にも強がりには聞こえなかった。

五作は山に入ればすぐだと言ったが、宿は一向に見えてこない。しかも次第に登りがきつくなってきた。

「じいさん、宿はまだかよ」

山歩きには慣れていないらしく、昌吉が荒くなった息遣いで訊《たず》ねた。

山を知らないことでは、音次郎も同じである。老人の頼みを引き受けた手前、文句は口にしなかった。が、胸のうちでは、宿がなかなか見えてこないことに焦《じ》れていた。

老婆を背負った真太郎が、三人のなかでは一番落ち着いていた。山に暮らす者が口にする「すぐそこ」が、さほど近いものでないと分かっているようだった。

落ち着いてはいたが、真太郎の息遣いは次第にはっ、はっと短いものに変わっていた。登りが続くにつれて、手だけで背負って歩くのがつらくなっているようだ。

「あにい」

昌吉に呼びかけられて、音次郎が足を止めた。真太郎も五作も立ち止まった。乾いた落ち葉が、みんなのわらじにまとわりついていた。

「ちょいと待っててもらいてえ」

担いだ荷物をその場に置いた昌吉は、さらしに挟んだ匕首《あいくち》を手にして山に入った。

冬でも葉を落とさない杉の群れの隙間から、陽が降っている。枯れ草に腰を下ろした音次郎の顔を、木漏れ日が照らした。

山に入った昌吉は、両手に蔓を抱えて戻ってきた。

「これで婆さんを縛りねえ。ちったあおめえが楽になるだろうよ」

「そったごとしたら、ばさまの身体がいてえべ」

「おらなら平気だ。しっかり巻いてけれ」

ふたりのやり取りを聞いた老婆が、口をはさんだ。

「ばさま、平気だか？」

問われると、返事の代わりに弱々しくうなずいた。

「じさまよう、正味のところ、宿まであとどんだけ歩くかね」

「そんだなあ……」

真太郎の目を見ながら、老人が思案顔をこしらえた。

「杉林を抜けて、峰ひとつってとこだ」

五作の指差す方向は、はるか先まで杉林が続いている。昌吉が、げんなりしたような顔つきになった。

「かんげえ込んでもしゃあねえ。その蔓で婆さんを巻いて、手早く行こうぜ」

「がってんでさ」

音次郎にうながされた昌吉は、真太郎と老婆の身体に蔓を巻きつけた。

真太郎は宿まで踏ん張り切った。

老婆に巻いた蔓は、昌吉が匕首で切った。

「ひどく腫《は》れてるじゃねえか。酢で練ったうどん粉をあてたほうがいい」

背中から抱えおろした音次郎が、老婆のくるぶしにそっと手をあてた。

山の暮らしが長いらしく、宿の流し場にはひと通りの品物が揃っていた。五作から酢とうどん粉を受け取った音次郎は、あたり鉢でふたつを練り合わせた。それを木綿の布に塗りつけると、そっと老婆のくるぶしに巻きつけた。

「ひんやりして気持ちがいい。にいさん、ありがとな」

「礼はおれじゃあなしに、背負い続けてきた真太郎に言ってやってくれ」

「そうじゃった。痛みがひどうて、気が回らんかった」

足を音次郎に預けたまま、老婆が真太郎に何度も礼を伝えた。

「茶を振舞いたいけんど、瓶《かめ》に水がへえってねえだ。火付けが済んだら、すぐに沢まで汲《く》みに行くでよ」

囲炉裏《いろり》の火熾《おこ》しをしている五作が、三人に詫《わ》びた。

「おれが汲んでくる。沢はどっちでえ」

手すきの昌吉が水汲みを申し出た。

「ほんのちょっと登れば、すぐに沢だ」

五作が火熾しの手を休めずに返事をした。

「また、ほんのちょっとかよ」

「今度は間違いねっから」

「水汲みの道具はどこでえ」

「土間の隅に、桶《おけ》と天秤棒《てんびんぼう》があるべ」

教えられた昌吉は、すぐに桶を探し当てた。

「こんなでけえ桶を、爺《じい》さんが担いでるてえのか」

細長い桶ふたつで、一荷《か》（約四十六リットル）分の水が入る大きさだ。一杯に汲み入れると、合わせて十二貫（約四十五キロ）を超える重さである。

「慣れればどってこともね」

強がりを言いながらも、水汲みを頼めるのはいかにも嬉《うれ》しそうだった。

沢は確かに近くだったようだが、一荷の水はとにかく重たい。帰ってきた昌吉は瓶に水を移したあと、わきの下の汗を拭《ぬぐ》っていた。

冬の陽は逃げ足が速い。

茶をいれたあと、五作が囲炉裏の鍋《なべ》で雑煮を仕上げたころには、薄暗くなっていた。

「あんたら、今晩はこのままうちに泊まったらどんだ。山の道は暗くて冷えるだで」

宿の広さは充分にあったが、板張りに茣蓙《ござ》敷きの粗末な造りである。夜具の備えもなさそうだ。

「気持ちはありがてえが、泊まるなら吉岡宿まで下りる。あすこなら旅籠《はたご》もあるだろう？」

音次郎の問いかけに、五作は案じ顔でうなずいた。

「そうと決まりゃあ、早く山を下りようぜ」

昌吉と真太郎をうながして、下山の支度を調えた。話しているうちに、陽が落ちた。囲炉裏の火が真っ赤に見えている。

「たまげたぜ、もう星が出てらあ」

外の様子を見に出ていた昌吉が、素っ頓狂《とんきょう》な声をあげながら戻ってきた。音次郎も自分の目で陽の沈んだ山の暗さを確かめた。

「ろうそくの備えはありやすかい？」

「たっぷりあるだよ」

五作が取り出してきたのは、櫨《はぜ》の実でこしらえた細身のろうそくだった。身の細さに比べて芯《しん》が太く、風に吹かれても消えにくい上物である。山で使う物は、こしらえがしっかりしていた。

葛籠《つづらこ》を開いた音次郎は、道中用の折り畳み小田原提灯《ぢょうちん》を取り出した。五作のろうそくがぴったり収まった。

「すまねえが十本わけてもらいてえ」

「数を言わず、あるだけ持ってくだ」

「そうはいかねえ」

十本のろうそくと引き換えに、音次郎は小粒を十粒、五作に握らせようとした。

「銭はもらえね。婆さん背負ってもらった礼代わりだ」

五作は目を険しくして受け取りを拒んだ。

ろうそくは安くない。とりわけ、芯の太い櫨の実ろうそくは高価である。音次郎が受け取ったろうそくを江戸で買えば、安くても一本五十文は下らない。

それを十本だと五百文だ。山奥の年寄りふたり暮らしには大金である。音次郎は相手の手をこじあけて、小粒を握らせた。

「登ってきたのは、一本道だよな」

「そんだ。枝分かれしてるのは、けもの道だけだ」

「そんなのがあったのか」

登りに気を取られていた音次郎は、けもの道には気づいていなかった。

「足元をしっかり照らして歩けば、迷い込むことはねえが……案ずるぐれえなら、朝までここに泊まったらどんだ」

重ねて言われて、音次郎はふっと弱気になった。夜の山道を歩くのは初めてだったからだ。

「山ならおれが分かるだ」

真太郎のひとことで、音次郎は迷いを打ち消した。そして、ろうそくに火をともして宿を出た。

空は星で埋め尽くされていた。

## 六

江戸では見たことのない、空の根元にも星がきらめく凄《すさ》まじい夜空を音次郎は見上げた。そして、夜の山道を下りようとしたおのれを呪った。

五作が案じたことが的中し、三人は夜の山道で迷っていた。登った道をまっすぐ下っていたつもりが、知らぬ間にけもの道に足を踏み入れていたらしい。

「あにい、すまね」

山には強いと請け合った真太郎が、闇のなかでしょげていた。

「おめえだけの責めじゃねえ。下りようと決めたのはおれだ」

ひっきりなしに聞かされる、真太郎の詫びがうっとうしい。音次郎は心底からおのれの判断の甘さを悔いた。

てめえの手には負えねえことを、軽々しく判ずるものじゃねえ。

胸の奥底で、ひとりごちた。

元の道をたどろうにも、方角の見当がつかない。提灯の明かりは頼りなく、足元を照らすだけだ。手元から五尺も離れると、とてつもなく深い闇が、明かりを根こそぎ呑《の》み込んでしまう。

そうは言っても、ろうそくがまだ七本残っているのは心強かった。

下り道をしくじって迷い込んだあと、二本目のろうそくに火を移した。

「この明かりが消えるまで、しっかり数を数えていてくれ」

言いつけられた昌吉は、十を数えるたびに指を折りながら数え続けた。

「千八百でさ」

ろうそく一本で千八百を数える間、明かりを保つことができた。

「ときがどれほど過ぎたかの見当は、数を数えたらおよそのことが分かる」

讀賣堂の瓦版《かわらばん》を摺《す》っていたころ、年長の職人がことあるごとに口にしていたことだ。

「ひい、ふう、みいと同じ調子で数えていれば、千八百で四半刻《しはんとき》、三千六百で半刻の見当だ。覚えておいて損はねえ」

まさに、覚えていて損はなかった。三本目のろうそくが短くなっていたが、まだ七本が手元にあった。

五作の宿を出たとき、すでに空は星だらけだった。山の暗さは知らなかったが、あれは暮れ六ツ（午後六時）だったと、音次郎は思い定めた。

ろうそく一本で四半刻、四本で一刻が過ぎる勘定になる。賭場《とば》で助け出方を務めていた音次郎は、暗算ができた。

残りが七本てえことは……。

四ツ半（午後十一時）で、ろうそくが燃え尽きる。

真夜中までは持たねえ。

たっぷり残っていると思っていた強気が、音を立てて萎《しぼ》んだ。顔から血の気がひいたが、闇にまぎれてふたりに気づかれないのがせめてもの救いだった。

慌ててはいけねえ。つらいときほど、大きな息を吸って気持ちを楽にしねえと……。

そう思い直した音次郎は、ふたりを提灯のそばに呼び寄せた。

「なんでやしょう」

昌吉の声には、威勢がなくなっていた。真太郎は相変わらずおのれを責め続けているらしく、声が消え入りそうだ。

「荷物を足元におろして、しょんべんをするぜ」

「へっ？」

昌吉と真太郎が絶句した。

「しょんべんの飛ばしっこを、しようてえんだ。見ねえ、この星を」

音次郎が指差した空の真ん中には、くっきりと天の川が流れていた。

「こいつあすげえ……」

昌吉が不安を忘れて星に見とれた。道に迷ってからここまで、星をまともには見ていなかった。

「どうでえ。気持ちが晴れたかよ」

「こんな空、おらも見たことねえだ」

「うそこけ、ばかやろう」

音次郎は明るく笑い飛ばした。

「越後の山奥なら、ここよりもっと田舎じゃねえか。見栄《みえ》を張るんじゃねえ」

「ばれたんじゃ、しゃあねえだ」

闇の中で、真太郎があたまをかいた。音次郎から乱暴な言葉をぶつけられて、すっかり元気を取り戻したようだ。

「星を見上げながら、思いっきりしょんべんを飛ばそうじゃねえか」

た。

「がってんだ」

合羽《カッパ》の前を開いた昌吉が、あわせの裾《すそ》をたくしあげて、下帯のわきから一物《いちもつ》を出した。

「真っ暗闇で、あにいに自慢できねえのが惜しいやね」

「いうじゃねえか」

「おらのは、長さはねえが太さは負けね」

三人がてんでに、星空を見上げ小便を飛ばした。木の枝にぶらさげた小田原提灯が、山形《やまなり》になって飛ぶ三人の小便を、ぼんやりと浮かび上がらせていた。

「あっ……」

昌吉が大声を出した。驚いた真太郎の小便がちぎれた。

「なんてえ声を出しやがるんでえ」

「そう言わずにあにい、おれの指先の星を見てくんねえ」

「指先ったって、暗くて指がめえねえ」

「しゃあねえなあ。ほら、こっちのほうでさ」

音次郎の後ろに回った昌吉が、右手を取って星を示した。指の先に、ひときわ明るく輝く大きな星があった。

「江ノ島の漁師連中におせえられやしたが、あの星はいっつも真北に出てるんでさ」

「それがどうした」

音次郎は、昌吉の話が呑み込めなかった。真太郎はすぐに気づいた。

「おらたちは佐原への道で、北に向かって歩いただ。そんで山道は右にへえったから……東だべ」

「そのことよ」

昌吉が声を弾ませた。

「星を見ながら、左へ左へと歩けば、かならず元の道に出られるてえことでさ」

「そうか」

わけを呑み込めた音次郎は手を打った。

「星が道しるべてえことか」

「その通りでさ。闇雲にうろつくのはよしにして、星を頼りに歩きやしょう」

振り分け荷物を担いだ昌吉は、枝からおろした提灯《ちょうちん》を真太郎に持たせた。

「山道は、おめえが一番得手だろう」

「まかせてくれ。道しるべがあるで、もう迷うことはねっから」

一杯に膨らませた丸顔を、提灯の明かりが照らし出した。

「なんだか、歌でもうたいてえ気分だぜ」

不安が消えて、昌吉が陽気になっている。

「おれにまかせろ」

野草の葉を一枚摘み取った音次郎は、口にあてて草笛を吹き始めた。

闇にはまるで似合わない、とことん陽気な大漁節だった。


「おっかさん、あれって……」

千草のなかで、おみつが通りの向こう側を指差した。

三人連れの先頭に立った丸顔の男が、調子を取って小田原提灯を振り回していた。

真ん中の痩《や》せた男は、手拍子で応じている。

一番後ろの男は、音次郎に間違いなかった。

「音次郎さん、草笛を吹いているわよ」

「いい節回しだねえ……」

待ちくたびれていたおきちが、あくび混じりに草笛を誉めた。

空では、続けざまに星が流れていた。

七

吉岡宿で一泊した音次郎たちは、一月二十七日の八ツ（午後二時）前には佐原宿に着いた。

町の真ん中を南北に流れて、やがて利根川にそそぐのが小野川である。好之助の宿は二つ名が示す通り、小野川に面して構えられていた。

間口が二十間もある二階家で、広い土間には鳶口《とびぐち》と梯子《はしご》がきれいに立てかけられている。壁には三十着の刺子《さしこ》半纏《ばんてん》と火消し頭巾《ずきん》がかかっていた。小野川好之助は貸元ながら、佐原の町を火事から守る火消しも務めていた。

宿の前の河畔には、高さ五丈（約十五メートル）の火の見やぐらが建っている。火の見番と半鐘《はんしょう》打ちも、好之助の組で受け持っていた。

音次郎は、好之助の宿をすぐに探し当てた。ひとに訊《き》かずとも、火の見やぐらを目印に向かえばよかった。

「笠《かさ》を取って、合羽を脱ぎねえ」

昌吉と真太郎に、道中装束を脱ぐように指図した。

組の張り番は、かならずどこかで三人を見ている。装束を脱いだのは、組に仇《あだ》をなす気がないことを示すためだ。ふたりは、脱いだ合羽と振り分け荷物を笠に入れた。

真太郎は腰に差した脇差《ながどす》も取り、荷物に重ねた。ふたりが丸腰になった。

それを目で確かめた音次郎は、舎弟を外に残して土間に入った。音次郎は笠も合羽も着たままである。

「ごめんなすって」

佐原の宿では、仁義を切ることはしなかった。恵比須の芳三郎の名代として、代紋を背負ってのおとないだからだ。

軽く声を投げ入れただけで、若い者が顔を出した。

「あっしは江戸は今戸の、恵比須の芳三郎の若い者で、草笛の音次郎と申しやす」

「うかがいやした」

若い者は、訛《なま》りのない物言いで応《こた》えた。

「芳三郎の名代でごあいさつにうかがいやしたが、お取り次ぎをいただけやしょうか」

「遠路、ごくろうさんでやした」

土間に立った音次郎にあたまをさげた若い者は、取り次ぎのために奥に入った。入れ替わりに出てきた男は、四十見当の大柄な男だった。

背丈が六尺（約百八十センチ）を超えており、半纏の袖《そで》から出ている手首は、体毛で黒く見えた。

「組の代貸を務めておりやす、利助《りすけ》と申しやす」

「好之助親分からお招きをいただきやした、恵比須の芳三郎の名代でうかがいやした。草笛の音次郎と申す、渡世駆け出しの若輩でござんす」

「うかがいやした。どうぞ笠をお取りくだせえ」

笠を取れというのは、代貸が客と認めたあかしである。道中合羽を着たまま、音次郎は笠を取って代貸に目を合わせた。

客人の顔を見た代貸の目が光った。名代というには、音次郎が年若く見えたからだろう。

「外のふたりは、音次郎さんのお連れさんでやすかい」

やはり、組の張り番がおもての様子を見張っていた。代貸は、まだ音次郎が口にしていないふたりのことに触れた。

「わけあって、あっしが舎弟にして連れておりやす」

「そうでやしたか。音次郎さんが後見を請けなさるなら、うちには異存はありやせん」

「さっそくのお許し、ありがとうさんでござんす」

代貸に一礼した音次郎は、外で待っている昌吉と真太郎を呼び寄せた。

「代貸さんからお許しをいただいた」

音次郎のわきを抜けて、舎弟ふたりは土間にしゃがみ、上がり框《かまち》に両手を置いた。手には刃物を持っておらず、組に害をなす気がないことを示す作法である。

「音次郎の舎弟、相州江ノ島在の昌吉と申しやす」

「同じく音次郎の舎弟、越後高田の真太郎と申しやす」

ふたりがよどみなく、身分を名乗った。

「うかがいやした」

代貸が右手を前に差し出した。

「お三人さんとも、どうぞお上がんなせえ」

代貸が受け入れた。

が、名代というには音次郎が年若いことに加えて、舎弟連れでたずねてきた。そのことに、利助は得心していないようだった。

客人の扱いは、代貸の差配で決まる。

音次郎たちには、中庭の見える十二畳の客間があてがわれた。天井板には木目の揃った杉板が用いられており、鴨居のこしらえもある部屋だった。

「あにいは、てえした扱いを受ける身分でやしたんですねえ。おみそれしやした」

このような扱いを受けたことのない昌吉が、客間の造りのよさに目を見張った。

「茣蓙《ござ》ではねえ。ちゃんと畳が敷かれてるだ」

真太郎は、板の間に茣蓙敷きの客人部屋しか知らなかった。

ふたりとも軒先三寸を借りて仁義を切り、組から一宿一飯を許される旅を続けていた。

舎弟までが上客として扱われたのは、音次郎が芳三郎の名代であったからだ。

恵比須の芳三郎と小野川の好之助とが、長い付き合いの兄弟分であることを、利助はもちろんわきまえていた。それゆえ、粗相のないもてなしを示した。

しかし代貸は、好之助に顔つなぎをしようとはしなかった。音次郎を、しっかり目利きしたうえと決めているようだ。

音次郎もそのことはわきまえていた。

芳三郎と兄弟分の身内が名代身分で今戸をたずねてきても、源七はすぐには取り次がない。火急の用向きならともかく、そのほかのときは、少なくても一夜は様子を見た。

酒肴《しゅこう》は惜しまなかったし、客間も上座敷をあてがった。そのときに客人がどんな振舞いをするかで、源七はあとの段取りを決めた。

ときには芳三郎に会わせないまま、客人に引き取ってもらうこともあった。源七の判断に、芳三郎は文句をつけない。それほどに、代貸は貸元の信頼を得ていた。

「おめえたちが間抜けなことをしでかしたら、うちの親分の顔に泥を塗ることになる」

扱いがよくて浮かれ気味のふたりに、音次郎はきつく釘《くぎ》をさした。

「飯も酒も、出されたものを残しちゃあなんねえが、いやしい真似はご法度だぜ」

ふたりは神妙な顔つきで、音次郎の戒めを聞いた。舎弟を抱えたことの大変さを音次郎はあらためて嚙《か》み締めた。

利助の様子が変わったのは、翌日の午後に入ってのことだった。

「代貸が待っておりやす」

中庭を眺めていた音次郎を、組の若い者が呼びにきた。案内されたのは、奥座敷のわきに構えられた代貸の部屋だった。音次郎が顔を出すと、利助は立ち上がって迎え入れた。

「好之助に引き合わせていただきやす」

愛想がよくなったわけではなかった。しかし口調は、音次郎を芳三郎の名代だと認めたものに変わっていた。

いってえ、なにがあったんでえ……。

貸元の部屋に連れていかれるまでの短い間に、音次郎は昨日からのことを思い返した。

格別に、目立つことをしたわけではなかった。小野川組の役に立った覚えもない。舎弟ふたりには作法にかなった振舞いをさせているが、これは当たり前のことだ。

どう思い返しても、なぜ代貸が好之助に顔つなぎする気になったかが分からない。得心できないまま、音次郎は好之助に引き合わされた。

「大滝のから手紙が届いた」

うりざね顔の好之助は、物言いがやわらかだった。

「わたしは成田の眼力には、一目置いている。大滝のは、あんたを買っているそうだ」

佐原の町を守る器量の貸元が、吉之助には一目置いていると明言した。それに続けて、大滝の吉之助が音次郎を買っているとも聞かせた。

器量の大きな貸元は、なにごとにおいても軽々にはものを言わない。まして一目置くだの、人柄を買っているだのは、滅多《めった》なことでは口にしない。

それは芳三郎に仕える、音次郎の骨身に染み込んでいた。

成田の貸元が口ぞえをしてくれた……。

好之助の前に座りながら、音次郎はことの重さを身体で受け止めた。

「恵比須のは達者かね」

「へい。息災に過ごしておりやす」

「あんたが名代だと聞いたが？」

「親分から祭にお招きいただきやしたが、よんどころのないわけを抱えておりやして、ご当地をうかがうことがかないやせん。芳三郎から、その詫《わ》び言上に差し向けられやした」

旅立つ前に、源七から何度も稽古《けいこ》をつけられた詫び言葉である。口ごもることなく言い終えることができて、音次郎はふうっと小さな息を漏らした。

「聞かせてもらった」

言ってから、好之助が前に乗り出した。

「どうだ、音次郎さん。肩の凝る口上を言い終わった気分は？」

佐原の町を束ねる貸元が、いたずら小僧のような人懐っこい目に変わっていた。

「重たい荷物を、やっと肩からおろすことができたようでやす」

「さぞかしそうだろう」

好之助が代貸を見た。大男が穏やかな目つきになっていた。

「舎弟ともども、好きなだけいてくれ」

「ありがてえことでごぜえやす。親分のお言葉に、あめえさせてもらいやす」

音次郎が畳にひたいを押し付けて、儀式が終わった。顔を元に戻したあと、大滝の吉之助から言付かったことを伝えた。

息災にしているからよろしく。

短くて、格別にどうということもないあいさつである。しかしそれを耳にして、好之助が心底から気を許したような顔を見せた。

「あんたがそれを、言い忘れたんじゃないかと案じていたところだ。聞けてなによりだ」

音次郎は、もう一度深い辞儀をした。

貸元衆は、なにひとつ無駄なことは口にしねえ。軽く聞き流すのは禁物だ……。

音次郎は肝に銘じた。

# 八

二月に入ると、小野川組は十八日に催す貸元賭博《とばく》の備えで慌しくなった。

二十間間口の宿には、客間のほかに四十畳の大広間が普請されていた。数十人の客を迎え入れたとしても、盆を構えるには充分の広さである。

しかし小野川組も、賭場は寺を使う正統な貸元だった。

「今日、明日《あした》の二日間で、客間の畳替えをいたしやす。その間は、ご面倒でも部屋をあけてくだせえ」

若い者に言われた音次郎たちは、四ツ過ぎに宿を出た。小野川河畔は、柳並木である。梅もほころぶ陽気になっていたが、柳の枝にはまだ葉がついてはいなかった。

「あっしらは利根の流れを見に行きやすが、あにいはどうされやす？」

「このあたりを歩いてみる。おれのことは気にしねえで、ゆっくり遊んできねえ」

舎弟ふたりに、小粒二十粒ずつの小遣いを渡した。成田で吉之助からもらった餞別《せんべつ》の一部である。

餞別は小判でもらったが、額が大き過ぎて佐原のような町では使い勝手がわるかった。

小粒ならひと粒八十文前後だから、茶店だろうが飯屋だろうが、いやな顔をせずに受け取ってくれる。

「いただきやす」

顔をほころばせて受け取ったふたりは、あわせの着流しに半纏《はんてん》を引っかけて利根川に向かった。半纏は佐原に着いたあと、町の太物屋《ふとものや》で音次郎が求めた無印のものだ。

ふたりが角を曲がったあと、音次郎はゆっくりとした足取りで河畔を歩き出した。

小野川河岸には幾つも船着場が設けられており、荷を運ぶ小船が行き交っている。

足を止めた音次郎は、川面《かわも》を見詰めた。その目が遠くなっている。小野川の眺めに、深川を重ねていた。

旅に出て、まだひと月にもなっていない。その短い間に、多くのことをおのれの身をもって学んできた。

なかでも吉岡宿で老婆を背負って山道に入った出来事は、深くこころに刻まれていた。

渡世人三人が、それぞれの思いを胸に秘めて老夫婦に接したことが、音次郎には強く響いていた。

昌吉と真太郎が、どんないきさつで在所を捨てて渡世人になったかを、まだ聞いてはいなかった。が、ひとりは炭焼きで、もうひとりは指物職人が元の生業《なりわい》だった。

いずれもまっとうな、堅気の稼業である。ふたりそれぞれが垣間見《かいま》せる振舞いからも、それなりの腕を持っていると音次郎は思っていた。

在所には、両親《ふたおや》もいるかも知れない。万にひとつ、欠けていたとしても、昌吉も真太郎も、親への恩義は大事に抱えている……山道を歩いたとき、音次郎はそれを確信した。

真太郎は頑固なまでに、老婆を背負い続けた。そのさまを見て、この男はおのれの母親の代わりに老婆に尽くしているのではないか、と思った。息を荒くして歩き続けながらも、真太郎は時おり、幸せそうな横顔を見せた。

昌吉にも同じことを感じ取った。

山に入って蔓《つる》を見つけたこと。

その蔓で老婆を巻いたときの、相手を気遣うやさしい手つき。

あの振舞いもまた、親を思う気持ちのあらわれだと音次郎は察した。

夜の山道で迷ったとき、真太郎の詫びをうっとうしく思ったりもした。しかしふたりの渡世人が、われ知らず示した親への思いを感じ取ったあとだっただけに、舎弟として抱えたことを悔いる気持ちは毛頭なかった。

何杯もの川船が、小野川を走っている。

おふくろ、達者でいてくれよ……。

小野川を深川の堀川に見立てて、音次郎は胸のうちで母親の息災を祈った。

もの思いにふけりながら川面を見つめていて、後ろに立つひとの気配を感じ取れなかった。

「どうしやしたんで」

呼びかけられて、音次郎は我に返った。振り向くと、隣の客間に泊まっている銚子の渡世人、祥吾郎《しょうごろう》が立っていた。

祥吾郎は、網元を兼ねた銚子の貸元、灯《あか》り屋《や》（灯台）の甚五郎《じんごろう》一家の若い者である。音次郎たちが客間に通された一月二十七日には、祥吾郎はすでに小野川組に滞在していた。

晩飯で相席になった折りの話から、ふたりは同い年であると知った。しかも、ともに仕える親分が好之助と兄弟分で、さらにはふたりとも名代として佐原に来ていることが分かった。

ただひとつ違うことは、祥吾郎が、二月の貸元賭博に甚五郎が出席できないための名代だったことである。

今戸が地元の芳三郎一家には、貸元賭博はかかわりがない。音次郎は、香取神宮の祭に芳三郎が不参となるための、詫び言上の名代だった。

「なんだか思い詰めているような背中だったもんで、つい声をかけちまいやした」

祥吾郎は同い年の心安さから、小野川を見詰める音次郎に声をかけたようだ。二十八歳の男ふたりが、足を川に投げ出すようにして座った。

「ここの川面を見ているうちに、つい深川のことをかんげえちまったもんで……」

音次郎は正直に、おのれがなにを思っていたかを話した。それほど親しい間柄でも長い付き合いでもないが、祥吾郎にはなぜか胸が開けそうに思えたからだ。

「毎朝、おれもおんなじことを思ってたよ」

祥吾郎は、同い年同士のくだけた口調で話した。

「おれの家の前には、小川が流れていてさ。おふくろは、おろした魚を川の水で洗ってから干物にするんだ。もう一年以上も会ってねえけど、小野川を見ていたら、いきなりおふくろを思い出しちまった」

二月のやわらかな陽が、小野川の石垣に降り注いでいる。

渡世人という稼業柄、人前では年齢以上の見栄《みえ》を張らなければならない。相手の真意を見定めながら交わす話は、気を抜くことができない。

そんな思いを抱えていたふたりだけに、肩の凝らない話に夢中になっていた。

「あにい、てえへんだ」

昌吉が真後ろにくるまで、音次郎も祥吾郎も気づかなかった。

「なんでえ、そのつらは」

「真太郎が利根川で溺《おぼ》れちまったんで」

「なんだと」

音次郎と一緒に、祥吾郎も立ち上がった。

「それでどうした」

「漁師が助け上げてくれて、土手に寝かせてやす」

昌吉が言い終わる前に、音次郎は利根川土手に向かって駆け出していた。

利根川の土手をおりた昌吉と真太郎が、川べりを歩いていたとき。少し先で遊んでいたこどものひとりが、足を滑らせて川に落ちた。

晴れ続きで、利根の流れはゆるやかだった。それでもこどもは流されて行く。周りを見渡しても、おとなはひとりもいなかった。

が、川の中ほどに一杯の漁師船が見えた。

「おおい、てえへんだあ」

昌吉が大きな身振りで漁師を呼んだ。異変に気づいた漁師が船を動かし始めたが、こどもはどんどん流されていた。

川べりを走っていた真太郎が、流されるこどもの様子を見て飛び込んだ。山育ちの真太郎は泳ぎが苦手だった。それでもなんとか追いつき、岸に向かってこどもを押した。手を伸ばした昌吉が、こどもの腕をつかんだ。

助け上げられたのを見て、真太郎は気が抜けたらしい。それに凍えが重なり、昌吉が伸ばした手をつかむことができずに流された。

漁師の船が追いかけて、真太郎を助け上げた。流されている間に、真太郎は川水を飲んで、身体が水面から沈んでいた。

冷たい水に浸《つ》かって、したたかに川水を飲んだせいで、真太郎は寝込んだ。

「身体をあたたかくして、滋養のつくものを食べていればすぐに治る」

成田宿の医者が音次郎に言ったのと同じような診立てをして、佐原の医者は出て行った。

「貸元賭博《とばく》がこれからてえときに、縁起に障ることをしでかしやした」

音次郎が代貸に詫《わ》びた。

「起こりが人助けだ。気にすることはねえ」

利助は気をわるくした様子も見せず、逆に真太郎の容態を気遣ってくれた。

だが、渡世人はなによりも縁起を大事にする。利助は気にするなと言ったが、若い者のなかには、おさまらない者も多くいた。

「てめえが泳げねえのに、飛び込んだりしてよう。ばかでねえか」

た。

「越後の山育ちが、分をわきめえねっからこんなことになるだ」

土間の隅で交わされている陰口を、たまたまその場に行き合わせた音次郎は耳にした。

「それぐれえで、勘弁してやってくだせえ」

ていねいな口調ながらも、音次郎の目は燃え立った。

「おっしゃる通り間抜けなことをしでかしやしたが、野郎はあっしの舎弟なんでさ」

「そんなことは分かってるだがよう」

年かさの男が、音次郎に詰め寄った。

「でえじな行事を控えたうちには、溺れ者なんざ縁起でもねえべさ。兄貴なら、もっと舎弟に行儀をしつけるべさ」

「分かりやした」

音次郎があたまをさげた。

客人の身分で、世話になっている先の若い衆と、揉《も》め事を起こすわけにはいかない。

「あっしのしつけが足りやせんでした」

「その通りだべ」

若い者は仲間の手前もあるのか、嵩《かさ》にかかって物言いを強くした。気配が張り詰めたとき、祥吾郎が割って入った。

「そこまでにしときなせえ」

音次郎と若い者を分けてから、祥吾郎は若い者に目を向けた。

「行事が近くて気が立っておられやしょうが、舎弟が言われっぱなしなのを放っておけねえのが、兄てえもんでさ」

祥吾郎はそれしか言わなかった。しかし場は収まった。

土間の者は気づかなかったが、利助が見ていた。音次郎と祥吾郎の振舞いに満足したらしく、音も立てずに奥へと戻っていった。

## 九

二月十五日の五ツ過ぎ。

晩飯が終わったころに、祥吾郎が客間をたずねてきた。いつになくこわばった祥吾郎の顔を見て、音次郎はさっと立ち上がった。

「いま、あっしと話しているひまはありやすかい?」

音次郎は、もちろんと短い返事をした。

「小野川べりを歩きやしょう」

貸元賭博まで、あと三日。方々の組から客人が集まり始めており、宿のなかでは話しにくいと思ったからだ。

土間の手前には、樫板《かしいた》の大きな衝立《ついたて》がこしらえられていた。衝立には、貸元賭博に集まってくる親分衆の名札が張られている。

一段に名札が五枚。それが四段のこしらえになっており、すでに組に逗留《とうりゅう》している親分の名札は、名前が赤字で示されていた。

二十枚の札の中に、芳三郎の名はない。

灯り屋の甚五郎は上段の右隅に掲げられており、名札は赤字だった。掲げられている場所からも、甚五郎と好之助の付き合いの深さが感じられた。

段ごとに、名札の下には一尺ほどの隙間が設けられている。赤字になっている親分衆の何人かは、その隙間に長さ七寸、幅二寸の桐板が張られていた。

『酒々井宿　小木曾《おぎそ》の新蔵《しんぞう》　金百両』

『吉岡宿　高歯《たかば》の善右衛門《ぜんえもん》　金百両』

『船橋宿　小熊《おぐま》の捨吉《すてきち》　金百両』

札には貸元の名前と、金額が太い筆文字で書かれている。親分衆が貸元賭博で買う、駒札の額が張られている。

灯り屋の甚五郎は、名札は赤字だがまだ駒札が張られていない。土間におりる手前で、祥吾郎は横目で衝立を見た。

その目の険しさを音次郎はいぶかしく思ったが、余計なことを口にせず、祥吾郎のあとを追った。

「音次郎さんの思案を聞きてえ」

思い詰めた顔で、祥吾郎が話を切り出した。小野川べりで話し始めたのは、さきほど険しい目で見た駒札の額にかかわることだった。

「貸元賭博は、毎年、房州《ぼうしゅう》の親分衆が持ち回りで開くんでさ」

「そうだったんですかい」

音次郎は、仕組みをまったく知らなかった。旅立ちに際しても、源七は一切この賭博には触れなかった。

「一宿の義理を抱えた先が開帳するときには、しみったれたことはせず、思いっきり遊んでこい」

源七に指図されたのは、これだけだった。

「いつもの年なら、駒札は五十両が相場なんでさ」

祥吾郎が口にした金額は、音次郎にも得心できた。

江戸では貸元賭博はない。似たようなものは、夏枯れの時季に気心の知れた貸元が集まって催す『暑気払い』だ。

これはゼニのやり取りが目的ではなく、あくまでも暑気払いである。座興として開帳もするが、賭《か》けは貸元ひとりが、せいぜい五十両止まりだった。

「ところが今年は、音次郎さんも見た通り、駒札が倍の百両に跳ね上がってやしょう」

「そうでやした」

「あれは酒々井の新蔵親分が、筆頭《ふでがしら》で百両を入れたからなんでさ」

「なんでまたそんなことを」

「来年は、酒々井が当番宿でやすから」

祥吾郎が悔しそうな顔で唇を嚙《か》んだ。

貸元賭博で求める駒札は、開帳する賭場への祝儀のようなものだ。博打《ばくち》は本寸法で開かれるが、集まった親分衆は勝負にはこだわらない。きれいに負けて帰るのが、貸元の見栄《みえ》のようなものだった。

酒々井の新蔵が、いつもの倍の百両を入れた真意は、祥吾郎が口にした通り、自分が来年の当番であるからだ。

普段であれば、そんな見え透いたことをしたら、他の貸元が黙っていない。もちろん好之助も受け取らなかっただろう。ところが新蔵の振舞いには、大義名分の裏づけがあった。今年が、十二年に一度の香取神宮大祭の年だということである。

二月十日に、新蔵当人が佐原にやってきて、代貸の利助に、百両の駒札を申し出た。

香取神宮を持ち出されては、好之助も百両を受けざるを得なかった。

貸元は見栄が命の稼業である。

筆頭が百両の桐板をさげたあとでは、それを下回ることはできない。それにここで相場が倍になったとしても、自分が当番宿になれば実入りが大きく増える。

その思惑もあって、だれもが百両の駒札を買っていた。


「あっしは親分から、五十両の祝儀しか預かってねえんでさ」

「そいつあ……」

「親分からは、なにかのために百両を持っていけと強くいわれたんでやすが、大金を持ち歩くのがいやで、あっしが断わったんでさ」

「よく分かりやす」

大きな路銀を持たされて苦労している音次郎には、祥吾郎の気持ちが痛いほど分かった。

「音次郎さんに聞きてえのは、このまま五十両で押し通すか、ひとっ走り銚子にけえってもう五十両を預かってくるのがいいのか、その判じようなんでさ」

問われた音次郎は迷わなかった。

「百両買うしかねえでしょう」

「やはり、そう思われやすか」

「親分の名を汚しては、名代が務まらねえ」

「分かりやした」

祥吾郎からも迷いが吹っ切れたようだった。

「なんとか走り通して、十八日までにはけえりやす」

「間に合うんですかい？」

「もしものときには、百姓馬を借りやすから」

「そいつあ、よしたほうがいい」

「どうして？」

「祭の年に、佐原を勝手に馬で走ることあできねえでしょう」

音次郎の言い分を聞いて、祥吾郎が顔を曇らせた。

「あっしが用立てやす」

暗がりの河畔で、音次郎は明るく言った。

「祥吾郎さんは飛脚を仕立てて、銚子からゼニを取り寄せなせえ。その間は、あっしの五十両を使えばいい」

「そんな……音次郎さんとおれとは、ここで居合わせただけの間柄じゃねえか」

祥吾郎が、堅気の物言いに変わっていた。

「それに用立てる五十両は、親分から預かったゼニで、音次郎さんのじゃねえだろう」

「それがどうしたてえんです」

音次郎は取り合わなかった。

「祥吾郎さんには、利根川から真太郎を乗せた戸板を一緒に運んでもらった恩義もある。うちの親分がこの場にいたら、きっと同じことをしやすから」

音次郎がきっぱりと言い、祥吾郎は目を潤ませてあたまを下げた。


飛脚のカネは思いのほか早く、二月十八日の朝には届いた。祥吾郎からの知らせを受けた灯り屋の甚五郎が、銚子の飛脚宿をせっついたからである。

ところが甚五郎は、カネを好之助に用立ててもらったと勘違いをした。飛脚は五十両を祥吾郎にではなく、代貸の利助に届けた。

音次郎と祥吾郎の貸し借りが、好之助の知るところとなった。

「おまえならどうした？」

好之助が静かな口調で代貸に問いかけた。

「五十両でやすから」

利助はそれだけ言って、しばらく考え込んでいた。

「見ず知らずも同然の相手に……五十両は、あっしの年になっては貸せやせん」

「そうだろうな」

やっと答えた利助に、好之助はおだやかな目を向けた。

「年若い者ゆえに、できたということもあるが……」

「……」

「恵比須のの、器量を見た思いもする」

好之助が、木目の揃った天井板に目を移した。


貸元賭博《とばく》は、五ッの鐘で開帳される。

大滝組の代貸元四郎は、開帳に先立つ七ッ（午後四時）に佐原に着いた。気心が知れた兄弟分の代貸ゆえ、利助はすぐに好之助に引き合わせた。

「音次郎と舎弟たちは、行儀よくしておりやすか？」

あいさつもそこそこに貸元の部屋を出た元四郎は、音次郎の様子を利助に問うた。

「客間で舎弟と碁を打ってるぜ」

利助は元四郎よりも三歳年上である。ぞんざいな物言いのなかにも、親しみがこもっている。

「そうでやすか」

答えたあとで、元四郎は居住まいを正した。

「じつは代貸に、折り入っての頼みごとがありやすんで」

「なんでえ。あんたとおれとの間で、そこまでかしこまることもねえだろう」

滅多《めった》に笑わない利助が、目元をゆるめた。

「貸元賭博に、わけありの客を加えてもらいてえんで」

元四郎は細かくわけを話した。

「そういうことなら、遠慮はいらねえ」

利助は、ふたつ返事で頼みを聞き入れた。話を終えるなり、元四郎は音次郎のいる客間に顔を出した。

「代貸……」

顔を崩して音次郎が立ち上がった。元四郎は近くまで呼び寄せて、音次郎の耳元に口を近づけた。

「こませの十郎が、今夜くるぜ」

聞いた音次郎の顔色が変わった。

その様子を見て、舎弟ふたりが音次郎に駆け寄った。

二月の陽が沈みかけていた。

# すべりどめ

一

天明八年二月十八日の、七ッ（午後四時）を四半刻《しはんとき》ほど過ぎたころ。音次郎は小野川組の代貸、利助の前で正座していた。

「構わないよ。あんたの好きにしなさい」

代貸はお店《たな》の番頭のような物言いで、音次郎の頼みを聞き入れた。

「ありがとうごぜえやす」

音次郎が畳に両手をついて礼を言った。

「ほんとうに、うちの手を貸さなくていいのかね」

「へい」

音次郎の返事がわずかに遅れた。利助はその迷いを見逃さなかった。

「渡世人は、男の一分《いちぶん》を通すためには命も賭《か》ける。それはなによりも大事なことだ」

代貸の部屋にいるのは、ふたりだけである。四十路《よそじ》なかばの利助は、まるでおのれの息子を案じるような話し方をした。

「それと裏腹なことを言うようだが、手に負えないときには、見栄《みえ》を捨てて助けを頼むのも大事なことだ」

思ってもみなかった諭しに、音次郎は身じろぎもせずに聞き入った。利助は渡世人とも思えない、物静かな口調で話している。しかし音次郎を見る目には、甘い色はかけらも浮いていなかった。

「見栄を取るか、助けを頼むかは、成し遂げようとする、ことの大きさ次第だ。命に代えても成就させなければならないときは、面子《メンツ》を捨ててでも、助けを頼んだほうがいい」

言い終わったあとも、利助は音次郎から目を離さない。両目でしっかりと受け止めた音次郎は、答える前に襟元を合わせ直した。

「代貸のお言葉は、胸に刻みつけやした。しっかり稽古《けいこ》をやった上で、ぶれのねえ答えをさせてもらいやす」

「分かった」

利助が音次郎の言い分を呑《の》み込んだ。

「そういうことなら、みっちり稽古をやんなさい」

「ありがとうごぜえやす」

もう一度礼を言ってから、音次郎は立ち上がった。部屋を出ようとしたら、利助も座を立った。

「薪《まき》は山ほどあるんだ。ありったけの籠《かご》で、目一杯に明るく焚《た》けばいい」

若い者に指図をするために、利助が先に代貸部屋を出た。

七ツ半（午後五時）を間近に控えた佐原の町は、暮れなずんでいた。小野川組の玄関先では、貸元賭博の支度が着々と始まっていた。

この日に備えて小野川の好之助は、組から二町（約二百二十メートル）離れた原っぱの真ん中に、杉材を用いた平屋を普請していた。

宿場の火消しも担っている好之助には、地元の役人たちも手出しができない。組の宿に盆をこしらえても、捕り方に押し込まれる気遣いは皆無だった。

それでも好之助は、貸元賭博だけに用いる賭場《とば》を新築した。いつも盆に使っている組の真裏の蓮徳寺《れんとくじ》が、十八、十九の二日間は大きな法事で使えないからだ。

わずかひと晩の賭博に平屋を普請したのは、遠くから集まってくる貸元衆への見栄だった。

盆が開かれるのは五ツ（午後八時）である。多くの貸元は、すでに逗留《とうりゅう》しているか、この日の午後には到着していた。が、近在の貸元三人は、まだ顔を出していない。

小野川河岸《がし》を正面に見る組の玄関前には、半纏《はんてん》姿の若い衆ふたりが張り番に立っていた。

「ごくろうさんでやす」

音次郎、昌吉、真太郎の三人は、張り番に声をかけてから宿を出た。三人とも右手には木刀を持ち、左手でかがり火の籠を肩に担いでいた。

音次郎たちの後ろには、大八車に薪を積んだ若い者ひとりが従っていた。車には、さらに二基の籠が載っている。車の梶棒《かじぼう》には、火桶《ひおけ》が吊《つ》るされていた。

音次郎は、利根川土手に近い原っぱで足を止めた。

「ここでやるぜ」

「がってんだ」

昌吉と真太郎が、四基のかがり火籠を原っぱの四隅に置いた。残りの一基は、広い原っぱの真ん中にしっかりと立てた。

「造作をかけやした。どうぞ宿にけえって、支度を続けてくだせえ」

「助けはいりやせんか」

「ここまで助けてもらえりゃあ充分でさ」

「分かりやした」

若い衆はそれ以上の申し出はせず、宿へと引き返した。

二月中旬の六ツ半（午後七時）前は、すでに真っ暗だ。利根川を渡ってくる風には、まだ強い凍えが含まれている。日の落ちた利根川土手を行き交う者は、ひとりもいなかった。

「火熾《おこ》しはおらに任せてくだせ」

土手下から大きな石を拾い集めた真太郎は、急ぎ仕事で炉をこしらえた。昌吉は、両手一杯に枯れ草を抱えてきた。

火桶から種火を取り出した真太郎は、枯れ草をかぶせて息を吹きかけた。草が燃え上がり、三人の顔が闇の中に浮かび上がった。

焚きつけをくべて炎を大きくしてから、真太郎は手ごろな太さの薪をやぐらに組んだ。

利助が用意してくれたのは、充分に乾いた松の薪である。火が移るまでは、松の脂がぶすぶすとくすぶっていたが、ひとたび燃え立つと、勢いのよい炎を生じた。

渡世人の宿は、いつなんどきかがり火を焚くことになるか分からない。ひとかどの渡世人は、松の薪の備えを怠らない。貸元賭博《とばく》を催す小野川組は、とりわけ上物の薪を買い込んでいた。

松がしっかり燃え始めたところで音次郎と昌吉が、かがり火籠に薪を運んだ。そして新しい松を数本ずつ籠に加えた。

五基のかがり火が、じわじわと明かりを放ち始めた。新しい松に燃え移り、原っぱが赤い明かりに照らし出された。

真ん中に置いたかがり火のそばに、三人が集まった。

「なげえ稽古をやってもしゃあねえ。おれをこませの十郎だと思って、命がけで斬りかかってこい」

「本気でやっていいんですかい？」

「あにいはいっつも丸腰でねえか。木刀遣いには、なれてねえべさ」

いつも道中脇差《ながどす》を身体から離さない昌吉と真太郎が、音次郎を案じた。

「おめえら、おれが脇差を遣えねえと思ってるな」

「そんなわけじゃねって」

気色ばんだ音次郎を見て、真太郎があわてた。音次郎がにやりと笑った。いつもはおとなしい顔だが、いまの笑いには凄《すご》みがある。昌吉が思わず目を逸《そ》らした。

「始めるぜ」

音次郎がたすきがけを始めた。真っ白な木綿のたすきが、かがり火を浴びて赤く見えた。残るふたりもたすきをかけた。真太郎の手つきが一番おぼつかなかった。

「おれも命がけで立ち向かう。遠慮はいらねえぜ」

言うなり、音次郎はふたりから飛び離れた。今戸で稽古をしていたのは、脇差ではなく匕首《あいくち》だ。ふたりの前で強いことを言ったものの、木刀遣いは得手ではなかった。

が、渡世人の出入りに形の整った剣法は無用である。道具はなんであれ、立ち向かってくる相手を叩《たた》きのめすだけだ。木刀にはなれていなかったが、敵の腕を見切る眼力は備わっていた。

昌吉と立ち合ってすぐに、音次郎は相手の力量を思い知った。元は指物職人だったというが、斬り込んでくる速さが凄《すさ》まじかった。

昌吉は上段から振りおろすのではなく、隙を見つけると真っすぐに突いてきた。それも急所をめがけての突きである。かがり火の届かない暗がりから木刀を突き出されて、音次郎は慌てて左によけた。

昌吉は相手の動きを読んでいた。突き出した木刀を引き、よける音次郎の動きを追った。

が、昌吉は寸止めをした。まともに突き出していたら、音次郎のあばらが破られていただろう。昌吉の突きには、それほどの強さがあった。

昌吉は、寸止めした木刀をその場に投げ捨てた。

「すまねえ、あにい。つい、むきになっちまった」

「ふざけんじゃねえ、拾え」

音次郎が怒鳴った。

「手加減して寸止めするのは、おれを虚仮《こけ》にしてるのとおんなじじゃねえか」

われを忘れているのは音次郎だった。

「おめえに突かれても文句はいわねえ。思いっきりかかってこい」

音次郎の顔は蒼《あお》くなっていたが、目は怒りに燃え立っていた。いきなり怒鳴られた昌吉も、我慢が切れたらしい。素早く木刀を拾うと、いきなり突きを入れてきた。

今度は音次郎が相手を見切っていた。さきほどとは異なり、上体をわずかにずらしてよけた。空を切った昌吉の木刀めがけて、真上から叩きつけた。

樫《かし》と樫とがぶつかり、乾いた音が立った。

真太郎は斬り合いに加わる間合いがつかめず、ふたりの動きを見ているだけだ。

木刀をしたたかに叩かれた昌吉は、手がしびれたらしい。音次郎から離れて、右手をぶらぶらと振った。音次郎は血相を変えて昌吉を追った。そして昌吉が左手で握っている木刀を弾《はじ》き飛ばした。

「待ってくれ、あにい……落ち着いて……」

昌吉の声で、音次郎がわれに返った。

「すまねえ、昌吉。気が昂《たか》ぶって、わけが分からなくなっちまってた」

肩で息をしながら、音次郎はその場に座り込んだ。真太郎が駆け寄ってきた。

「あにいのつらは、鬼みてえだ。おら、なんも手出しができねだ」

「おれも、もうあんなあにいは見たくねえ。命がけてえのがどういうことか、思い知りやした」

　昌吉も肩で息をしていた。

「寸止めなんてえことをやったのが恥ずかしいが……でもよう、あにい……」

　昌吉は大きな息をひとつ吐いてから、草むらに座り込んだ音次郎ににじり寄った。

「あんとき本気で突いてたら、あにいは大怪我してやしたぜ」

「ちげえねえ……」

　音次郎は負けを認めてから、ふうっと息を吐き出した。

「知らねえうちに血が騒ぎ出して、稽古《けいこ》だてえのを忘れちまう。あぶなくて、やってらんねえな」

　息が乱れたままの昌吉が、音次郎の目を見ながらうなずいた。

　一度も木刀を振らなかった真太郎は、ふたりの話に加われずに黙っていた。が、いきなり立ち上がった。

「あにい、ひとがくるだ」

　真太郎が暗がりを指差した。

「おれにはめえねえぜ」

「おれもめえねえ」

「いや、おらには分かる」

真太郎が言い張った。

「ほんとうだ、だれかこっちに向かってきてやす」

昌吉が言い終わる前に、闇のなかにぼんやりと人影が浮かんだ。

「銚子の祥吾郎さんだ」

夜目の利く真太郎の言った通り、股引《ももひき》姿の祥吾郎が原っぱに入ってきた。

二

かがり火はすべて消えていた。その代わりに、真太郎がこしらえた炉のなかで、薪が真っ赤に燃えている。祥吾郎を加えた四人が、炉の周りを取り囲んでいた。

「おれは小野川組の助けを借りねえで、音次郎さんたち三人で立ち向かうのがいいと思うぜ」

稽古のわけを聞かされた祥吾郎が、おのれの考えを口にした。

「今戸の親分が音次郎さんを名代で佐原に差し向けたのには、色んな思いがある気がする」

「色んな思いてえのは？」

音次郎が問いかけた。昌吉と真太郎は、口を閉じてふたりのやり取りを聞いている。

「股旅《またたび》道中では、思いも寄らないことが起きる。こませの十郎に襲われたのも、昌吉さんと真太郎さんが舎弟になったのも、思いがけないことのひとつさ」

薪の燃え方が細くなっている。話の途中で、祥吾郎が松をくべた。

「出遭った難儀をくぐり抜けるたびに、男の器量が大きくなるというのが、おれの親分の口ぐせだ。今戸の親分も、おんなじ思いで音次郎さんを佐原に出したんじゃないか」

「ちょっと口を挟ませてくんろ」

真太郎が割り込んできた。音次郎の目が、真太郎に先を促していた。

「むかしっから、可愛い子には旅をさせろって言うでねえか。祥吾郎さんの話は分かっただが、こませの十郎さやっつけられねで、逆にあにいがやられたらどうすんべさ。今戸の親分に申しわけねえべ？」

「ばかやろう。縁起でもねえことを言うんじゃねえ」

昌吉が真太郎を睨《にら》みつけた。

「そうなったとしても、親分は許してくれると思う」

祥吾郎が話の続きを引き取った。

「小野川組の代貸も、ほんとうの本音の本音では、音次郎さんが立ち向かうのを望んでいると思うぜ。まっとうな渡世人は、むやみによその組の助けは借りないさ」

「あにいは、どう思っていなさるんで」

昌吉が音次郎の思いを問い質《ただ》した。

勢いが戻った炉のなかに、音次郎は新しい松を三本くべた。

「はなっから、おれは小野川組に助けてもらう気はねえ。行きがかりですまねえが、ふたりの命はおれに預けてくれ」

音次郎がくべた三本の松が、重なり合って燃え始めた。昌吉と真太郎がきっぱりとうなずいた。薪の炎が大きくなった。

「おれも一緒にやらせてくれ」

祥吾郎が、さらに一本の薪をくべた。

「おれは音次郎さんに大きな借りがある。ここで助《す》けなかったら、うちの親分に半殺しにされちまう」

「なんのこんだね、借りてのは」

真太郎が祥吾郎の顔をのぞき込んだ。

「話してもいいかい？」

祥吾郎に問われて、音次郎が渋い顔でうなずいた。

「おれは音次郎さんに、五十両のゼニを用立ててもらったんだ」

あまりの金高の大きさに、丸顔の真太郎が目まで丸くした。

「どうしたてえんだ、真太郎。顔が真っ赤になってるじゃねえか」

昌吉がからかうような調子で話しかけると、真太郎が真顔で睨んだ。

「おらのおっかは、五両がねがったで伊豆《いず》の湯ヶ島《ゆがしま》さ売られただ」

男三人が息を呑《の》んだ。

「わるいことを言っちまった。勘弁してくれ、真太郎」

昌吉がすぐに詫《わ》びたが、いやなことを思い出したらしく、真太郎の顔つきは元に戻らない。気まずくなった昌吉が、新しい薪を炉に投げ入れた。

「おめえのおっかさんは、いまでも湯ヶ島にいるのか?」

音次郎が問いかけた。真太郎がわずかにうなずいた。

「おめえさえよかったら、おっかさんの話を聞かせてくんねえか」

母親ひとりを残して旅を続けている音次郎が、情のこもった声で促した。銚子でひとり暮らしをしている母親を思ったのか、祥吾郎も同じような顔つきになっていた。

真太郎はその場に立ち上がると、大きな伸びをして、深い息を何度か続けた。座ったときには、肚《はら》を決めた顔つきだった。

「だれにも話してねがったが、あにいたちに聞いてもらうべ」

「いいとも、聞かせてくれ」

三人が真太郎に目を合わせた。

真太郎は宝暦十（一七六〇）年六月に、越後高田の山に暮らす炭焼きの、ひとり息子として生まれた。そして八歳の秋から、山に入って手伝いを始めた。

両親と、父方の祖父の四人暮らしだが、炭焼き窯は小さい。目一杯に炭を焼いても、なんとか食べられる程度の暮らしだった。

真太郎が十三歳になった明和九（一七七二）年一月十五日に、田沼意次《たぬまおきつぐ》が老中に就いた。就任から間もない二月二十九日に、目黒行人坂《めぐろぎょうにんざか》で大火事が生じ、江戸が丸焼けになった。

真太郎の祖父と、父親正助《しょうすけ》が焼くのは、高田の町民が使う安い炭である。江戸の大火事は直接にはかかわりがなかったが、春過ぎには高田の景気が冷え込み始めた。江戸相手の商いが、大火事でほとんど途絶えてしまったからだ。

雪解けとともに炭を仕入れにくる高田城下の商人が、この年は姿をあらわさなかった。

ひと冬で五百俵の炭を焼き、一俵五十文で売って得るカネが、真太郎一家の唯一の実入りだった。そのカネが入らず、五百俵の炭がそっくり残った。

六月になれば、炭俵や、味噌《みそ》・塩・醤油《しょうゆ》・油などの代金を支払わなければならない。年に一度の払いを滞らせたら、二度と商人は山奥にまでは納めてくれない。

「ゼニさ借りるしかねえべ」

正助は山をおりて、城下の金貸しをたずねた。担保は炭五百俵である。金貸しの手代は、山に残された炭を確かめにきた。

「来年五月末日に耳を揃えて返すだら、利息一割で貸してもいいだ」

五両の一割といえば二分である。六月の払いが五両に近いと分かっている正助は、なんとか五両そっくり貸してくれと頼んだ。

「それはできね。利息先払いがいやなら、この話は流すべさ」

やむを得ず、正助は一割の先払いを呑んだ。しかし足りない二分を埋めないことには、今年の冬が越せなくなる。思案に詰まった正助は、ふたたび金策で城下を歩き回った。

江戸では火事から立ち直るために、意次が公儀のカネを積極的に投じて、江戸の景気を上向かせる施策を取っていた。

五月下旬には、そのうわさが高田にも届いていた。最後の頼みの綱として正助が炭屋をたずねると、いつも通りの値で炭を仕入れると言ってくれた。

吉報を持ち帰った正助を、母親と祖父は大喜びで迎えた。

炭がきれいに売れて、五両が手に入った。それに加えて、金貸しから借りた四両二分のカネが手元にあった。

「とにかく、四両二分は返すべさ」

母親のおきねは、金貸しに届けろと正助の尻《しり》を叩《たた》いた。

「そんだな。ここに置いとくのは物騒だ」

正助は四両二分を持って、金貸しをたずねた。ところが受け取ってもらえなかった。

「貸したのは五両だ、二分足りね」

正助は四両二分をふところに抱えたまま、金貸しの店から追い出された。

城下の外れまで歩いたとき、強い雨が降り出した。雨具の用意がなかった正助は、旅籠《はたご》の軒下で雨宿りを始めた。

「この雨はやまねっから。ひと晩うちさ泊まるだよ」

飯盛り女が正助を誘った。ふところに四両二分の大金を持っていた正助は、魔がさしたような呆《ほう》けた顔で誘いに乗った。

酒をやり取りするなかで、正助は四両二分を持っていると口を滑らせた。

「おらが賭場《とば》に口きいてやっから、博打《ばくち》で儲《もう》けて五両にするべさ。たった二分だら、稼ぐのもわけねって」

女の口車に乗せられた正助は、身ぐるみ剝《は》がれた。

「宿場の番所に訴え出るだ」

このひとことが命取りとなった。首の血筋を切られた正助は、金貸しの店の軒下に転がされていた。山奥の炭焼きが殺《あや》められても、役人は本気で調べはしない。下手人不詳で始末がつけられた。

「印形《いんぎょう》押した亭主が死んだら、話は別だ。いますぐ五両けえせ」

金貸しは母親のおきねを散々に脅した挙句、田舎の娘を物色していた女衒《ぜげん》に売り飛ばそうとした。

「炭焼きの女房じゃあ、女郎には売れねえ。せいぜいが温泉宿の飯炊き女だ、三両なら買うぜ」

金貸しは足りない二両を、川越《かわごえ》の造り醤油屋に真太郎を売って帳尻を合わせた。

母親が湯ヶ島に売られたと聞いた真太郎は、湯ヶ島にいるかどうかも分からなかったが、そこをたずねたくて逃げ出した。

「醤油屋から逃げ出したとき、おらは十六だっただ」

「それで伊豆には行けたのか」

「だめだ。腹減らして山道で行き倒れになったとき、渡世人に助けられた。恩人は二年でいねぐなったが、おらはもうほかの生き方ができね。あにいにはすまねが、一宿一飯頼っていつか伊豆さ行くだ」

話を終えたとき、真太郎の両目の湿りを薪の明かりが光らせた。

「つらい話をさせてわるかった」

音次郎は真太郎の肩を摑《つか》んだ。

「おれはおめえの兄貴分だ。かならず湯ヶ島に行かせてやる」

音次郎が請け合うと、真太郎が両目をこすりながらあたまを下げた。

「うっかりしてやしたが、そろそろ五ツの見当ですぜ」

「ちげえねえ」

音次郎が最初に立ち上がった。真太郎が炉の火を消すと、空の星が際立った。

三

成田の元四郎は、こませの十郎が貸元賭博《とばく》に顔を出すように仕向けてくれていた。が、佐原のどこに十郎が泊まっているかは分かっていなかった。

小野川組の宿へは、二方向から道が通じていた。一本は香取神宮の参道につながる道で、もう一本は利根川土手に通じる道である。

夜の利根川土手を歩いてくるとは思えなかったが、相手は盗賊の首領だ。ひとの目利きに長《た》けた渡世人でも、十郎の動きを判ずるのはむずかしかった。

「おめえたちは按摩《あんま》に化けろ」

音次郎は小野川組から黒い長着を借り受けた。

「あとの細工は、あっしにまかせてくだせえ」

指物職人だった昌吉は、小枝で杖《つえ》のようなものを二本こしらえた。さらに木《こ》っ端《ぱ》を削って、夜目には笛にしか見えない物を作り上げた。笛もどきには、紐《ひも》まで通した。

首にさげる前に、真太郎は笛を口に当てて思いっ切り吹いた。が、形だけの笛は、息の通り道が開いていなかった。

笛が吹っ飛んで壁に当たった。

「だから、真似ごとしかできねえって言ったじゃねえか」

「すまね。すっかり忘れてただ」

ふたりのやり取りを呆《あき》れ顔で見ていた音次郎は、手招きで呼び寄せた。

「出るめえに、もう一度しっかりつらを覚えてくれ」

音次郎が描いたこませの十郎の似顔絵を、昌吉と真太郎が覚え込んだ。

「おれを襲ったときは五人組だったが、大滝組の代貸はふたりしかこられねえと言ってくれたそうだ」

ふたりの舎弟を通りに出す前に、音次郎はもう一度元四郎から聞いた話をなぞり返した。

成田宿のあちこちに、元四郎は十郎を引っ掛ける撒き餌《まえ》をした。参道の酒屋で、十郎の手下が餌にかかった。

「うちの旦那《だんな》様がこれから佐原に向かうのですが、素人でも遊ばせていただけますので？」

物言いは商家の番頭のようだったが、隙のない目つきまでは変えられない。酒屋の番頭は、元四郎から回されてきた男の一味だとすぐに察した。

「なんといっても、貸元博打ですからねえ。少なくても五十両の札を買わないことには遊べないと聞きましたが」

「お足なら心配はいりません」

「だったら大丈夫です。小野川組の若い衆に、成田の大野屋《おおのや》から聞いたと言ってくれれば通じます」

「ありがとうございます。うちのあるじがさぞかし喜ぶでしょう」

男が出ようとしたとき、番頭が呼び止めた。

「格式のうるさい賭場ですから、お供はひとりだけです。それとひとたび始まると、勝っても負けても、翌朝の六ツまでは賭場から出ることができません」

「ご親切なことで」

礼を言って、男が笑顔を浮かべた。その目が笑っていないのを見て、酒屋の番頭は慌てて土間に目を落とした。

「十郎は大店《おおだな》の旦那みてえな風体だろうし、手下は番頭に化けてるにちげえねえ」

「がってんだ。旦那と番頭連れを見張ってりゃあいいんで」

「それだけじゃあねえ」

昌吉の早呑《の》み込みを音次郎が諫《いさ》めた。

「捕り方を、いいようにあしらっている連中だ。賭場に入るのは十郎のほかにもうひとりだとしても、近くまでは間違いなく手下を引き連れてきているはずだ」

「ちげえねえや」

昌吉と真太郎がうなずき合った。

「そいつらがどっちに向かってけえるのか、かならず方角を突き止めてくれ」

「だったらあにい、あとをつけて宿を見つけてきやしょうか」

「だめだ、それはなんねえ」

音次郎が厳しい声で止めた。

「ひとの見張りにかけちゃあ、向こうがよほどに玄人だ。感づかれでもしたら、おめえたちが無事じゃあすまねえ」

念押しするように、音次郎はふたりをきつい目で睨《にら》みつけた。

「手柄はいらねえ。どっちに行ったかだけを見届けたら、すぐに宿にけえってこい」

「分かりやした」

出ようとしたふたりを、音次郎が引き止めた。

「あぶねえと思ったら、構わねえからスッ飛びでけえってこい。十郎よりも、おめえたちのほうがずっとでえじだぜ」

音次郎の物言いに実を感じ取ったらしい。

「がってんでさ」

ふたりは、宿に響き渡る威勢のよい返事を残して出て行った。

ひとりになった音次郎は、こませの十郎を成敗する段取りを、もう一度なぞり返した。

取り押さえるのは、賭場から三町（約三百三十メートル）以上は離れた場所でというのが、利助と取り交わした決めごとだ。それよりも近くで騒動を起こしたら、どんな災難が小野川組に降りかかるかもしれないからだ。

賭場の客が帰るのは、明朝の明け六ツが鳴ったあとである。近在の三人の貸元以外は、みな小野川組の宿に戻ってくる。気がかりは、地元の貸元の動きだった。

もしも貸元たちと一緒に、十郎が同じ道を歩き出したら……。

それは九分九厘ないことだと、音次郎は判じていた。

十郎は博打《ばくち》好きで、しかも勝負に勝つ気でいる。それは元四郎の話からも察せられた。

　貸元衆は、祝儀代わりの賭場だとわきまえている。わざと負けることはしないだろうが、ほどよい勝負を続けるはずだ。

　今夜の賭場の客は、多くが貸元衆で、堅気の客は数えるぐらいだ。そんななかで勝つ気一本やりの十郎は、きっと目立つ。

　勝ち続けたら貸元衆は眉《まゆ》をひそめるだろうし、負けて熱くなれば胸のうちで笑うに決まっている。

　勝っても負けても、十郎と貸元とは気が合うとは考えられなかった。

　しかも十郎は、ことのほか用心深い盗賊の首領だ。たとえ堅気ではない貸元相手だとしても、おのれから望んで一緒の道を歩くとは思えなかった。

　音次郎が一番望む形は、十郎たちが利根川土手に向かうことだった。船を使えば、陸《おか》を行くよりも人目につかないし、早く走れる。

　夜の賭場にくるときに、暗い川を船でくるとは思えない。しかし朝の帰り道であれば、充分に考えられた。これまで耳にした十郎の気性と、佐倉宿で肌身に刻まれたやり口を、音次郎は何度も考え合わせた。

　思案すればするほど、利根川伝いに行き来するとの思いが強くなった。

いまに見てろよ……。

音次郎は奥歯を軋《きし》ませた。

いきり立つ思いを抑えつけながら、一方では舎弟ふたりのことを心底から案じた。なかでも、身の上話を聞いた真太郎の顔が頭に浮かぶ。

真太郎は音次郎よりも一歳年上に過ぎないが、丸顔に刻まれたしわの深さは、少なくとも五歳は年上に見えた。

十三歳で母親と生き別れた真太郎は、もう十六年も会っていないことになる。たかだかひと月会わないだけで、音次郎は母親を毎日案じているのだ。真太郎の胸のうちを思うと、すぐにでも伊豆に行かせてやりたかった。それだけの路銀も、音次郎は充分に持っていた。

しかし口にはできない。言えば、真太郎の面子《メンツ》を傷つけるからだ。一宿一飯の世話にはなっても、渡世人は物乞《ものご》いではない。いわれのないカネを手渡すのは、相手を下に見て恵むのと同じだ。

こませの十郎を取り押さえれば、御上《おかみ》から褒美がもらえるかもしれない。たとえもらえなくても、真太郎に路銀を渡す立派な口実になる。

指物職人を捨てて渡世人になった昌吉にも、深いわけがあると音次郎は思っている。十郎を取り押さえたら、笑い転げながら互いの身の上話ができる。そのためにも、ふたりに怪我をさせない心配りが入り用だ……。

そんなことを考えていると、組の若い者が顔を出した。

「そろそろ五ツでやす」

「分かりやした」

音次郎が威勢よく立ち上がった。

土間に降り立ったとき、五ツを告げる捨て鐘三つが鳴り始めた。

四

こませの十郎は、五ツの鐘が鳴り終わると同時に小野川組の玄関にあらわれた。近所で足踏みをしながら、鐘の終わりを待っていたかのようなあらわれ方だった。

「成田宿の大野屋さんに教えていただきましたんですが……」

玄関の張り番に、番頭に扮《ふん》した手下が話しかけた。張り番は分厚い帳面を繰って、成田の大野屋を見つけ出した。

「大野屋さんなら、たしかにうちとかかわりがありやすが、ご用の向きはどういうことでやしょう」

「さあて……どう申し上げればよろしいんでしょうかなあ」

「申しわけねえが、今夜はちょいと取り込み中なんでさ」

利助からなにも聞かされていない張り番の若い衆は、面倒くさそうに応じた。まだ地元の貸元ひとりが顔を出していない。そのことに気を取られているようだ。

「いま言われた取り込み中のことで、成田宿から参りましたので」

「なんだとう」

張り番がふたりとも、血相を変えた。貸元賭博《とばく》のことは口外無用だと、代貸にきつく戒められていた。番頭風の男からあてこすりを言われて、若い衆がいきり立った。

「そのおふたりはおれの客だ。おめえさんたちに通ってなかったら、こっちの落ち度だ」

元四郎が絶妙な間合いで顔を出した。

客人とはいえ、好之助とは兄弟分の組の代貸である。若い衆ふたりが、慌てて元四郎に辞儀をした。

「大野屋さんからは、おふたりがめえると聞いてやしたが、お名前をまだうかがっておりやせん」

「てまえどもは、江戸の……」

番頭役の男が名乗ろうとした。それを元四郎が押しとどめた。

「手間をかけやすが、芳名帳におふたりさんのお名前を書いてくだせえ」

玄関左側のかがり火の前に、元四郎が客ふたりをいざなった。物陰から見ている音次郎に、面通しをさせるためである。

あるじ風の男を見て、音次郎は焦った。見覚えのある顔とは、まるで違っていたからだ。こませの十郎だと断じたら、鉦《かね》をチーンとひとつ打つのが元四郎との取り決めだったが、打ちたくても打てない。それほどに、顔が違っていた。鉦が鳴らないのは音次郎に見えにくいからだ、と元四郎は判断したようだ。

「若い衆……」

代貸に呼ばれて、張り番のひとりが駆け寄ってきた。

「お客さんの手元がめえにくい。そっちのかがり火を持ってきてくれ」

「がってんでさ」

すぐさま右手のかがり火籠《かご》が運ばれてきた。明かりが倍になり、番頭と十郎の顔を隅々まで照らし出した。

なんでえ、役者化粧じゃねえか。

潜り戸の陰から見ていた音次郎は、舌打ちをした。十郎はひたいにしわを刻んでおり、頬には含み綿を噛《か》んでいた。しわが深過ぎたので、音次郎は気づいた。

今戸の芳三郎に使われていた騙《かた》り屋《や》は禿頭《とくとう》で、武家でも町人でも、かつらを用いて自在に化け、糊《のり》とにかわを使って、見事なしわを顔に刻んだ。

「これは役者化粧だ。見抜くには、しわの深さが鍵《かぎ》になる。ひたいのしわを見詰めれば、二間（約三・六メートル）離れていても見破れる。役者化粧のしわは、どれほどうまく拵《こしら》えても、深すぎてしまう」

騙り屋から聞かされたことを思い出した音次郎は、十郎に不審がられないように、小さくチーンと鉦を叩《たた》いた。

造りのよい御鈴《おりん》が、澄んだ音を響かせた。

「手間をとらせやした。あっしが案内させていただきやす」

元四郎みずからが先に立って、原っぱの賭場まで案内して行った。

潜り戸の内側にしゃがんだ音次郎は、拍子抜けした心持ちになっていた。こませの十郎の化け方が、あまりにお手軽だったからだ。

かがり火ひとつの暗がりのときには、見抜くことができなかった。しかし明かりが増えるなり、すぐに見破れた。

音次郎は、格別におのれの目がすぐれているとは思っていない。目の良さうんぬんではなく、十郎の扮装《ふんそう》がお粗末過ぎた。

含み綿と役者化粧だけで、渡世人の目をごまかす気でいやがる……。

十郎に甘く見られたことが、音次郎には腹立たしかった。そんな化け方を最初に見破れなかったのが、さらに業腹だった。

湧き上がる怒りを懸命に抑えているさなかに、昌吉が戻ってきた。

「真太郎はまだですかい？」

「おめえのほうから来たのか」

「へい。小野川を渡る手前までは、七人も引き連れて、ぞろぞろ来やした」

昌吉は、香取神宮の参道に続く橋のたもとで張っていた。真太郎は、利根川土手からの道で張り番についている。

「ぞろぞろてえのは、ここに来たふたりと一緒に歩いてきたてえのか」

「その通りでさ。香取神宮からの道には、遅くまで開いてる店はありやせんから」

「あのやろう……」

音次郎は低い声でつぶやいた。

「どうかしやしたんで？」

音次郎が深いところで怒っているのが、昌吉にも伝わったようだ。

「こませのやろうは、とことん渡世人をなめてやがる。利助さんと元四郎さんが見張ってる盆で、どんな博打《ばくち》を打つかが見物《みもの》だぜ」

怒りをこめた小声を、音次郎が漏らした。

「真太郎がけえってきやした」

潜り戸の穴から、真太郎が歩いてくるのが見えた。すでに十郎と番頭役は賭場に向かっているというのに、真太郎は律儀に按摩《あんま》のふりを続けている。

「真太郎、こっちだ、こっちだ」

白目をこしらえたまま、真太郎は潜り戸の近くで昌吉を探した。

「世話の焼けるやろうだぜ」

昌吉が潜り戸から外に出た。毒づきながらも、相棒が戻ってきたのが嬉《うれ》しそうだった。

「十郎はこねがったけんど、手下みてえなのが土手を越えて行っただ」

「あいつらあ、参道の途中から土手に回りやがったのか」

昌吉が口を尖《とが》らせた。十郎一味は、香取神宮方面に帰ったものと思い込んでいたからだ。

「土手沿いのどこかに、隠れ家があるにちげえねえ。どっちにしても、明日《あした》の朝は土手に向かって行くなら御の字だぜ」

音次郎の物言いからは、まだ怒りが消えてはいなかった。

「御の字てえのは、どういうことなんで？」

「人目のねえ原っぱで、十郎さとっつかめえるてこんだ。そうだべ、あにい？」

音次郎は、ふたりの言うことを聞いていなかった。

きっかけさえありゃあ、今夜の賭場でぎゃふんてえ目に遭わせてやる……。

十郎への怒りが、音次郎のあたまのなかで沸き立っている。暗がりでも、怒りに満ちた目が光っているのは、舎弟ふたりにも分かったらしい。

五ツを過ぎて、賭場ではすでに勝負が始まっている。早く賭場に行きたいふたりは、それを切り出せず、小枝で庭の土を掘っては互いにひっかけ合っていた。

五

貸元賭博は、小野川組が親を取る丁半博打である。いつもなら、賭場は勝負にかかわりを持つことはせず、勝った客から二割の寺銭を取るだけだ。

ゆえに丁と半とが釣り合わない限り、勝負には入らない。どちらかの目が飛び出ていると、足りない額を客が埋めるか、もしくは飛び出た分を引っ込めて丁半を平らにした。

貸元賭博は違った。

客は丁半の釣り合いを気にすることなく、どちらでも好きな目に、好きなだけ賭《か》けられた。たとえ客の全員が丁半どちらかの目に偏って賭けたとしても、勝負は成り立った。

その代わり、四と一の『シッピン』目が出たら、親の総取りである。壺《つぼ》振りは、勝負どころと見ると、この目を出そうとした。客は逆に、そろそろシッピンが出そうだと判ずれば、賭けを手控える。

これが貸元賭博《とばく》の、勝負のあやだった。

とは言うものの、客はもともとが祝儀代わりの気で遊んでいる。場の動きが読める貸元のなかには、シッピンを狙って大きな賭けに出たりする者もいた。

「やるもんだな」

ここ一番の勝負で壺振りが総取りの目を出すと、貸元衆の多くが負けを悔しがる代わりに、壺振りの腕を褒めた。

が、こませの十郎が加わったことで、貸元賭博特有の鷹揚《おうよう》な気配が消えていた。

十郎は他の貸元衆とは異なり、なにがなんでも勝とうと気を張っていた。勝負勘はなかなかのもので、十回の勝負で負けは三、四回。しかも負けるときは勝ちを捨てたかのように、多くても五両しか賭けていなかった。

十郎の隣に座っているのは佐原の醤油屋《しょうゆや》、八坂屋《やさかや》のあるじだ。

「客人の勝負勘は、大したもんだ。おらもあやかるべ」

八坂屋は、十郎に乗り始めた。

盆が開かれて半刻《はんとき》過ぎた五ツ半（午後九時）。十郎は一枚十両の漆塗りの駒札を、目の前に山積みにしていた。

祥吾郎は、灯り屋の甚五郎の名代として賭場に座り、こませの十郎を待ち構えていた。

待てども目当ての男は入ってこない。じりじりとしびれを切らし始めていたとき、五ツの鐘が鳴った。その直後に、大滝組の代貸が大店《おおだな》のあるじ風の男を案内してきた。

やっときたかと、祥吾郎は座り直した。ところが座についたあるじを見ると、音次郎に見せられた似顔絵の男とは、顔つきがまるで違っていた。

髪は白髪混じりだし、両方の頰の膨らみ方は年配者特有のものだ。しかもひたいには、深い三本のしわが刻まれている。

番頭を供に連れた大店のあるじ風という、一点だけしか符合しなかった。

この男ではないのかと思案しているうちに、壺振りが始まった。もう、新しい客がくることはない。

なにか感づいて、賭場に来るのを見合わせたのか。

祥吾郎はそんなことを思いながら、しわの深いあるじの賭けっぷりを見ていた。もちろん、おのれも賭けた。

「負けどきがきたら、きれいに負けろい」

甚五郎にきつく言い渡されていた祥吾郎は、シッピン目が出そうなときを見計らって漆札を賭けた。

しかし壺振りとの相性がわるかったのか、大賭けに出るたびに勝ちを拾った。

「お若いだけあって、出目の読みには力がありますなあ」

酒々井の新蔵が、皮肉な笑いを浮かべて祥吾郎を見た。

貸元賭博で、勝ってどうする……。

新蔵だけではなく、他の貸元衆にも勘違いされている気がして、祥吾郎は居心地がわるかった。

「明かりを取り替えさせてもらいやす」

五人の若い衆が、真新しい百目ろうそくの灯《とも》った燭台《しょくだい》を二基ずつ手にして入ってきた。十本の太いろうそくに照らされて、賭場がいきなり明るくなった。

祥吾郎の漆札も、ろうそくの灯《ひ》を浴びている。樫《かし》の薄板に黒漆を塗り、金文字で十両と書かれた駒札は、貸元賭博でしか用いない。

その金文字の美しさに祥吾郎は見とれた。いままで出入りした賭場では、見たことがなかった。

盆を見渡すと、祥吾郎と同じように漆札を積み重ねている客がもうひとりいた。例のあるじだ。

男を気にして見ているうちに、祥吾郎はなぜか違和感を覚えた。なにとは言えないが、男の表情に得心がいかないのだ。

なにが違うのか。

思案しながら見ていると、男が勝負にまた勝った。三枚の漆札と、何枚かの樫札・桐札を取り混ぜて、助け出方が配った。

「あんた、ほんとに強いだよ」

男の勝負に乗っていた八坂屋が、勝ちの相伴にあずかって大喜びした。脂ぎった顔が、大勝ちでくしゃくしゃに崩れている。ところが男の顔は、拵《こしら》え物のように動かなかった。

ふたりの顔を見比べて、違和感がなにであったかに祥吾郎は気づいた。

ひたいのしわに動きがない。

これが得心のいかない元だった。

勝っても負けても、表情を変えない客は何人もいた。博打《ばくち》の玄人は喜びも悔しさも抑えつけて、ひとに胸のうちを見透かされぬように努めた。しかしその連中でも、顔のしわは動いた。

旦那《だんな》に化けているのは、こませの十郎……。それに思い当たると、急に次の出目が浮かんだ。祥吾郎は五枚の漆札を丁に張った。膝元《ひざもと》の札が半分に減った。

十郎は賭けずに、見《けん》に回った。勝負はシッピン、親の総取りとなった。

「ここでひと息いれていただきやしょう」

出方が四半刻の休みを告げた。

「シッピンまで読み切るとは、博打の神様みてだな」

八坂屋に話しかけられても、十郎は返事をせずに座を立った。番頭があとに続いた。

盆には、漆札の山を残したままである。

やろう、まだ勝負を続ける気だ……。

そう祥吾郎は判じた。貸元衆と堅気の客が、夜食の用意された別間へ出払ったあとで、音次郎と元四郎が賭場に顔を出した。祥吾郎はふたりに近寄った。

「あの旦那風の男が、こませの十郎でしょう？」

「そうです」

音次郎も元四郎も、十郎の博打ぶりを見ていなかった。音次郎は十郎の賭けっぷりを、祥吾郎にたずねた。祥吾郎は手短に見たままを伝えた。

「よほど博打に長《た》けているのか、格別の勘働きがあるのか、とにかく手堅く勝ってます」

祥吾郎が腹立たしげな口調で次第を話した。

「やろうに、ひと泡吹かせてやりましょう」

音次郎が耳打ちをすると、祥吾郎はおもしろがりながら、何度も手を叩《たた》いた。

夜食は佐原名物のうなぎの蒲焼《かばや》きに、にぎり飯と吸い物、香の物だった。好之助はこの夜たった一度の夜食のために、蒲焼き用の長い炉まで拵えていた。

うなぎを扱わせれば佐原一番と言われる、小島屋《こじまや》のあるじが料理番で入っている。原っぱに建てられた平屋は、蒲焼きの香りに満ちていた。

うまいことに、こませの十郎の向かい側が空いていた。祥吾郎が座ると、すぐさま箱膳《はこぜん》と酒肴《さけさかな》が運ばれてきた。

「すまねえが、おれの舎弟がくるんだ。もうひとつ膳を調えてくんねえ」

「分かりやした」

下がった若い者は箱膳を運んできたあと、座布団を敷いた。

若い者の動きは、すべて利助の指図による芝居である。音次郎から趣向を聞かされた利助は、祥吾郎と同じように笑いながら請け合った。

若い者が座布団を敷いてから間をおかずに、音次郎が入ってきた。

「あにい、お久しぶりでやす」

「おめえと佐原で会えるとは思わなかったぜ。なんだって、こちらにやっけえになってるんでえ」

「うちの親分の名代で、十二年に一度の祭てえのに寄進をしにめえりやした」

向かい側の十郎たちに聞こえる程度の声で、祥吾郎と音次郎は芝居を続けた。

ふたりにうなぎが運ばれてきた。小島屋秘伝のタレを塗られたうなぎは、ろうそくの明かりの下であめ色の照りを見せた。

「いいからやんねえ」

「ありがてえんでやすが、わけありで、のろ断ちをしてやすんで」

「のろ好きのおめえが？」

「へい……」

音次郎が情けなさそうに語尾を下げた。

「そいつあ、よほどのわけがありそうだ。おれに聞かしてみねえ」

こませの十郎が聞き耳を立てていることを感じ取りつつ、祥吾郎は先を促した。音次郎は、正味でうなぎが食べられないのが惜しそうな顔つきだった。

「ここにくる道中の佐倉宿で、けちな押し込みに遭いやしたんで」

「押し込みだとう」

周りの貸元衆の気を惹《ひ》かぬ程度の声で、祥吾郎が驚いて見せた。

「渡世人が押し込みに遭うなんざ、みっともなくて話にならねえぜ」

「それはそうなんでやすが……しっかり仇《かたき》は討ちやすから」

「どうしようてえんだ」

「盗賊のあたまは、こませの十郎てえけちなやろうでしてね。二つ名の通り、押し込み先のおんなをたらしこんで、盗みにへえる外道でさ」

「それで、仇討ちてえのはどうするんでえ」

「十郎のやろう、あっしらに目隠しをしたもんで、気を抜いてやがったんでさ」

「そんなことされても、おめえにはあれがやれるだろうがよ」

「そうなんで……」

音次郎が声を一段と低くした。向かい側の十郎は盃《さかずき》を手にしたまま、音次郎たちのほうに膝《ひざ》をずらしていた。

「しっかり、あたまのつらあ見てやすから、この手でふんづかまえて、番所に突き出してやりまさあ」

「おめえにやれるのかよ」

「所詮《しょせん》は、おんなをダシにして押し込みにへえるぐれえの、やわなやろうでさ。腕っぷしは、てえしたことありやせん」

音次郎はこのあとも、こませの十郎を散々にこきおろした。

夜食の後、明け六ツまで勝負は続いた。胸のうちの怒りが抑え切れなかったらしく、十郎は漆札をそっくり失って夜明けを迎えた。

# 六

「お疲れさまでやした。しっかり遊んでいただけやしたか？」

こませの十郎に、賭場《とば》の出方が話しかけた。十郎の代わりに、番頭が渋い顔でわずかにうなずいた。

「これは遠くから遊びにきてもれえやした、足代でやす。どうぞお納めなすって」

小野川組の代紋が刷られた、点袋《ぽちぶくろ》が差し出された。中身は一両小判が一枚入っている。顔をしかめた十郎が、番頭にあごをしゃくった。番頭は片手でぞんざいに受け取った。

「あいにくの雨でやすから」

賭場の玄関先で、若い者が二本の蛇の目を差し出した。渋が重ね塗りされた、柿色の上物である。十郎と番頭は、礼も言わずに受け取った。

雨は二月の佐原にしてはめずらしく、強い降りだった。十郎と番頭は雨降りの備えをしておらず、鹿皮底の雪駄《せった》を履いていた。

賭場から利根川土手までは、細い道でおよそ二町だ。あたりは一面の原っぱで、雨風をさえぎる建物がない。降り始めてから間がないのに、道はすっかりぬかるんでいた。

利根川の川風が、まともに十郎たちに吹き付けている。斜めに降る雨が、十郎の羽織を濡《ぬ》らした。

「ふざけやがって、あの若造……」

大きな舌打ちをした十郎は、ひたいに手をやると糊《のり》とにかわを剝《は》がしにかかった。

片手持ちの蛇の目が、風にあおられた。

傘がなくなり、むき出しになった顔に横殴りの雨がぶつかった。水に溶け始めた糊が、十郎の顔を伝い落ちた。

「はやく手拭《てぬぐ》いを出せ」

番頭が慌てて、たもとから手拭いを取り出した。雨に濡れた顔を何度もぬぐったことで、役者化粧がすっかり剝がれ落ちた。

「迎えの連中はどうなってる」

十郎が低く抑えた声で問い質《ただ》した。怒りが募っているときの十郎の物言いである。

この声で話す十郎の気に障ると、素手で首をへし折られたりする。

「六ツの鐘から四半刻《しはんとき》あとに、津宮《つのみや》の浜鳥居《はまとりい》桟橋に船が着く段取りでやす」

浜鳥居は、香取神宮大祭の折りに神輿《みこし》がくぐる、利根川べりの鳥居である。

「浜鳥居だと？」

片手で傘をさしたまま、十郎が番頭のほうに振り返った。

「ここから鳥居までは、土手伝いに十町（約千百メートル）は歩くだろう」

「へい」

「仙蔵《せんぞう》」

十郎が手下を呼ぶ声音は、こたつのたどんでも凍りつかせそうだった。

番頭に扮《ふん》した仙蔵が、降りしきる雨の中で棒立ちになった。

「おまえも焼きが回ったな」

仙蔵は返事もできず、ぬかるみに目を落とした。


捕り方を引き連れた音次郎、祥吾郎、昌吉、真太郎の四人は、利根川の土手を目指して駆けていた。

この朝、夜明け前に音次郎は佐原の番所をたずねた。香取神宮を後ろに控えた佐原には、江戸直轄の役人番所がある。

音次郎から次第を聞き取った番所役人は、すぐさま捕り方を召し集めた。

「こませの十郎は、ぜひともあっしたちに取り押さえさせてくだせえ」

音次郎は手出しをせずに、見守っていて欲しいと願い出た。

「そのほうらの手に負えぬと判じたときは、すぐさま取り押さえにかかる。それを承知であれば、存分に為合《しあ》ってみろ」

　捕り方役人は音次郎の気持ちを汲《く》み、とりあえずは手出しをせずに見守ると請け合った。

「こませの十郎の手下はどうする気か」

「それは御番所の好きにしてくだせえ」

　諒《りょう》とした役人は、十郎を出迎えるであろう手下捕獲のために、捕り方の人数を増やした。

　六ツの鐘で、十郎と番頭が賭場を出るのは分かっていた。早く土手に着きすぎると、十郎に感づかれて逃げられてしまう。

「小野川組の宿で待ちやしょう。十郎たちが賭場を出るなり、若い衆がおせえてくれやすから」

　この申し出には、役人はすぐには応じなかった。

「畏《おそ》れ多くも公儀捕り方をあずかるわしが、渡世人の宿でときを待つなど、できるはずがなかろうが」

　音次郎が仇討ちをするのは大目にみると言ったが、小野川組で待つことには首を振った。

「関東中に人相書が回っていると、佐倉の岡野さんからききやした」

「そのほう、岡野氏《うじ》を知っておるのか」

役人の口調がわずかにやわらかくなった。

「成田宿で、ひと晩一緒に寝やした」

「それは、どういうことだ。詳しく聞かせろ」

六ツが迫っていて気が気ではない音次郎は、成田の顚末《てんまつ》を早口で話した。番所に留め置かれたのも十郎にかかわりがあると知って、役人は音次郎の願い出を受け入れた。

「渡世人の宿で待ち受けたなどは、きつく他言無用といたせ」

音次郎が請け合って、捕り方が小野川組に出張った。役人も捕り方も、雨装束である。音次郎たち四人は、たすきがけの股引《ももひき》姿で雨具は着なかった。

真太郎がたすきをかけ終わったとき、明け六ツを知らせる鐘が鳴った。土間の全員が顔を引き締めた。

捨て鐘三つに続いて、本鐘六つが鳴り終わってから間もなしに、賭場の若い者が駆け込んできた。賭場から宿までの二町を駆けただけで、身体は濡れねずみになっている。

土間に飛び込んだ若い者は、道具を手にした捕り方が土間を埋めているのを見て息を吞《の》んだが、音次郎たちに気がついて、吐息を漏らした。

「いま、賭場を出て行きやした」

「がってんだ」

音次郎が最初に土間から出た。あとに祥吾郎たち三人が続いた。

「先に行かせてもらいやす」

雨具を着た役人が、指図棒を振って応じた。

賭場から土手までは二町しかない。

土手に出る手前の原っぱで取り押さえたい音次郎は、雨を突き破って全力で駆けた。雨具は着ていないが、履物のこしらえには抜かりがない。ぬかるみでも、雨に濡れた原っぱでも立ち合えるように、わらじの底には滑り止めを加えていた。

賭場を駆け抜けると、前方に傘をさしたふたり連れが見えた。後ろ姿を見て、音次郎はこませの十郎に間違いないと断じた。駆け足がさらに速くなった。

祥吾郎、昌吉、真太郎の三人は、銘々が木刀を手にしていた。こませの十郎の腕のほどが分かっていないだけに、丸腰で立ち向かうのははばかられた。

走りにはなれていないらしく、真太郎の息が上がっている。昌吉は走りをゆるめず、相棒を振り返った。真太郎が木刀を振って、先に行けと示した。昌吉の足が速くなった。

雨具を着て道具を手にしている捕り方たちは、懸命に駆けても四人の渡世人には追いつけない。が、行き先が分かっているだけに、あとを追う顔に焦りの色はなかった。

捕り方が賭場《とば》の前を走りすぎたとき、音次郎はすでに十郎に追いついていた。仙蔵を叱りつけていた十郎は、駆けてくる音次郎に背を向けていた。仙蔵はぬかるみに目を落としたままで、音次郎が迫っているのに気づいていない。

強い雨が、追っ手の気配を殺した。

音次郎は物も言わず、十郎に体当たりを食らわした。

重なり合ったふたりが、草むらに倒れ込んだ。ぶつかった音次郎に分があり、十郎に馬乗りになった。右手をこぶしに握り、十郎の顔面めがけて叩《たた》き込もうとした。

十郎は蹴《け》り上げた右膝《みぎひざ》で、音次郎の背中を強打した。膝の皿が、音次郎の背骨を捉《とら》えた。

うっと息を詰まらせた音次郎は、こぶしで草むらを殴りつけた。転がっていた小石とこぶしがぶつかった。

右手に激痛を覚えた音次郎に、大きな隙が生じた。十郎は音次郎の顔面めがけて、硬いこぶしを叩き込んだ。

悲鳴は漏らさなかったが、音次郎の身体が十郎から転げ落ちた。

素早く立ち上がった十郎は、うずくまった音次郎に蹴りを入れようとした。が、雪《せっ》駄《た》が滑り、もんどりを打って後ろに転がった。

十郎を押さえる好機なのに、音次郎はうずくまったまま動かない。相手から食らったこぶしが、鼻の骨を傷めていた。それで息が詰まって動けなかった。

もう一度立ち上がった十郎は、原っぱを取り囲んだ捕り方を見た。まともには逃げられないと判じたらしく、うずくまったままの音次郎の襟首を摑《つか》んだ。

「てめえら、よく聞きやがれ」

十郎は音次郎の首筋に、抜き身の匕首《あいくち》を突きつけていた。

「そこをどかねえと、この野郎の首を搔《か》っ切るぜ」

役人が草むらに入ってきた。

「しからば、貴様を斬り殺す。ここに捕らえた手下も同様だ」

「やってみろ」

十郎に怯《ひる》んだ様子はなかった。

「捕まれば、おれも仙蔵も、どのみち首はついちゃあいねえ。斬るならやってみろ、このやろうを道連れにするまでだ」

音次郎の首筋に突きつけられた匕首が、強い雨を弾《はじ》き返した。

「ならばやむをえん」

言うなり、役人は仙蔵を袈裟《けさ》懸《が》けに斬った。胸元から噴出した血が、雨に混じって周りに飛び散った。

「公儀を甘く見るな」

役人はさらに一歩を詰めた。

「貴様のような外道は、この場で斬り捨てたほうが手間が省ける」

役人は太刀の切っ先を十郎に向けた。一刀のもとに仙蔵を斬り捨てた男が、太刀を向けて詰め寄ろうとしている。

音次郎の首筋に突きつけた匕首に、わずかな隙が生じた。

音次郎は渾身《こんしん》の力を込めて、十郎の鳩尾《みぞおち》に肘《ひじ》を打ち込んだ。首に回されていた腕がゆるんだ。

するっと腕から抜けた音次郎は、振り返りざまにこぶしを十郎の顔に叩きつけた。今度は狙いが外れず、音次郎が殴られたのと同じ、鼻のあたりを捉えた。

うっと息を詰まらせて、十郎が草むらに倒れ込んだ。間髪を容《い》れず、道具を手にした捕り方が十郎の背中に重なり合った。

「よくぞ仕留めた」

太刀を収めた役人が音次郎に近寄った。祥吾郎たち三人も続いた。

音次郎はわれを忘れて、傷めた右のこぶしで十郎を殴りつけていた。取り押さえた喜びと、こぶしの痛みが重なり合い、舎弟に笑いかけようとした顔が、半べそをかいたように見えた。

# まるい海

一

こませの十郎捕縛の報《しら》せは、二月十九日には江戸に届いた。公儀御用をあずかる佐原の飛脚宿が、飛脚ふたりを飛ばしたがゆえの早便だった。

受領した北町奉行所では、吟味方与力《よりき》寺田《てらだ》英輔《えいすけ》を首座にして詮議《せんぎ》を重ねた。江戸でも七件の盗みを重ねていた十郎の一件は、聞き取り帳面と中立書の吟味だけで、まる二日もかかった。

盗みのほかにも、十郎は数人の女性を手籠《てご》めにしていた。なかのひとりは、盗みに入った商家の奥付き女中だった。佐倉宿の野平屋に押し入ったときと同じ手口で、江戸でも強盗に及んでいたのだ。

二月二十二日の朝、寺田は一冊の具申書を奉行、柳生主膳正《やぎゆうしゆぜんのかみ》に提出した。

「こませの十郎儀は、かようにご決裁賜りたく、お願い申し上げます」

痩身《そうしん》の寺田は、奉行所一の剣法家である。口数の少ない男だけに、ひとたび口を開いたときの物言いには重みがあった。

一読した主膳正は寺田の具申を諒《りょう》として、その日のうちに幕閣に提出した。

「奉行の沙汰《さた》にて決裁いたすべし」

城中にて許しを得た主膳正は、決裁書を寺田に指し示した。

「てまえが佐原に出張ります」

寺田当人が佐原に出向くと言う。具申書に目を通したときから、奉行は寺田が願い出るであろうことを織り込んでいたようだ。与力の申し出を主膳正は聞き入れた。

天明八（一七八八）年二月二十四日朝、寺田は、佐原に向けて出立した。奉行所与力の外出《そとで》には、挟み箱持ち、草履取りなどの供が、七名つくのが定法である。

このたびは公用での旅立ちだ。警護役のふたりを加えて、十二人が寺田の供についた。

一行は音次郎が佐倉に向かったときと同様に、船で行徳に向かった。異なっていたのは乗り合いのこたつ船ではなく、御船手《おふなて》組差し回しの、御用船であることだった。

江戸北町奉行所の、吟味方与力の旅である。御船手組は、三丁櫓《ろ》の快速艇を用意した。

行徳の船着場に着いたのが正午である。湊《みなと》に着くなり、道中手配役の同心が馬の調達に走った。

寺田はなにごとも、迅速かつ果断に決裁する。

「寺田様が毎月御当番でいてくだされば、吟味もとどこおることがあるまいに……」

北町奉行所の同心たちは、寺田の手腕に信を置いて、敬っていた。

奉行所出立時に手渡された旅程表では、今夜は船橋宿泊りとなっていた。が、上司の気性を知悉《ちしつ》している手配役の与力増茂洋兵《ますもようへい》は、寺田は日暮れ前までに佐倉宿に到着したいだろうと先読みしていた。

船着場わきのうどん屋、笹屋の前で一行が隊列を整えていたとき、増茂が三頭の馬と馬子三人を引き連れて戻ってきた。

鞍《くら》もあぶみもついているが、脚の太さは農耕馬にしか見えない。が、三頭とも田舎育ちの、気立てのよさそうな顔をしていた。

「佐倉宿の伝馬屋《てんまや》にて、乗り捨て御免とのことにござりまする」

部下の手配りを受け入れた寺田は、警護役ふたりを呼び寄せた。

「これより佐倉宿まで向かう」

「おおせの通りに」

警護役の上田幸四郎《うえだこうしろう》、辻儀一郎《つじぎいちろう》のふたりがあたまを下げた。ふたりはともに、奉行所非常掛《がかり》同心である。いつもは奉行所内に詰めており、火事場駆けつけなどが役目である。

非常掛は本役与力四人に、手伝与力が四人。その下に、上田たち十六人の同心が配属されている。上田、辻ともに、奉行所道場では常に名札が先頭に下げられる腕前だった。

「増茂」

与力に呼ばれて増茂が駆け寄った。

「騎乗前に腹ごしらえをする」

寺田がうどん屋ののぼりに目を向けた。

「大した人だかりだが、ここのうどんは名物なのか」

「お待ちくださりませ」

増茂が馬子から笹屋の様子を聞き取った。

「行徳浜のはずれからも、客が参るとのことにござりまする」

「ならば、騎乗前にうどんで腹を満たそう」

三人分のうどんを誂《あつら》えるようにと、増茂に言いつけた。

「客が込んでいるようであれば、構えて邪魔をするな」

「おまかせくださりませ」

言われるまでもないという顔で、増茂は笹屋に入った。あとに供の小者《こもの》ふたりが従った。

役目のほかでは、寺田は窮屈なほどに奉行所与力であることを隠した。身分をひけらかして便宜を得ようとする部下は、容赦なく仕置きした。

うどんは、思いのほか早くできた。

「馬子が裏から口ぞえをいたしたようです」

ふたりの小者が、盆に載ったどんぶり三つを運んできた。笹屋のわきには、順番待ちをする客用の縁台が二台用意されている。

寺田は縁台に腰をおろし、どんぶりを手にした。刻みネギと一味唐辛子が振られただけの、愛想のないかけうどんである。しかし醬油《しょうゆ》色のつゆからは、ダシの香りが立ち上っていた。

「うまい。これはいい」

寺田は顔をほころばせて箸《はし》を使った。船着場には、ひっきりなしに新しい船が着いている。乗合船を降りた客の多くが、笹屋にやってきた。

旅人たちが店に入ろうとすると、縁台に座ってうどんをすする武家を見た。供揃《ともぞろ》いを従えた武家が、つゆも残さぬ様子でうどんをすすっている。そのさまがめずらしいのか、何人もが足をとめて寺田を見た。

寺田は視線を意識しているのだろうが、敵意はないと断じているらしい。箸を止めず、どんぶりのつゆを飲み干した。

「武士はどこにいようとも武士だ」

寺田の口ぐせである。人目を気にせず、堂々と、それでいて隙のない所作でうどんを食べ終えた。増茂たち従者は感じ入った眼差《まなざ》しで、寺田を見ていた。

どんぶりを盆に戻したあと、上田と辻を連れてかわやに向かった。戻ってきたときには、店の者の手で上田の吸筒《すいづつ》に茶が満たされていた。

「おまえたちは急がなくてもよい。道中がきついと判じたときには、船橋宿の役人にその旨を申し出ろ」

増茂に言い置いた寺田は、手綱を操って馬に出立を言いきかせた。

農耕馬にしか見えなかったが、乗り手の技量は馬に伝わったようだ。おどろくほどの身軽さで、馬が走り始めた。

増茂たちは、先に行く三人の姿が、塩田沿いの松林に隠れるまで、うどん屋の辻で見送っていた。

寺田たちは、日暮れにはまだ間がある八ッ半（午後三時）過ぎに佐倉宿番所に着いた。早駆けに慣れていないらしく、三頭の馬は息遣いを荒くしていた。

辻が最初に番所に入った。奥から当番の同心、岡野甲子郎が板を鳴らして顔を出した。

「お見えになるとはうかがっておりましたが、吟味方与力様がお越しになるとは……」

寺田当人が来たと知った岡野は、黄色い歯をむき出しにして驚いた。

北町奉行所の吟味方与力は、寺田を含めて本役は四人しかいない。よほどのことがない限り、本役の与力が江戸を離れることはなかった。

岡野は番所に詰めている同輩、小者、目明しの総員を引き連れて、寺田を迎えに出た。三頭の馬は、小者が伝馬屋まで引いて行った。

「佐倉宿での事件の折りには、岡野氏《うじ》の働きが目覚しかったとうかがった」

「もったいないお言葉にございまする」

寺田も岡野も、かみしもを着用していない。あいさつは形式ばっていたが、互いの物言いには、奉行所役人同士の心の通じ合いが感じられた。

さりとて寺田が発する吟味方与力の威厳を、初対面ながらも岡野は強く感じ取ったようだ。すぐさま聞き取りに入ったあと、寺田は吟味綴《つづ》りや聞き取り帳面などの提示を求めた。岡野はその指図を、違和感なく受け入れていた。

「そなたの心覚えによれば、鎌倉屋隆之介なる隠居は、いまだ野平屋に逗留《とうりゅう》しておるようだが」

「おります」

岡野が即答した。

「ならば岡野氏、そなたに異存がなければ、今夜のうちに鎌倉屋から聞き取りをしたいが、いかがでござろうかの」

寺田からみれば、岡野は明らかに格下の同心である。しかし他藩の家臣であるゆえ、寺田は相手を立てた。

「もとより異存はござりませぬ」

寺田の心遣いを多とした岡野は素直に従った。

「野平屋には、空き部屋はござるかの」

「与力様がお泊まりに？」

寺田が目だけでうなずいた。

「聞き取りに呼びつけるよりは、こちらが鎌倉屋の元に出向いたほうが、正味の話が聞けるだろう」

寺田が、腰のあたりをこぶしで叩《たた》いた。

「久しぶりに早駆けをして、腰がいささか痛んでおる。部屋があるなら、切りのよいところで休めるでの」

寺田が初めて目元をやわらげた。

「すぐさま手配りを」

岡野が勢いよく立ち上がった。小者ではなく、おのれが野平屋に向かわんばかりの勢いだった。

二

「こませの十郎は捕縛したが、一味の者はあらわれなんだそうだ。口惜《くや》しいが、取り逃したようだ」

　寺田の横で話す岡野が嘆息した。

「しかし岡野様、あたまを失くした生き物は、先が知れております。首領と片腕が縄に掛かれば、なによりのお手柄でございましょう」

　隆之介は音次郎の名を出さぬまま、手柄を褒め称《たた》えた。

「そんなわけで、鎌倉屋殿が奪い取られた四十三両は、取り返せる目処《めど》は立たんのだ」

　岡野がふたたび顚末《てんまつ》を聞かせた。寺田は口を閉じたまま、ふたりのやり取りを見ていた。

「てまえには大金ですが、カネは仕方ありません。奪われたあの日から、返ってこないものと諦《あきら》めておりますから」

　隆之介はふところから紙入れを取り出すと、こませの十郎の似顔絵を手に取った。

「もはやこの絵も、用済みでございますなあ」

　音次郎をなつかしむような口調だった。

「その絵を描いた者が、このたびの捕り物の立役者であるのだな」

「さようにございまする」

「音次郎とか申す、渡世人であるそうだが」

奉行所で吟味を重ねたとき、寺田は何度も音次郎の名を見ていた。岡野が重々しくうなずいた。

「十郎が成田宿で押し入った折りにも、音次郎は宿場に居合わせたそうだの」

「宿場同心が思い違いをいたしまして、番所に数日留めおきました」

「それも読んだ」

寺田の事情調べには抜かりがなかった。

「岡野氏みずからが、身請けに出向いたそうではないか」

「そこまでお聞き及びでございまするか」

大柄な岡野が、背中をわずかに丸めた。

「佐原宿からの報《しら》せによれば、音次郎は身を挺《てい》して十郎を取り押さえたそうだ。細かな次第は明日《あした》、番所役人から聞き取るが、音次郎の働きは小さくない」

岡野と隆之介が、音次郎を好ましく思っていることを、ふたりのやり取りから寺田は察していた。吟味の一端をあえて口にしたのは、岡野たちに聞かせてやろうとの心遣いだった。

「おそれながら、与力様におうかがいしたいことがございます」

隆之介が両手をついて、寺田を見上げた。

「構わぬ、申してみよ」

許しを得た隆之介は、両手を膝《ひざ》に置いて寺田を見た。

「十郎の仕置きは、打ち首でございましょうか」

隆之介がまっすぐな言葉で問いかけた。寺田は口を開く前に、隆之介の目を見た。

駕《か》籠《ご》宿の隠居は、無礼にならぬぎりぎりの按配《あんばい》で、寺田の目を見詰め返した。

「沙《さ》汰《た》は決まっておる」

寺田の目が答えを伝えていた。隆之介はそれを読み取ったようだ。

「なにか気がかりでもあるのか」

「ございます」

「ならば申してみよ」

寺田は隆之介を促した。厳しいなかにも、隠居を気遣うぬくもりが含まれていた。

「十郎なる者は、江戸でも何軒もの商家に押し入ったと、岡野様からうかがいました」

「その通りだが、他言は無用ぞ」

岡野を責めてはいなかったが、この場の外での不用意な他言をするなと、寺田はきつく申し渡した。

隆之介はしっかりと受け止めてから、話を続けた。

「あの男はおそらく、他所《よそ》でもおなご衆を手籠めにして強盗を働いているものと存じます。かないますことなら、与力様のお力で一日も早いお仕置きをお願いしとうございます」

人柄の練れた駕籠宿の隠居が、畳にひたいをこすりつけた。


隆之介が当主であった十五年前の安永《あんえい》二（一七七三）年六月に、得意先の呉服問屋に強盗が押し入った。七百三十六両のカネを奪われたが、幸いにも奉公人を含めて手傷を負った者はいなかった。

が、女中三人が手籠めにされた。

半月後に盗賊の一味が南町奉行所の捕り方に捕縛された。呉服問屋のあるじは、連日奉行所に呼び出されて聞き取りをされた。

奉行所に出向くには、町役人五人組の同道が求められた。四ツ（午前十時）に奉行所に出向き、帰宅を許されるのは七ツ（午後四時）近くである。

これを十日も繰り返した。呉服問屋は盗まれたカネは一両も返らぬ上に、町役人への足代、日当を払う羽目になった。

しかもこれだけでは終わらなかった。

吟味が進むなかで、手籠めにされた女中三人の聞き取りが加わった。ただでさえこころに大きな傷を負っているのに、遠慮のない詰問をされて、三人は痛手が深過ぎて立ち直れなくなった。

大店《おおだな》の女中は、奉公先の店から嫁に出してやるのがあるじの見識である。ところがこの三人は、吟味の終わりを待ちかねるようにして暇乞《いとまご》いを申し出た。

事情の分かっているあるじは、願いを聞き入れて在所に帰した。女中三人が同時に辞めたことが知れ渡り、あるじは面目を失った。

呉服問屋は、強盗にカネを奪われた以上の痛手を、奉行所吟味の過程で味わっていた。

「隠居の分際で、差し出がましいことを申し上げました」

呉服問屋の顚末を話し終えた隆之介は、もう一度ひたいを畳にこすりつけた。

「そのほうが感じておる、真っ当な思いを口にしたまでであろうが。構わぬぞ、おもてを上げなさい」

与力の物言いを耳にして、隆之介が顔を上げた。歳ゆえのことか、両目には目やにがついている。目からこぼれ出た湿りが、目やにを溶かしていた。

「鎌倉屋の申すことは、わしも考えておる。江戸出立前に、奉行にもそれを具申いたした。ここまでの返答で、こらえてくれい」

格式ばった物言いのなかに、隆之介は望む答えを見つけたようだ。

「年寄りは、目元がゆるくなっていけません。ご無礼ながら、目を……」

断わってから、隆之介は手拭《てぬぐ》いで両目を押さえた。

「岡野様は、佐原に参られますので？」

顔つきをあらためた隆之介が、岡野に問いかけた。

「それは寺田様のお考え次第だが……」

「途中の成田宿にも立ち寄り、聞き取りを行う所存である。岡野氏に案内を願いたいが、よろしいか」

「なにとぞよろしくお願い申し上げます」

嬉《うれ》しさを隠し切れない声で、岡野が応じた。聞き取りにひと区切りついたのを察したらしく、宿の女房が茶を運んできた。

分厚い湯呑《ゆの》みに、たっぷり茶が注がれている。茶と一緒に、佐倉特産の芋が蒸《ふ》かされて出てきた。蒸かし立てで、まだ湯気が立ち上っている。田舎の旅籠《はたご》らしく、芋はざる一杯に盛られていた。

朝からうどんしか口にしていなかった寺田は、こだわりなく芋を手に取った。

「うまい。昼のうどんといい、この芋といい、土地の者は味に恵まれておる」

「寺田様は、行徳のうどんを召し上がられましたので？」

「いかにも」

「さようでございまするか……」

岡野が心底から寺田の人柄に感じ入った顔つきを見せた。芋を膝元《ひざもと》の皿に置いた寺田は、岡野に目を合わせた。

「岡野氏も鎌倉屋同様、音次郎を好ましく思っておられると見受けたが」

「お見通しの通りにございます」

岡野がきっぱりとした口調で認めた。

「その音次郎が、なにゆえあって成田宿で、番所に留め置かれる仕儀となったのか……そのところは、奉行所の綴《つづ》りにも書かれておらなかったが」

聞き取りではなく、茶飲み話のような調子で寺田は問うた。

「お守り代わりに、音次郎は竹の鍵《かぎ》を紙入れに入れておりました。それを宿場同心に見咎《みとが》められたがゆえの、仕置きにございます」

隆之介がいても、岡野は構わずに話した。同席を承知で、寺田が問うたからだ。

竹の鍵と聞いて、寺田の目が引き締まった。

「音次郎は竹の鍵を拵《こしら》えるのか」

与力の口調が変わったことで、岡野がせわしなく目をしばたたかせた。

「なにか、寺田様の気がかりを申し上げましたのでしょうか」

「いや、そうではない」

答えとは裏腹に、寺田の目には強い光が残っていた。

「いずれ佐原で音次郎に会えば、わしの疑念も氷解いたそうぞ」

寺田は湯呑みを口にした。

陽が落ちた野平屋の客間は、すっかり暗くなっている。岡野と隆之介が暗がりのなかで、案じ顔を見交わした。

三

佐原に向かう寺田は、前日の馬をそのまま借り受けた。同道する岡野は、さらに一頭、伝馬屋で調達した。

野平屋で出立の支度を進めているところに、道中手配役の増茂が駆けつけてきた。

「遅参いたしました」

荒い息のまま、増茂が詫《わ》びた。

「残りの者は」

「船橋宿を七ツ（午前四時）に発《た》ちまして、こちらに向かっております」

「ならば増茂、そのほうはここで待ち受けて、佐原まで追ってまいれ」

「寺田様はもうご出立なさいますので」

「成田宿で聞き取りを行ったのち、佐原に向かう。そのほうたちは、無理をして足を急がせるには及ばぬ」

息を切らして駆けつけてきた増茂を、寺田はねぎらった。

「佐原には五日とどまる。わしらが滞在しておる間に着けばよい」

「それでは、寺田様の形が整いませぬ」

「供揃いのことか」

「さようにござります」

「公務が肝要だ。形は構わぬ」

馬の支度が調った寺田は、増茂を野平屋に残して成田へと向かった。

成田宿では、宿場同心から吉田屋押し込みの顚末《てんまつ》を聞き取った。隠居所をあらためるでもなく、寺田は昼餉《ひるげ》もとらずに成田を発った。

成田の盗みが、こませの十郎一味の仕業であったか否かには、さほどの重きを置いていないようだ。江戸と佐倉との吟味で、寺田は充分な心証を得た様子だった。

行徳の馬は、佐原までの道中をしっかりと走り抜いた。佐原番所に着いたあとは、寺田がみずから馬に飼葉を与えた。

ねぎらいをこめて長い面をなでると、馬はひと声いなないた。

寺田たちを出迎えたのは、仙蔵を斬り捨てた番所同心、依田勝之助《よだかつのすけ》である。渡世人の仕置きに正式な沙汰《さた》を聞かされていない依田は、こわばった顔で吟味方与力を迎え入れた。

寺田のあとに続く岡野を見て、こわばっていた依田の顔がゆるんだ。

「寺田様のお許しをいただいて、同道させてもらった」

かつて佐倉宿で数ヵ月をともに過ごしたふたりは、思いがけない邂逅《かいこう》を喜んだ。しかしすぐに顔つきを元に戻した依田は、賄《まかな》い方に寺田たちの昼餉の支度を急がせた。

「格別の支度がございませぬゆえ」

番所の賄いは質素である。出されたのは冷や飯と味噌汁《みそしる》、それに成田特産のごぼうの漬物に金山寺味噌である。道中を急いだ寺田たちは、四人とも冷や飯を二膳《ぜん》お代わりした。

番茶とまんじゅうが出されて、昼餉が終わった。膳が片付けられると、依田が居住まいを正した。

「こませの十郎を召し捕らえた依田氏の働きは、北町奉行柳生主膳正様より、ねぎらいのお言葉を預かって参った。まことにお手柄でしたな」

くだけた口調で伝えたあと、寺田は仙蔵斬り捨てはお咎めなしとの沙汰を伝えた。

「うけたまわりまして、ござりまする」

両手づきで沙汰を聞いた依田の両肩から、張っていた力が抜けた。

本題に入る手前で警護役の上田と辻は、寺田の許しを得て番所の道場へと下がった。

「さっそくではあるが、捕り方の顚末を聞かせていただこう」

依田は、雨の朝の顚末をなにひとつ省かずに話した。途中から半紙と筆とを用いて、当日の音次郎たちの立ち位置を細かに描いた。

「土手の草むらにいたのは、こませの十郎および仙蔵の二名のみであったのか」

「盗賊一味の者は、その二名のみでござりました」

「あたりに、手下はひそんでおらなかったのだな」

「おりませぬ」

依田は捕り方を四方に走らせて、付近に十郎の手下が隠れていないかを念入りに探させていた。

聞き終えた寺田は、目を閉じて依田の申し立てをなぞり返した。目を開いたときには、聞き取った顚末に得心していた。

「音次郎はいずかたに」

「寺田様ご到着と同時に、使いを出しました。ほどなくここに参ると存じます」

「ならば依田氏、それまではわしも道場にいよう」

立ち上がった寺田は、依田の案内で道場に向かった。

「音次郎が参じましたれば、てまえがお伝えに参ります」

依田が下がったあと、寺田は警護役ふたりに稽古《けいこ》をさせた。上田も辻も、防具なしで竹刀を手にしていた。技量が拮抗《きっこう》しているのか、打ち合う動きが少ない。

しばらく見ていると、依田が戻ってきた。

「音次郎は八ッ半まで、外出とのことにござります。戻り次第に、番所に出頭するようにと言伝《ことづて》を残してございます」

「うけたまわった」

依田が下がると、寺田は稽古中のふたりを呼び寄せた。

「稽古に余念のないのは、なによりの心がけだ」

ひとこと褒めたあとで、寺田は居住まいを正した。与力の顔つきが変わったのを見て、上田と辻が背筋を張った。

「おまえたちは、真剣で斬り合ったことはなかろう。どうだ、上田」

「ございませぬ」

「てまえもありませせぬ」

辻は問われる前に答えを口にした。

「ひとを斬るには、覚悟がいる。おまえたちの竹刀さばきには、その覚悟がない」

寺田がふたりを見詰めた。静かな目だが、上田も辻も、目を合わせていることに耐え切れなくなった。肩を震わせて息を吐き、目を伏せた。

「奉行所同心を務めるからには、ことあるときには、ためらいなく太刀を振らねばならぬ。その修練は、竹刀を振るだけでは積むことができぬぞ」

寺田はふたりの顔を上げさせた。

「ここの同心、依田勝之助はこませの十郎の手下を斬り捨てた。いかに罪人といえども、吟味もせずに斬殺《ざんさつ》するには、相応の覚悟がいる。のちに、どのような咎《とが》めを受けるやも知れぬでの」

寺田がふたりを順に見た。上田も辻も、目を逸《そ》らさぬように踏ん張っていた。

「稽古で竹刀を叩《たた》き合わせるのも大事だが、肝心なことは、なぜ竹刀を振っているかをわきまえる心構えだ」

上田が膝元《ひざもと》に置いた竹刀を、寺田が手にした。座ったまま、上田に向かって正眼《せいがん》に構えた。わずかの間に、上田の尻《しり》が後ろにずれた。

寺田は竹刀を膝元に置いた。

「依田氏と竹刀で為合《しあ》えば、間違いなくおまえたちが一本を取る。しかしそれは、あくまでも稽古での話だ。生き死にを背負って斬り結べば、上田にも辻にも勝ち目はない」

寺田が凛《りん》とした声で言い切った。

「稽古のための稽古をいかほど重ねても、心構えが届いておらねば修練にはならぬ。奉行所同心として務める限りは、平時にあっても、いついかなる場所でも太刀を抜く覚悟を忘れるな。武士はどこにいても武士だ」

寺田の言葉を、上田も辻も身体で受け止めているようだ。言葉が届いたのを見定めて、寺田は目から光を消した。

「こませの十郎は、この番所にて斬首に処する」

上田と辻が息を呑《の》んだ。

「江戸まで護送したところで、なにも得るものはない。細かに詮議《せんぎ》立てしても、盗みに入られた者がさらに迷惑をこうむるだけだ」

警護役のふたりが大きくうなずいた。

「奉行所与力および同心の本分は、罪人を仕置きすることであって、難儀に遭った者をさらに苦しめることではない。奉行も、わしの具申を諒《りょう》となされた」

寺田の目に、ふたたび強い光が戻っていた。

「仕置きは明朝五ツ（午前八時）だ。番所には斬首役がおらぬゆえ、わしがいたす」

寺田の物言いには気負いがなかった。静かであるがゆえに、覚悟のほどが伝わった。

「おまえたちふたりは土壇場にて、検視役を務めろ」

「うけたまわりました」

ふたりは迷いのない声で答えた。

広い道場の気配が張り詰めている。そのなかに、依田が入ってきた。気配を感じているはずだが、依田の足の運びにはいささかの乱れもなかった。

「ただいま音次郎が参りました」

うなずいた寺田が立ち上がった。座敷に向かう寺田の後ろ姿を、上田と辻があたまを下げて見送った。

四

音次郎をひと目見て、寺田は好ましい思いを抱いた。まだ話をする前に、である。

ひとつは月代《さかやき》がきれいだったからだ。

奉行所与力の役宅には、毎朝髪結いが出張ってきた。出仕が早いときや宿直《とのい》明けの朝は、奉行所広間でひげをあたらせた。

「駿河町《するがちょう》の大田屋《おおたや》の手代が、得意先から集金した掛けを持ち逃げしました」

「尾張町《おわりちょう》の岡崎屋《おかざきや》の内儀に、女児が授かりました」

ひげをあたらせ、髪の手入れを受けながら、髪結い職人から前日の市中の動きを聞き取るのは、吟味方与力の朝の務めと言えた。だが、大事な務めだとはわきまえていても、公務が立て込んでいるときは、髪結いに割くわずかなときを、寺田は億劫《おっくう》に思った。

忙しさにかこつければ、いともたやすく髪結いを追い返すことができる。身だしなみを調えるには、それなりの心構えが必要だと常々寺田は感じていた。

目の前に座った音次郎は、月代だけではなく、ひげも爪も手入れが行き届いていた。それを見て、寺田は好ましく思ったのだ。

音次郎の両目には、若者ならではの勢いと、ひたむきさがあらわれていた。細いながらも濃い眉《まゆ》は、一本気な性分を描き出している。

潤いのある黒い瞳《ひとみ》は澄んでいたし、ほどよい厚さの唇からは、情の篤《あつ》さが感じ取れた。

寺田は役目柄、さまざまな人物と向き合ってきた。大名の用人《ようにん》と対峙《たいじ》したこともあったし、江戸でも一、二と言われる大店《おおだな》のあるじと向き合ったこともある。

さらには長屋の差配、職人、裏店《うらだな》の女房、渡世人、無宿者と、数限りなくひとを見てきた。その厚い経験から、寺田は初対面でおよその心証を抱くことができた。

音次郎は吟味方与力に呼び出されても、物怖《ものお》じすることなく座っていた。さりとて、向こう見ずという様子は見えない。

おのれに後ろめたさを抱えていない、真っ当な人物に共通した物静かさ。

渡世人稼業であることを分かっていながら、寺田は音次郎をこう判じた。

「そのほうは、竹鍵《たけかぎ》をお守りとして持ち歩いているそうだの」

こませの十郎捕縛の仔細《しさい》を聞こうとはせず、岡野が口にした竹鍵の一件を問い質《ただ》した。音次郎の目がわずかに動いた。

「いまも持っておるなら、わしに見せてくれぬか」

音次郎は紙入れを取り出した。徳三の蠟型《ろうがた》に合わせて細工した鍵である。

「竹の鍵がお守りとは、いささか変わっておるの」

寺田は音次郎の答えを待った。が、一向に返事をする様子がない。音次郎は臆《おく》せずに、与力の強い目を受け止めていた。

「茶を飲まぬか」

ふっと息を抜いた寺田が、音次郎に茶を勧めた。素焼きのそっけない湯呑《ゆの》みに、番茶がいれられていた。

「いただきやす」

音次郎が素直に応じた。茶を飲むさまを見ながら、寺田がひとり言のように話を始めた。

「江戸に押し入った十郎は、竹の合鍵で蔵を開けたことがある。奉行所に残された帳面すべてをあらためたが、鍵が用いられたのは初回のただ一度だ」

寺田が音を立てずに茶をすすった。音次郎は静かな目で寺田を見詰めていた。

「竹の鍵なら、焚《た》き火に投げ込むだけで跡形もなく消える。昔の十郎には、知恵者がわきについていたようだ」

寺田は湯呑みを膝元に戻した。すでに飲み終わっていた音次郎が、膝に載せた両手に力を込めた。寺田は目元をゆるめた。

「そのほうは成田宿の詮議《せんぎ》においても、竹鍵の一件については口を閉ざしておったそうだの」

「鍵はあっしのお守りで、成田の押し込みには一切かかわりのねえことでやすから」

「さもあろう」

寺田が湯呑みの茶を飲み干した。

「信義に篤い男は、いつ見ても気が晴れる」

寺田がいきなり話を変えた。音次郎にはわけが分からないらしく、いぶかしげな目で寺田を見た。

「成田宿の同心が言うには、佐倉から成田に向かう道中に、浅間神社という竹藪《たけやぶ》の豊かな神社があるそうだ」

音次郎の目が丸くなった。その様子の変わり方を、寺田は楽しんでいるようだ。

「そのほうが江戸への帰り道に通るのであれば、十郎捕縛のお礼参りをするのも一興であろうぞ」

「がってんでさ」

寺田がかけた謎を読み解いた音次郎は、初めて弾んだ声で返事をした。

「依田が申しておったが、そのほうはふたりの舎弟を抱えておるそうだの」

「へい」

肩の力がとれた音次郎は、与力の問いに素直に答えた。

「ひとに慕われるのは、喜びでもあるが、重荷となることもある。奉行所勤めのわしが言うことでもないが、舎弟の命をわが命よりも重しと感ずれば、部下はどこまでもついてくるものだ」

与力から親身の諭しを聞かされて、音次郎は深くあたまを下げた。

「ありがてえ話をうかがいやした」

両手づきの辞儀をしてから、音次郎は座を立った。

「音次郎……」

与力が名を口にして呼び止めた。音次郎は立ったまま寺田を見た。

渡世人と吟味方は目をからませた。寺田が手を振って、音次郎を下がらせた。

二月二十五日夕刻七ッ。こませの十郎が寺田の前に引き出されてきた。後ろ手に縛られた十郎は寺田を見ても、ふてぶてしさを隠さなかった。

「わたしが問い質すは、ただ一点である」

寺田の声音は、いつも以上に調子が低かった。聞き取ろうとして、十郎が縛られた身体を前に突き出した。

「そのほうの姓名の儀を申せ」

「そいつあここにきてから、ざっと百遍はいいやしたぜ」

「ならばわしの面前にて、百一遍目を申してみよ」

寺田は相手の煽《あお》りには取り合わず、さらに静かな口調で問い質した。

「こませの十郎でさ」

「誤りはないか」

「てめえの名めえを言いまちげえるやつは、どこにもいねえでしょうよ」

「いま一度問い質す。そのほうはこませの十郎当人に相違ないの」

寺田の声が、わずかに大きくなっていた。十郎は億劫そうに顔をしかめた。

「こんな田舎で四の五の同じことを訊《き》いてねえで、はええところ江戸に送ってくだせえ。道中では、おもしれえ一幕が拝めるはずだ」

「捕縛されても、まだ口は達者か」

「なんだとう」

十郎が目の色を変えた。

「田舎侍がえらそうな口をきくんじゃねえ」

寺田の身分を聞かされていない十郎が、目をむいて噛《か》みついた。

「おれがあごをしゃくりゃあ、二十人の手下が木《こ》っ端《ぱ》役人に襲いかかるだろうさ。道中には山もありゃあ田んぼもある。おれを取りけえされねえように、周りに気をつけな」

「それは気づかなかった」

寺田が笑いを浮かべた。十郎が背筋を張ったほどに、凄《すご》みを含んだ笑いだった。

「あごをしゃくろうにも、貴様の首は明朝、この地で胴から離れるぞ」

こませの十郎の人定を終えた寺田は、わめく十郎を振り返りもせずに座を立った。

二月二十六日は、朝から小雨模様だった。番所の庭には、雨をついて土壇場がしつらえられた。

佐原番所開所以来、初の斬首《ざんしゅ》仕置きである。作法に明るくない同心や小者を、寺田が指図した。

土壇場に引き出される十郎は足腰が立たず、番所の警吏《けいり》に引きずられていた。座らされたあとも、大声でわめきちらして身体を前後に振った。動いていれば、首筋に太刀が落とせないと思っているかのようだ。

大きな息をひとつ吸った寺田は、十郎の首筋に太刀の峰を当てた。

憑《つ》き物が落ちたかのように、十郎が鎮まった。強くなった雨脚が、庭の小石を叩《たた》いている。おとなしくなった十郎の首筋にも、雨があたっていた。

ひと息、短く吐いて太刀が振り下ろされた。

## 五

三月朔日《ついたち》の四ツに、佐原番所同心依田勝之助が、小野川組をたずねてきた。挟み箱を担いだ供を引き連れての、形を整えた訪問である。

「今戸在の音次郎をこれに」

この朝番所から使者がくることは、前日岡野から聞かされていた。鏝《こて》をあてた『今戸・恵比須』の半纏《はんてん》を着て、音次郎は番所同心の前に出た。

「江戸北町奉行所与力、寺田英輔様より、そのほうへの御沙汰《ごさた》があるとの仰せである。すぐさま身支度を調えて、身共《みども》に同道いたせ」

依田が形式ばった物言いで、来訪の用向きを告げた。

利根川河原での捕り物以来、依田は何度も音次郎と顔を合わせてきた。ときには笑顔も見せた依田だが、この朝はことさらいかめしい顔を拵《こしら》えていた。

佐原番所が開所されて以来、こませの十郎斬首が初めての処刑だった。寺田に求められて、依田は検視役を務めた。この朝の所作が硬いのは、仕置きからまだ日が浅かったがゆえだろう。

「うけたまわりやした」

渡世人は、組の半纏が式服である。音次郎は唐桟の着流しに半纏、鹿皮鼻緒の雪駄《せった》履きで依田に同道した。

番所に到着したあとは、白洲《しらす》を通り抜けて庭に案内された。江戸直轄の番所は、およそ二千坪の敷地である。

敷地内の北側には、牢屋《ろうや》や仕置き場などが構えられていた。日当たりのよい南側は、築山泉水《つきやませんすい》のある五百坪の庭である。音次郎はつつじの植えられた泉水近くに連れて行かれた。

「寺田様よりお呼びあるまで、暫時待っておれ」

依田が腰掛を指し示した。岩に鑿《のみ》を入れて拵えた腰掛である。一礼して腰をおろすと、依田は音次郎を残して庭を離れた。

庭木と泉水には陽が降り注いでいるが、縁台の置かれている場所は母屋の影がかぶさっている。音次郎は立ち上がって、陽だまりに移った。

池には大きな真鯉が何尾も泳いでいた。江戸の大店《おおだな》では、紅色や白色、あるいは斑《はん》点《てん》のある雑色の緋鯉《ひごい》が好まれた。が、番所の鯉は黒一色の真鯉である。

そういえば、親分が池に放っているのも真鯉だけだ……。

池の鯉を見ながら、音次郎は筋目をなによりも重んずる芳三郎の生き方を思い出した。池の真ん中で、鯉が跳ねた。小さな水音が立ち、音次郎は背後に気配を感じて振り返った。

着流し姿の寺田が立っていた。

「わしに気づくとはの」

音を立てずに歩くためなのか、寺田は庭下駄《にわげた》ではなく雪駄を履いていた。寺田の目を見ながら、音次郎はあたまを下げた。

「御沙汰があるとうかがいやしたが」

「依田がそう申したのか」

「へい」

奉行所与力が相手でも、音次郎に気後れした様子はなかった。

「陽の降り方が心地よさそうだ」

庭を歩こうと、寺田が誘った。音次郎は、先に歩き始めた与力のあとに従った。

「構わぬ。わしに並べ」

寺田に手招きされて、音次郎は右横に並んだ。昨日までは、小雨が降り続いていた。雨が上がったのは、昨夜遅くである。庭石はまだ乾ききってはおらず、気を抜くと足がすくわれそうだった。

寺田は足首と腰の動きを加減して、こともなげに歩いている。履いている雪駄は、わずかな音も立てない。ただ庭を歩いているだけだが、横に並んだ音次郎は息が乱れそうになった。

築山のなかほどで、寺田が立ち止まった。

「切り結ぶときは、おのれの足の運びに気を集めるのが肝要だぞ。わしの気配を察したそのほうなら、修練を重ねれば体得できよう」

寺田は築山を歩きながら、音次郎に足運びの基本を伝授し始めた。なぜそんなことを寺田が始めたのか、音次郎にはわけが分からなかった。が、教えられるままに、足首の使い方を真似た。

かかとが地べたに着く前に、次の一歩を繰り出す。肩の力を抜き、両腕をぶらぶらさせてはいるが、あごは引き締められている。この形で泉水べりを三周したあと、寺田が歩みを止めた。

「道中を行くときにも、心していまの歩みを続けることだ」

縁台に並んで座ったあと、寺田がわけを話し始めた。

「こませの十郎を番所にて斬首に処したことは、すでに一味の者の知るところであろう。堅く秘してはいるが、者どもの耳の聡《さと》さはあなどれぬ」

小野川組の宿にいる限りは心配ないが、道中は油断ができない。心して旅を続けろと、寺田が諭した。

「それをおせえてくださるために、あっしをここに？」

「それもひとつだ」

立ち上がった寺田は、庭に面した広間に音次郎を招き上げた。座布団が用意されており、寺田の向かい側に音次郎が座った。すかさず番所の役人が、三方《さんぼう》を運んできた。

奉書紙の小さな包みが、三方の真ん中に載っていた。

「江戸にて吟味を終えたのちには、あらためて奉行より褒美がくだされよう。これはわしと、佐倉宿同心岡野からの寸志だ」

寺田が奉書紙を差し出した。

目上の者から祝儀を渡されるときは、一切の遠慮はするなと代貸からしつけられている。音次郎は両手で受け取った。

「わしも岡野氏も薄給ゆえ、大しては包んでおらぬぞ」

与力とも思えない、気さくであけすけな物言いである。

「ありがたく、頂戴《ちょうだい》いたしやす」

包みを両手に戴《いただ》いたまま、音次郎は渡世人言葉で礼を言った。唐桟のたもとに寸志を仕舞い込んでいるとき、岡野が顔を見せた。一礼してから、岡野は与力のわきに座った。

岡野は座布団を敷いていなかった。音次郎が座布団からおりようとすると、岡野が止めた。

「今日はおまえの働きを誉める日だ、わしに気を遣うことはない」

岡野は黄色い歯を見せて笑いかけた。茶菓が運ばれてきたあとは、寺田も物言いを崩して談笑した。

正午の鐘とともに、昼餉《ひるげ》が振舞われた。佐原はうなぎ、どじょう、鮒《ふな》、鯉などの川魚が豊かな町である。膳《ぜん》には番所菜園から採った野菜炊き合わせに加えて、鮒の甘露煮が載っていた。

小野川組の客膳で初めて鮒を口にしたとき、強い甘味に音次郎は驚いた。番所で出された甘露煮は、ほどよく甘さが抑えられていた。

汁はしじみである。三月に入ったばかりだが、貝殻いっぱいに身が詰まっていた。

寺田は背筋を張った姿勢で、黙々と箸《はし》を使った。箸の握り方。茶碗《ちゃわん》と汁椀《しるわん》の持ち方。

魚皿を手にしたときの、無駄のない所作。

奉行所与力と生まれて初めて昼餉を共にした音次郎は、寺田の食べ方の美しさに目を見張った。音次郎が見とれているのを知りつつ、寺田は知らぬ顔で食べ終えた。

与力が口を開いたのは、食後の茶が出されてからだった。

「武家と飯を食うのは、初めてでもあるまいが」

問われた音次郎は、答える前に岡野を見た。

「どうした、音次郎。思うところがあれば、寺田様に申し上げろ」

岡野がこだわりのない調子で、音次郎の口を促した。

「岡野さんとは、何度かご一緒させてもらいやした。そのときも感じやしたが、お武家様は飯を食うときにも隙がありやせん」

「わしに追従《ついしょう》は無用だぞ」

岡野が真顔になっていた。寺田が目元をゆるめた。

「心根がいやしければ、取り繕ったところで食べ方に出る。そのほうもわるくはないぞ」

寺田の物言いが、音次郎を認めていた。音次郎があたまを下げると、岡野が歯を見せて喜んでいた。

庭の敷石に脱いでいた音次郎の雪駄は、番所の下男の手で玄関先に回されていた。

「ありがたく頂戴してけえりやす」

玄関先で、寺田に深い辞儀をした。顔を上げると、寺田が慈愛に満ちた目で音次郎を見詰めていた。

「構えて気を抜くでないぞ」

「がってんでさ」

音次郎は気合を込めた声で応じた。渡世人口調の返答に岡野が顔をしかめたが、寺田が受け入れているのを見て顔つきを戻した。

岡野は番所の門まで見送りに出てきた。

「道中、息災であることを祈っておるぞ」

「あっしには、過ぎたお言葉でやす」

音次郎と岡野の目が、互いの思いを込めて絡まり合った。

「岡野さんも、どうぞお達者で」

岡野は二度、しっかりとうなずいて応《こた》えた。身体を直角に折って、音次郎が礼を伝えた。番所の辻《つじ》で振り返った音次郎は、もう一度深い辞儀をした。岡野は背筋を伸ばしてうなずいてから、門のなかに消えた。

空は高く晴れ渡っている。気の早いひばりが二羽、番所の真上で鳴き声を発していた。

六

三月朔日の晴れた夜空に、月はなかった。星は数多く散ってはいるが、夜道や川面《かわも》を照らすほどの明るさはない。

佐原の町を流れる小野川は、色里の明かりを映していた。

「あとの酒は、ほどほどでいいからよ」

遊郭高砂《たかさご》の若い衆に、昌吉が一分金の祝儀を握らせた。

「佐原名物のうまいうなぎを、たっぷり食わしてくんねえ」

「分かりやした」

「それとにいさん……」

昌吉が唾《つば》を呑《の》みこんで、ひと息おいた。

「敵娼《あいかた》の四人は、にいさんがしっかり目利きをしてくれよ」

「まかせてくだせえ」

半纏《はんてん》姿の牛太郎《ぎゅうたろう》（遊女屋の若い衆）が、神妙な顔つきで請け合った。二階座敷に上げた客は四人で、いずれも小野川組の客人である。

それが分かっている牛太郎には、勘定を取りはぐれる心配がなかった。祝儀をもらったこともあり、牛太郎は昌吉の耳元に口を寄せた。

「みなさんに、お好みはありやすんで？」

牛太郎は土地の言葉ではなく、歯切れのいい江戸弁で問いかけた。

「にいさんは、二階に上がってる三人は覚えてるだろう？」

「もちろんでさ。お客人も含めて、四人とも若くて様子のいい方ばかりで」

「世辞だと分かってても、嬉《うれ》しいことを言ってくれるぜ」

昌吉が、さらに小粒を二粒握らせた。

「様子はともかく、わけえことは間違いねえ。お面にはうるせえことを言わねえ。夜っぴいて相手をしてくれるてえ姐《ねえ》さんを、選《よ》りすぐってくんねえな」

「そいつあ、もっともで……」

牛太郎が、わけ知り顔を拵《こしら》えた。

「乳と尻《しり》が大きくて、抱き心地のよい姐さんをと、帳場にそう言ってきやすから」

若い衆はきびきびした動きで、帳場へ取次ぎに向かおうとした。それを昌吉が呼び止めた。

「四人の勘定は、おれがまとめてなにするからよ。姐さんたちには、そう言ってくんねえ」

昌吉はふところから、縞柄《しまがら》の紙入れを取り出した。

「この場で、にいさんが改めてくんねえ」

牛太郎が中身を取り出した。一分金が四十枚、十両分の金貨が収まっていた。

「そいつを帳場に預けてくんねえな。そんだけありゃあ、勘定のしんぺえもいらねえだろうがよ」

「そりゃあもう……居続けされてもいいてえもんでさ」

「だったら、しっかり頼んだぜ」

「がってんでさ」

あたまを深く下げてから、牛太郎が奥に消えた。

佐原の遊郭は吉原の大見世とは異なり、遊びの仕来りにうるさいことは言わない。敵娼の手配りができた昌吉は、軽い足取りで幅広の階段を駆け上がった。

「なんだ、おめ。なげえしょんべんでねっか」

真太郎の顔が真っ赤になっている。あとに楽しみを控えた酒は、回りが早いらしい。徳利《とっくり》一合の酒で、真太郎はすっかり出来上がっているようだ。

赤い顔の真太郎を横目に見て、昌吉は音次郎の隣に座った。

「しっかり話がつきやした」

昌吉の耳打ちに、音次郎がうなずいた。

寺田と岡野は、それぞれ小判一枚ずつを包んでいた。それに八両を加えてから、音次郎は代貸の利助に両替を頼んだ。

音次郎たち渡世人が遊ぶのは、町中の色里である。吉原の大見世以外は、勘定に小判を出されるのを嫌がった。あとの両替がわずらわしいからだ。

それをわきまえている音次郎は、利助に頼んで一分金にくずしてもらった。もちろん、なにに遣うかを話してのことである。

「その気配りができれば、さぞかし喜ばれるだろう」

利助は音次郎の気遣いを褒めた。

「行くなら高砂がいい。あの見世なら、四人で行っても外れを引く者が出なくてすむ」

「ありがとうござんす」

音次郎が礼を口にすると、利助がめずらしく笑いかけた。

「奉行所から褒美をもらう渡世人もまれだろうが、その褒美をそっくり色里にばら撒《ま》く者も、そうはいない」

しっかり遊んでこいと、代貸から妙な励ましをされて音次郎は部屋を出た。一分金四十枚を紙入れに収めたあと、音次郎は三人が待つ客人部屋に戻った。

「代貸が見世をおせえてくだすった。六ツ半（午後七時）になったら繰り出すぜ」

「こたえらんね」

真太郎が上気した顔で昌吉を見た。

「ひと晩中、ひいひい言わせるべ」

「でえじょうぶか、真太郎」

昌吉の目に、からかいの色が浮かんでいた。

「そんなに鼻の穴を膨らませて入れ込んでると、敵娼が怯《おび》えて寄ってこねえぜ」

「ちげえねえ」

音次郎は真太郎に肩をぶつけた。

「先を急ぐ旅じゃあねえんだ。おめえが居続けしてえてえなら、好きなだけいりゃあいい。初手から飛ばさなくてもいいぜ」

「なんだね、あにいまで」

真太郎が頬を膨らませた。丸顔がひときわ丸くなっている。祥吾郎、音次郎、昌吉の三人が笑い転げた。

六ツの鐘が鳴ったとき、音次郎は昌吉を部屋の外に連れ出した。

「おめえが勘定をみてくんねえ」

縞柄の紙入れを差し出された昌吉は、その重さに驚いた。

「一分金が四十枚へえってる。一枚残らず、今夜の遊びで遣ってくれ」

目を丸くしている昌吉に、音次郎はさらに一分金四枚と、小粒を二十粒握らせた。

「そいつあ、牛太郎たちへの祝儀用だ。出し惜しみしねえで遣っちまいねえ」

「分かりやした が……」

昌吉が返事を濁した。

「なんでえ。言い分があるなら言ってくれ」

「言い分てえわけじゃありやせんが、なんだってあにいは、こんな大金をあっしに預けなさるんで」

「おめえが遊び慣れてると見込んだからさ」

音次郎がこともなげに言い切った。

「江ノ島を出る羽目になったのも、女がらみだと睨《にら》んだが……違ったか？」

昌吉の目が、さらにひと回り大きく見開かれた。

「どうしてそれを？」

「やはり図星か」

昌吉が、目を大きくしたままでうなずいた。

「おめえがどれほど腕の立つ職人かは、先《せん》の衣紋掛《えもんかけ》の仕事ぶりからも察しがつく」

紙入れを仕舞えと、音次郎が目で促した。十両の詰まった縞柄を、昌吉はていねいな手つきでふところに収めた。

「江ノ島てえところは、小さな島んなかに旅籠《はたご》が軒を連ねるところだ。旅籠といやあ、女は欠かせねえ。腕と様子のいいおめえが、仕事を捨てて渡世人になったのはなぜかと、おれなりに思案したまでだ。女出入りでもなけりゃあ、仕事と在所は捨てねえさ」

「てえした眼力で」

昌吉が心底から感心していた。

「佐原までの道中で、下総屋てえ蕎麦屋《そばや》にへえったのを覚えてるだろう」

「あにいに小言を食らった店だ、忘れるわけがありやせん」

荷物を腰掛に置いたまま離れた昌吉と真太郎を、音次郎はきつく叱りつけた。

「あんとき、蕎麦の誂《あつら》えを言ったのはおめえだろう」

「へい」

「店の女は、勘定を払うおれにでけえ声で礼を言ったが、目はおめえを追ってた。おめえの股旅《またたび》の元は女出入りだと、あんときはっきりと思い定めたぜ」

「そうでやしたか……」

昌吉は何度もうなずいた。

「あらためて、あにいについてきてよかったと思いやす」

昌吉が音次郎を真正面から見詰めた。

「遊びの勘定役は、まかせてくだせえ。あにいに恥をかかせる真似はしやせん」

「まかせたぜ」

十両の大金を預けた音次郎だが、物言いには気負いがなかった。

六ツ半前に、四人は代貸部屋をおとずれてあいさつをした。

「小野川組の名を汚さねえように、きれいな遊びを心がけやす」

四人が口を揃えた。あまり聞くことのない類《たぐ》いのあいさつである。利助はむずかしい顔を拵《こしら》えようとしたが、目の奥が笑っていた。

三月に入ったとは言っても、夜の佐原はまだ冷えている。が、四人は唐桟一枚の着流しに雪駄《せった》履きの身なりで、高砂をおとずれた。

牛太郎と昌吉が掛け合う間、祥吾郎と音次郎は、ともに川面《かわも》に映った色里の明かりを見ていた。真太郎は待つ間ももどかしいのか、川べりの柳の枝をいじっていた。

「どうぞお上がりを」

牛太郎に言われて、真っ先に土間に入ったのは真太郎である。音次郎と祥吾郎が、苦笑いを浮かべた顔を見交わした。

女よりも先に、うなぎが運ばれてきた。高砂自慢のタレで焼き上げられたうなぎは、暗い行灯《あんどん》の明かりでも、あめ色に光っている。

膳《ぜん》に載せられるなり、音次郎は山椒《さんしょう》を散らした。高砂が使っている山椒は、深い緑色の上物である。蒲焼《かばや》きと山椒の香りが混ざり合い、音次郎が唾《つば》を呑《の》んだ。

ひと箸《はし》つけたところで、四人の遊女が座敷にあらわれた。吉原とは異なり、四人とも薄手のあわせ一枚である。

胸は押さえつけられていて、膨らみのほどは分からない。が、尻《しり》の丸みがくっきりと出た着付けだった。

真太郎が音を立てて生唾を飲み込んだ。

七

中引《なかびけ》（午前零時）を回ったころ。

「あにい……起きてるべ？」

ふすまの向こうから、真太郎が呼びかけてきた。

敵娼《あいかた》の巧みな愛撫《あいぶ》で、一物《いちもつ》を目一杯に固くさせていた、まさにそのさなかだった。

行灯の明かりが、音次郎の腹立たしげな顔を浮かび上がらせた。

「なんでえ」

「取り込み中すまねが、ちょっとだけ部屋から出てくだっせ」

真太郎の声が差し迫っていた。

音次郎が身体を動かそうとすると、女がこわばりを強く握った。うなぎの蒲焼きを二皿平らげた音次郎には、敵娼が本気で迫っていた。

「ちょいと待ちねえな。すぐに戻ってくるからよう」

音次郎は下帯もつけず、高砂の浴衣《ゆかた》を羽織った。一物が、浴衣の合わせ目を強く押し出している。廊下には明かりがなく、音次郎はそのままで部屋から出た。

「なにがあったんでえ」

顔もろくに見えない廊下で、音次郎が声を尖《とが》らせた。二階の廊下には、四畳半が七部屋連なっている。漏れ聞こえるあえぎ声を耳にして、音次郎は顔つきを一段と険しくした。

うつむいたまま、真太郎がぼそりと漏らした。暗がりで顔が見えず、声もうまく聞き取れない。焦《じ》れた音次郎は、手を伸ばして真太郎の顔を上げさせた。

星しかない空からは、夜の蒼《あお》い光も降ってこない。

「うまく聞こえねえ。もういっぺん言ってみろ」

暗がりに目が慣れたところで、音次郎が真太郎を睨みつけた。

「おら……おなごさ知らねだ……」

「なんだとう」

音次郎が暗い廊下で声を荒らげた。

「そんなことで、おれを廊下に呼び出したてえのか」

音次郎の浴衣の突起が元に戻っていた。

「とっとと部屋にけえって、おめえの敵娼におせえてもらえ」

抑えた声で吐き捨てた音次郎は、真太郎を廊下に残したまま部屋に戻った。が、舎弟が動く気配が伝わってこない。

「あのばかやろうが」

もう一度浴衣を羽織ると、乱暴にふすまを開けた。案の定、真太郎は肩を落としたまま廊下に立ち尽くしていた。

「真太郎っ」

「へい……」

消え入りそうな声の返事が返ってきた。

「おめえ、立たねえのか」

「そんだことは、ねっす」

「見栄《みえ》を張るんじゃねえ」

音次郎は真太郎の股間《こかん》に手を伸ばした。熱くて固いものに触れて、音次郎は慌てて手を引っ込めた。

「てめえ、おれよりでけえじゃねえか」

音次郎は本気で悔しがっていた。

「それがついてりゃあ、あとは敵娼にまかせておきねえ」

「だけんどあにい、おら、なにをすればいいだね」

「なにもしなくていい。着てるものを脱いで、裸で布団にへえってろ」

真太郎の部屋のふすまを力任せに開くと、舎弟の身体をなかに押し込んだ。

「姐《ねえ》さんよう」

「なあに」

音次郎の呼びかけに、明かりの消えた部屋から女の声が返ってきた。

「野郎は今夜が筆おろしだ。可愛がってやってくんねえ」

「へええ……そうだったの」

女の声が粘りをみせた。ばかばかしくなった音次郎は、開いたふすまも閉めずに隣に戻った。

すっかり気分が白けてしまい、敵娼に撫《な》でられても固さが戻らない。

「どうしたのよ、こんなままでさあ」

すねた声を出して、肌をくっつけてきた。

「気が乗らなくなっちまった」

うなぎの精が失《う》せている。苛立《いらだ》たしげに舌打ちをしたとき、真太郎の部屋から女のあえぎが聞こえてきた。拵えた声ではない。女は正味で漏らしていた。

「あのやろう……」

横になったまま、音次郎が両目を険しくした。隣の声が、次第に大きくなっている。

それを聞いて、音次郎の敵娼が手を伸ばしてきた。

「あたしも、あんなふうにして……」

耳元でささやきながら、手のひらで音次郎のものを撫で上げた。ひと撫でごとに、うなぎの精が音次郎の身体を再び駆け巡り始めた。

八

三月二日の朝、五ツ（午前八時）。小野川河畔の柳が、朝日を浴びていた。

風はなく、緑色の枝がだらりと垂れ下がった、穏やかな朝である。夜更かしの色町は、朝寝坊なのが通り相場だ。

ところが小野川に面した遊郭高砂の二階座敷は、五ツから大騒ぎになっていた。

「てめえ、散々分かったようなことを言ってやがったのによう」

朝餉《あさげ》の膳を前にした昌吉が、真太郎の首を抱え込んだ。向かい側に座った祥吾郎と音次郎が、笑い転げている。

「ゆんべが筆おろしの、おぼっちゃんだったとは……」

真太郎の月代《さかやき》に、昌吉はこぶしをグリグリッと押しつけた。

「やめれ、昌吉……ほんとにいてえだ」

真太郎のくぐもった声が、座敷に漏れた。音次郎が目で止めると、昌吉は首に回した腕をようやくほどいた。

真太郎が昨夜初めてだったのを、音次郎がばらしたわけではない。もちろん真太郎もそんなことは口にしなかった。だが、朝餉が調えられた二階座敷に入るなり、すべてが露見した。高砂は飯の代わりに、赤飯を用意していたのだ。

「おめでとね、にいさん」

こざっぱりとした木綿のあわせを着た真太郎の敵娼が、赤飯を山盛りにして差し出した。

「なんでえ真太郎、その赤飯は？」

昨夜のやり取りを知らない昌吉が、いぶかしげな声を出した。音次郎はすぐに察したが、知らぬ顔を決め込んだ。

「女が初めて月のものをみたときは、赤飯でお祝いするじゃないか。ここじゃあ、男だっておんなじお祝いをするのさ」

「なんだとう……」

昌吉が座ったまま身体をずらして、隣の真太郎を見つめた。茶碗《ちゃわん》を受け取った真太郎が、赤飯よりも赤くなっている。

「ねえさん……真太郎は、ねえさんが？」

「たっぷりと、夜明けごろまでいい思いをさせてもらいました」

干物をほぐしていた昌吉が、手にした箸《はし》を取り落とした。うつむいたままの真太郎は、赤飯が山盛りの茶碗を膳《ぜん》に戻した。

「まさかおめえが」

首に回した腕をほどいたあとも、昌吉は何度も同じことを口にした。それでも朝餉が終わるころには、昌吉と真太郎は腹の底からの笑い声を交わしていた。

四人の男が、同じ遊郭で一夜を過ごした。三月二日の朝からは、それまで以上に互いの隔たりを消した。

香取神宮の祭は、まだひと月以上も先である。貸元賭博《とばく》が終わったいまは、客人身分の音次郎たちにはすることがない。

上天気に誘われた四人は、四ツを過ぎたころに利根川の土手に出向いた。川は対岸の田んぼが、かすんで見えるほどに広い。冬を達者に乗り切った野草が、土手を緑色に染めていた。

「あにい、ここに座るだ」

真太郎が示した場所は、野草が短く刈り込まれていた。川を大小さまざまな船が行き交っている。ひときわ大きな百石船を、祥吾郎が指差した。

「あれは銚子の醤油屋《しょうゆや》まで、大豆を運ぶ百石船だ」

船は十二枚の帆を張っている。風は三月のそよ風だが、帆はしっかりと風を捉《とら》えていた。

「あの船に乗れば、銚子まで半日あれば行ける」

祥吾郎がふっと顔つきをあらためた。

「江戸への帰り道には、銚子から船を使ったらどうだ？」

銚子から江戸の霊巌島《れいがんじま》までは、醤油を回漕《かいそう》する百石船が一日おきに出ていた。

「回漕問屋には、うちの親分の顔が利くんだ。船で一晩寝たら、次の日の夕方には大川に入るはずだから」

二日後の三月四日に、祥吾郎は小野川組を出るという。祭見物を終えたら、ぜひ銚子に足を延ばして欲しいと熱心に誘った。

「銚子にきてくれたら、犬吠埼に案内させてくれ。そこの岬に立って、まるい海を四人で見ようじゃねえか」

「なんだね祥吾郎さん、まるい海って」

「真太郎さんは、海を見たことはねえか」

「ばかこくでねって。方々旅したから、海はたっぷり見てるだ」

真太郎が鼻息を荒くした。

「また見栄《みえ》を張ってるんじゃねえか……ほんとうはおめえ、海を見たことねえんだろう」

昌吉が目元をゆるめて茶化した。

「そんだことねえけんど……」

真太郎が声の調子を落とした。

「なんでえ真太郎、どうかしたかよ」

昌吉が顔をのぞきこもうとすると、真太郎は目をこすって立ち上がった。

「まるい海は、伊豆までつながってるだか？」

「つながってるに決まってるぜ」

音次郎も立ち上がった。

「そうだよな、祥吾郎さん」

真太郎の母親が伊豆の湯ヶ島に売られたという話を、音次郎は思い出した。

「銚子回りでけえると決めたら、かならず祥吾郎さんの宿に立ち寄らせてもれえやす」

「ぜひそうしてくれ。音次郎さんには、うちの親分も会いたがるに決まってる」

銚子回りにして欲しいと、祥吾郎は心底から望んでいるようだ。音次郎は舎弟ふたりを見ながら、きっぱりとうなずいた。

「まるい海のめえる岬に立ったら、伊豆まで届くように声を張り上げてみねえ」

真太郎の肩に回した手に、昌吉が力を込めた。川風が野草を揺らして吹き去った。

九

祥吾郎が小野川組を出る三月四日は、夜明け前から雨になった。

「雲が分厚いだ。この雨は一日あがらね」

山暮らしが長かった真太郎は、空模様が読める。朝六ツ半（午前七時）の空を見て、午後からはさらに雨脚が強くなると見立てた。

「あがるまで、帰りを日延べされやせんか」

雨空を仰ぎ見てから、音次郎は出立の日延べを勧めた。

「今日は発《た》つと決めておりやした。せっかくのお勧めですが、このまま発たせてもらいます」

前夜のうちに、祥吾郎は旅立ちの支度を済ませていた。

「無理強いはしやせん。道中、雨に気をつけてどうぞお達者で」

「音次郎さんたちこそ、江戸までのご無事を」

「けえり道には、かならず銚子に寄らせてもれえやす」

利根川の川原で請け合ったことを、音次郎はもう一度念押しした。

「そうですか……そいつはなによりだ」

祥吾郎の顔つきが明るくなった。あのとき強く誘ってはみたものの、ありがた迷惑かもしれないと思っていたようだ。

「利根川の土手まで、送らせてもらいやす」

「ありがてえ。遠慮なしに受けさせてもらいます」

客人部屋を出た祥吾郎は、代貸に出立のあいさつに出向いた。利助は、半紙にくるんだ餞別《せんべつ》を用意して待っていた。

「貸元賭博では過分にいただきました。灯り屋の親分に、よろしく伝えてくだせえ」

「間違いなく、伝えさせていただきやす」

型通りのやり取りを済ませると、利助が表情を和らげた。

「あんたが帰ったら、音次郎さんは寂しがるだろう」

「あっしも同じ思いでやす」

代貸の前では、祥吾郎も渡世人の物言いになっていた。

「うちらの稼業は、ひととの付き合いがなにより大事だ。銚子と江戸とに離れても、長い付き合いをしたほうがいい」

「ありがてえお教えを、肝に銘じさせてもれえやした」

祥吾郎が肝のあたりに手を当てて、しっかりと叩《たた》いた。

「あんたと音次郎さんとが、兄弟分の盃《さかずき》を交わすときには報《しら》せてくれ」

「がってんでさ」

祥吾郎が立ち上がりかけたとき、若い者が一通の書状を運んできた。

「江戸から代貸への誂《あつら》え飛脚でやす。なかには、客人への手紙がへえってるてえやした」

江戸からの客人といえば、音次郎しかいない。祥吾郎は、部屋を出たものかどうかと迷っていた。

「そのままでいい」

祥吾郎の足を止めさせてから、利助は書状の封を切った。差出人は芳三郎の代貸、源七である。利助への手紙には、音次郎宛の一通が同封されていた。

「おいっ」

代貸のひと声で、若い者が駆けてきた。

「江戸の客人をお連れしろ」

音次郎は、好之助と兄弟分の恵比須の芳三郎の名代である。利助はていねいな物言いで、若い者に指図した。

祥吾郎を見送る支度をしていた音次郎は、合羽《カッパ》を手にして顔を出した。

「そちらの代貸が誂えなすった飛脚便だ」

同封の手紙を利助が差し出した。

「失礼して、この場で読ませていただきやす」

利助の許しを得た音次郎は、封書を開いた。読み進むうちに顔色が変わった。読み終わったあとは手紙をきちんと畳み、利助の前で正座をした。

「よんどころねえわけができやした。勝手ながら祭見物は省いて、このまま江戸にけえらせていただきやす」

音次郎は急な出立の詫《わ》びを言った。

「この手紙にも、あんたを江戸に呼び返すのでよろしくと書いてある。話せることなら、わけを聞かせてくれ」

代貸は、音次郎の後ろに控えた祥吾郎に目配せした。

「あっしは外で待たせてもらいやす」

祥吾郎がすぐさま応じて部屋を出た。音次郎は膝《ひざ》を揃えて座り直した。

「江戸の北町奉行所から、昨日の昼前に差し紙が届いたてえことでやす」

渡世人の宿に、奉行所の差し紙が届けられるのはまれだ。利助の目元に力がこもった。

「こませの十郎捕縛に力を尽くしたてえんで、お奉行さまが褒美をくださるらしいんで」

「それは大したもんだ」

思いも寄らない話を聞かされて、利助がめずらしく身を乗り出した。

「三月十日の四ツに、町役人五人組と連れ立って、奉行所に出向けということでやした」

今日は三月四日である。

『八日までには、江戸に帰ること』

源七は手紙のなかで、江戸帰着日をはっきりと指図していた。

「そんなわけでやすんで、あっしらもこのまま江戸にけえらせていただきやす」

「そういうことなら、早いにこしたことはない。あんたらが旅支度をしている間に、親分の耳にいれておく」

渡世人は縁起をなにより大事にする。客人がいきなり旅立つのは、喜ばしいことではなかった。が、事情を飲み込んだ利助は、いやな顔を見せずに音次郎の出立を受け入れた。

屋根を叩く雨音が、一段と強くなっている。真太郎の空見《そらみ》が当たっていた。

十

音次郎たち三人には、段取りにない急な旅立ちとなった。手早く身支度を始めたが、調え終えたのは四ツを過ぎていた。

雨が一段と激しくなっており、太い雨粒が小野川の川面《かわも》を叩いている。

「祥吾郎さんと連れ立って銚子に出てから、回漕《かいそう》船で江戸にけえりやす」

「それはいい思案だ。雨さえ降らなければ、いまの時季は江戸に向けての追い風だ」

利助は、船旅なら早く着くと請け合った。

四人はみな、道中合羽に蓑《みの》を重ね着していた。利根川を行き来する船頭が、櫓《ろ》を操りながら着る蓑である。

動きやすい薄手の拵《こしら》えだ。それでいて萱《かや》の目が詰まっており、強い雨でもなかに染み込まない。小野川組に常備してある蓑を、利助は四人に与えた。

「それじゃあみなさんも、お達者で」

渡世人が旅立つときの、決まりのあいさつである。四人は深くあたまを下げてから、利根川へと向かった。

小野川の向こう岸では、おきち・おみつの母娘が四人の旅立ちを見届けていた。おきちの手元にもこの朝、代貸の源七から飛脚便が届いていた。

『奉行所からの差し紙で、急ぎ音次郎を江戸に呼び戻すことになった。小野川組出立を見届けたあとは、成田宿まで先回りして途中の様子を確かめろ。もしも不穏な動きが感じられたら、身分を明かして音次郎に伝えろ』

おきちとおみつに、佐原から成田までの道中無事を確かめろというのが、源七の指図である。代貸はこませの十郎一味の残党が、仕返しを企《たくら》んでいることを案じていた。

おきちもおみつも、代貸の源七も、音次郎たちが銚子から船旅で帰るとは考えてもいなかった。

「あのひとたち、どこに向かうつもりなのかしら」

四人が利根川土手に歩き始めたのを見て、娘のおみつがいぶかしげな声を漏らした。

「銚子に帰る客人を、途中まで見送るんでしょうよ」

祥吾郎のことは、おきちが高砂の仲居から聞き出していた。

「雨の道中は難儀だから、あたしたちも、手早く支度を済ませましょう」

女の雨支度は、男よりもはるかに手間がかかる。源七からの飛脚便を受け取るまで、おきちにもおみつにも、いきなりの出立は考えになかった。

四人が組を出たのを見届けて、おきちが娘を急《せ》かした。

「やっぱりあたし、四人を追ってみるわ」

宿に向かい始めた母親に、おみつが自分の考えを伝えた。

「どうしたのよ、いきなり。こんな目立つ身なりで、どこまで追いかけるのさ」

ふたりは番傘をさしているだけで、雨合羽《あまガッパ》も羽織っていない。近所に出かけるならともかく、ひと通りのない土手に向かうには身なりが違いすぎた。

「あのひとたちが向かっている原っぱは、こませの十郎たちとやりあったところでしょう。ひと通りもないし、一味の連中が襲いかかるとしたら、お誂えの場所じゃないの」

娘の言い分を聞いて、おきちの顔色が動いた。源七からの手紙にも、一味の残党の仕返しが心配だと書かれていた。

「分かった。あたしも一緒に行くから」

ひとたび追うと決めたあとは、おきちのほうが先に橋を渡り始めた。

組から一町歩くと原っぱに出た。こませの十郎とやりあった草むらは、あの朝と同じように雨に煙《けむ》っていた。

立ち止まった四人それぞれが、胸に思うところを抱いているようだ。

「先がなげえ。日暮れるまでに、行けるところまで足を飛ばすぜ」

土地に明るい祥吾郎が、三人を引き連れて歩いている。

「がってんでさ」

昌吉と真太郎が、雨粒を顔に浴びながら大声で答えた。

雨雲が向かい風を呼び寄せたのか、正面から粒の大きい雨が吹きつけてくる。祥吾郎は風の強い土手には上がらず、土手下の細道を先導した。

先を歩く祥吾郎が、あとに続く三人の風除《かぜよ》け役である。先頭の祥吾郎と後尾の真太郎とでは、濡《ぬ》れ方が大分に違う。香取神宮の浜鳥居につながる石段に差しかかったところには、祥吾郎の股引《ももひき》はびしょ濡れになっていた。

「祥吾郎さん、ちょいと待ってくだせえ」

雨をものともせずに、ずんずんと歩く祥吾郎を、すぐ後ろの音次郎が呼び止めた。

「どうしやした」

振り返った祥吾郎の顔は雨まみれだ。

「香取神宮に行けねえ代わりに、ここの浜鳥居にお参りさせてくだせえ」

「そうか……すまねえ、そのことをすっかり忘れてやした」

四人は土手につながる石段を登った。四月十五日の祭で神輿《みこし》が登る十段だが、雨に濡れた石段は気を抜くと足をすくいにくる。

四人とも、一歩ずつ確かめながら登った。

「こいつあ、すげえ眺めだ」

土手に立った音次郎が、驚きの声を発した。土手下には白木の鳥居が建てられていた。鳥居下の道を目でたどると、横幅が三十間（約五十四メートル）はありそうな船着場が見えた。

雨のなかでも十杯近い川船が、利根川を行き来している。どの船も帆を畳んで、船頭たちが長い櫓を漕《こ》いでいた。

雨の大川なら、音次郎は数限りなく見ていた。しかし利根川の眺めは、大川とはまるで違っていた。川幅が広過ぎて、向こう岸が見えないのだ。野分のときでも、大川は対岸を見ることができた。

行き交う船も、大川のものよりは数倍大きい。江戸湾に泊まった船から、はしけに荷を積み替える江戸では、百石船が大川を走るのはまれだった。利根川は、大きな船がそのまま行き来している。

川というよりは、海のような眺めである。音次郎が見とれていると、祥吾郎が遠慮がちに先を急ごうと声をかけた。

「すまねえ。すっかり見とれてやした」

浜鳥居に向かって、音次郎は二礼・二拍手・一礼の作法でお参りを済ませた。

「寄り道をさせて申しわけねえ」

雨のなかで、音次郎があたまを下げた。

「これで用は済みやした。あとは祥吾郎さんの思うがままに、引っ張ってってくだせえ」

「昌吉さんたちは、小便はたまってやせんかい？」

「おれはでえじょうぶでさ。おめえは？」

昌吉に問われて、真太郎がもじもじとした動きを見せた。

「ここなら広々とした眺めだ。どうせなら、四人揃って連れしょんべんをすませようぜ」

言い出しっぺの音次郎が、最初に蓑の前を開いた。祥吾郎、昌吉と続き、最後に真太郎が蓑の前をかき分けた。

「真太郎、待ちねえ。そこでやったら、浜鳥居にかかっちまうぜ」

真太郎が蓑の前を開いたまま、昌吉のほうに近寄った。

「よせよ、ばかやろう。そんなものを出したまま、寄ってくるんじゃねえ」

「おら、平気だ」

真太郎は昌吉に向けて小便を始めた。

「てめえ、この野郎」

昌吉も、真太郎の方に向きを変えた。大粒の雨に打たれながら、渡世人ふたりが小便の掛け合いを始めた。

「音次郎さんは、舎弟に恵まれやしたねえ」

「……………」

土手の上から利根川に向かって、祥吾郎と音次郎が並んで小便をしている。音次郎は返事の代わりに、苦笑いを浮かべていた。

「そいじゃあ、行きやすぜ」

蓑《みの》を閉じ合わせた祥吾郎が、三人を順に見た。男たちがしっかりとうなずくと、笠《かさ》から雨が滑り落ちた。

降りしきる雨の中で、音次郎は目を凝らして周囲を見渡した。こませの十郎一味が襲いかかってくるとすれば、人気《ひとけ》のない利根川土手はうってつけの場所だ。

どこにも怪しい気配は感じられず、音次郎は身体の奥底に溜《た》めていた息を抜いた。

「三里歩けば小見川《おみがわ》宿だ。そこまでは休みなしで歩くが、よござんすかい」

祥吾郎も同じことを思っていたようだ。問いかける声から気負いが薄くなっている。

「がってんでさ」

三人の返事が、降り続く雨を突き破った。

「よかったじゃないか。なにごとも起きなくてさ」

降りしきる雨の中で、おきちがふうっと安堵《あんど》の息を漏らした。四人に見つからないように、おきちとおみつは、浜鳥居から二町の隔たりを取っていた。これだけ離れていれば、晴れていても顔かたちは分からない。

ましで番傘を叩《たた》く雨音が、うるさいほどの降りである。ふたりの素性をさとられる気遣いはなかった。

安心したのは、おみつも同じだった。もしものときには、おみつは裸足《はだし》で小野川組まで走る気でいた。

「あの小太りのひとって、なんだかお茶目ねえ……」

心配ごとが消えたおみつは、小便を振り撒《ま》く真太郎の姿を思い返した。

「早く宿に帰って先回りしないと、男の足には勝てないわよ」

おきちが娘を急《せ》かした。今度はおみつも母親の指図に従い、宿へと足を向けていた。

十一

銚子まで一里半の松岸宿《まつぎしじゅく》に入ったときには、すっかり日が暮れていた。

雨は一向にやむ気配がない。空に月星の明かりがあるわけもなく、夜道を照らす提灯《ちょうちん》も使えない。

雨と闇とが、男四人の歩く気力を萎《な》えさせた。しかも一日中降り続いた雨が、身体のぬくもりをも奪った。

「銚子を目の前にしてすまねえが、今夜はここで泊まりにしやせんか」

客寄せの提灯も出ていない旅籠《はたご》の軒先で、音次郎が泊まりを申し出た。

「おれもそれを言おうと思ってたところだ」

達者な歩き振りに見えても、祥吾郎も身体の芯《しん》からくたびれているらしい。旅籠に泊まると決めて、四人は安堵の息を吐き出した。

夜明けから続いた雨である。こんな日に、街道を行き来する旅人は少ない。旅籠は六部屋すべてが空《あ》いていた。

「好きなように部屋を使っていいからよう」

宿のあるじに言われたが、四人は八畳間ひとつに固まって寝ることにした。夜が明ければ、銚子まで一刻《いっとき》（二時間）もかからずに着いてしまう。あとは回漕《かいそう》船次第だが、祥吾郎との別れが待っているのだ。

佐原からの四人が、一緒に過ごす最後の夜である。部屋は幾らでもあると言われても、四つの敷布団を重ね合うことにした。

湯で身体をあたためたあとは、熱燗《あつかん》一本ずつの夕食となった。

「ここから銚子までは、平らな道ばかりだ。明日《あした》も雨降りが続いても、歩くのに難儀はしねえ」

祥吾郎は残る道中の易しさを請け合った。

「あと半里も歩けば、醬油《しょうゆ》の香りが漂い始める。それを嗅《か》いだら、銚子はすぐさ」

それを聞いて、真太郎が鼻をぴくぴくさせた。

「あわてるねえ。祥吾郎さんは、半里先だと言ったじゃねえか」

「分かってるだが、おらの鼻はひと一倍に利くだ」

「またそれかよ……おめえの言うことは、どうにも本気にできねえ」

燗酒を一合飲んだことで、四人とも気分がほぐれている。舎弟の他愛のないやり取りを、音次郎は笑いを浮かべて聞いていた。


三月五日は、前日よりもさらに激しい雨となった。

「あんたら、この雨んなかを出かけるかね」

四人の朝飯をよそいながら、旅籠の女房が案じ顔を見せた。大して流行《はや》らない旅籠らしく、女房が女中代わりを勤めていた。

飯は音次郎たちの起床に合わせて、炊き上がっていた。熱々の白米に、旅籠が飼っているにわとりの生卵がついていていた。

「朝から豪勢じゃねえか」

炊き立てに卵をかけて食べるのは、音次郎の大好物である。今朝生んだばかりの卵は、黄身が元気でぷりぷりに盛り上がっていた。音次郎は大き目の茶碗《ちゃわん》一杯の飯を、あっという間に平らげた。

「にいさん、いい食いっぷりだがね」

「飯も卵も、飛びっきりうめえ」

「だったら、もうひとつ食うかね？」

「いいのかよ」

「ゆんべ遅くにへえってきた客は、あんたらが起きるまえに出てったからよ。朝飯はにいさんたちだけだ、遠慮はいらねって」

女房は音次郎の返事も聞かずに、卵を取りに台所に引っ込んだ。

「こっただ旅籠に、よくも泊まる客がいるもんだな」

「よしねえ真太郎、カミさんに聞こえちまうじゃねえか」

昌吉が相棒を諫《いさ》めているとき、卵四つを手にして女房が戻ってきた。食い過ぎると道中がきついと思いつつも、いまさらお代わりは断われない。四人は茶碗飯を平らげた。

「出るめえに、ちょっとだけひまをくだせ」

朝飯を食べ終えたすぐあとで、真太郎が顔つきをあらためた。

「なんでえ真太郎、朝ぐそかよ」

「そんなんではね」

真顔で昌吉を睨《にら》みつけた。

「なんだか知らねえが、はええとこ済ませてきねえ」

「へいっ」

真太郎はがってんだとは答えず、神妙な顔で宿の台所に入った。戻ってきたときには、すでに蓑笠をつけていた。

「なにをしてやがったんでえ。蓑の前が膨らんでるぜ」

「おら、なんもしてねって」

むきになって蓑の前を合わせ直してから、真太郎はひとりで土間へと向かった。

「やっけえになりやした」

こころからの礼を伝えた四人は、本降りの街道を歩き始めた。昨日から降り続いている雨は、道の方々にぬかるみをこしらえている。

先頭を歩く祥吾郎は、巧みな足さばきでゆるんだ道をよけた。三人は、祥吾郎の歩く通りに続いた。

小さな宿場を抜けると、道の左手には利根川の土手が見えてきた。この先は銚子まで土手が続き、利根川が近寄ってくる。江戸への船旅を思い描いたらしく、真太郎の歩みに弾みがついた。

右手の奥に小山が見え始めたとき、小さな辻《つじ》に差しかかった。小山のふもとには、丈の高い萱《かや》のような草が茂った原っぱが広がっている。

辻の手前で、祥吾郎が足を止めた。音次郎がすかさず並びかけた。道端の道しるべには、銚子まで一里と刻まれていた。

雨の街道には前方の銚子方面にも、後ろの佐原からの道にも、まるで人影がない。周囲五町（約五百五十メートル）四方には、一軒の農家もなかった。

「右手の原っぱが、妙にきなくせえ」

「あっしもそんな気がしやす」

道しるべを見るふりをしながら、音次郎が小声で応じた。

松岸宿の旅籠で早立ちの客がいたと聞かされたとき、音次郎はいやな胸騒ぎを覚えた。いまは、原っぱでこませの十郎一味が待ち伏せしていると確信していた。

右手に広がる原っぱは、四町先まで続いている。利根川の土手までは、辻を折れて二町ほどの道のりである。

「原っぱを過ぎた先には、百姓家が何軒も出てくる」

祥吾郎は、土手には向かわずに原っぱのわきを駆け抜けようと口にした。音次郎にも異存はなかった。

「昌吉、真太郎」

ふたりを呼び寄せると、どちらも渡世人の勘働きですでに様子がおかしいことに気づいていた。

「やり合うのはやっけえだ。ひとのいるところまで、思いっきり駆け抜けるぜ」

昌吉と真太郎が小さくうなずいた。

「道具はもってるな？」

「へいっ」

昌吉は匕首《あいくち》をさらしにはさんでおり、真太郎は脇差《ながどす》を帯に差していた。

「行くぜ」

音次郎の合図で、四人が全力で駆け出した。が、葛籠《つづらこ》を振り分けに担いで、さらに道中合羽《ガッパ》に蓑《みの》を重ね着している。原っぱのなかほどを過ぎる前に、行く手に五人の男が立ちふさがった。

抜き身の匕首を手にした五人が、音次郎たちを原っぱへと追い立てた。腰を落として身構えながら、音次郎は蓑と合羽を脱ぎ捨てた。

「散り散りになるんじゃねえ」

音次郎の指図を受けて、昌吉と真太郎が背中合わせになった。音次郎が加わり、三人が固まった。

祥吾郎は三人から離れた場所で、ひとりの相手と匕首で切り結んでいる。祥吾郎は敵の技量を見切っているようだ。

脱いだ蓑を左手に持ち、それを盾にして踏み出した。いきなり詰め寄られた男は、慌てて腰を引いた。その隙を見逃さず、祥吾郎の匕首が下から上に走った。

刃先が敵の腹部を捉《とら》えた。男の悲鳴に続いて、鮮血が噴出《ふきだ》した。祥吾郎の相手は、二十歳そこその若い男である。匕首を投げ捨てると、腹部を押さえて原っぱから逃げ出した。

祥吾郎は後追いをせず、音次郎たちの助勢に回った。

ひとりが逃げ出して、四人と四人の戦いとなった。敵はいずれも匕首遣いだ。が、逃げ出した男同様、四人ともさほどの遣い手ではない。

いきなり襲いかかられて、始まりでは音次郎たちが守勢に立たされたが、切り結んでみて、音次郎は敵の技量を見切った。

正面の男は、匕首を持つ手が震えている。音次郎が軽く突き出すと、あっけなく後ろに下がった。

音次郎は本気で突きを入れた。なんとかかわして数歩飛び下がった男は、匕首を音次郎の胸元めがけて投げつけた。

狙いもせず、闇雲に投げただけである。音次郎は身体をわずかに動かして、飛んでくる刃物をよけた。

道具を失くした男は、街道に向かって逃げ出した。それを見て、残りの三人があとを追った。

「なんでえ、あいつら」

荒い息のまま、昌吉が言葉を吐き捨てた。

「あれが、こませの十郎の一味だってか」

右手に握った脇差の刃先を、逃げ去った男たちに向けて振り回した。蓑を着たままの真太郎は、言葉とは裏腹に動きが鈍い。

「あいつら、本気でおらたちとやり合う気だっただか？」

「ちげえねえ」

昌吉が雨に濡《ぬ》れた匕首を鞘《さや》に収めた。

「あんな腰抜けばかりじゃあ、番所で仕置きされたこませの十郎も浮かばれねえ」

「んだな……おめ、怪我ねっか」

「あるわけねえじゃねえか。あいつらあ、ろくに切りかかってもきやしねえ」

昌吉が鼻息を荒くした。

音次郎は、あまりのあっけなさに拍子抜けしていた。まともに切り合ったのは、祥吾郎ひとりである。その祥吾郎も、どこにも手傷を負ってはいない。

「おらたちとやりあうなら、命がけで向かってくるだ」

真太郎が、丸顔をひと回り大きく膨らませた。逃げた敵に毒づきながらも、事なきを得ての安堵《あんど》感が顔つきに出ていた。

それはだれもが同じだった。拍子抜けはしたものの、胸の底では敵が逃げてくれたことを喜んでもいた。

「醬油《しょうゆ》がにおってきただ」

「そんなわけねえだろう。銚子はまだ、一里も先だぜ」

「いんや、醬油だ。ほら、かいでみれ……雨のなかに、におうべさ」

蓑を着たまま、真太郎が原っぱの端へと動いた。

「なんにもにおわねえじゃねえか」

昌吉が口を尖《とが》らせたとき。

ボコンッと板を叩《たた》くような音が立ち、真太郎が原っぱの端に崩れ落ちた。

「真太郎っ」

昌吉が真っ先に駆け寄った。音次郎と祥吾郎が、あとに続いた。

蓑を着た真太郎の心ノ臓のあたりに、弓矢が突き刺さっていた。真太郎には、なにが起きたか分かっていないらしい。声を出そうとしても言葉にならず、ただ口を動かしていた。

「真太郎……おい、真太郎」

抱きかかえる昌吉の膝元《ひざもと》に、二本目の弓矢が飛んできた。

「あぶねえ、伏せろ」

音次郎が叫んだ。祥吾郎と音次郎は、草むらに腹這《はらば》いになった。昌吉は真太郎を抱いたまま、動こうとしない。

音次郎は草むらを這い、昌吉の背中を摑《つか》んだ。いやがる昌吉を、力ずくで這いつくばらせた。

「動くんじゃねえ」

厳しく言い置いた音次郎は、這って真太郎に近寄り、身体におおいかぶさった。

音次郎はまだ蓑も合羽も着ていない。おのれの身体を盾にしている音次郎は、二の腕がむき出しになっていた。

三本目の矢が、音次郎の腕をかすめて地べたに突き刺さった。鏃《やじり》が音次郎の右腕を切り裂いた。

「ふざけんじゃねえっ」

真太郎と音次郎が傷つけられて、昌吉の抑えがきかなくなった。いきなり立ち上がると、矢が放たれた方向に駆け出した。

祥吾郎があとを追い、昌吉をその場にねじ伏せた。遠くの草むらが動き、弓を手にした男が走り去った。

矢は三本しか飛んでこなかった。昌吉と祥吾郎が身体を起こして真太郎に駆け寄った。

「おい、真太郎」

昌吉が弓矢に手をかけた。

「触るんじゃねえ」

音次郎が厳しい声で叱りつけた。

「うっかり引っこ抜こうとしたら、鏃が身体んなかに残っちまう」

「ですがあにい、このまんまじゃあ真太郎が……」

昌吉が食ってかかった。

「分かってる。とにかくここから運び出そう。近所に医者はいやせんかい」

問われた祥吾郎が首を振った。

「銚子まで出なきゃあ、ここにはいない」

「百姓んとこで、戸板を借りてきやす」

昌吉が駆け出そうとした。

「勝手に動くんじゃねえ」

音次郎の目も声音も険しい。

「すぐに動かなきゃあ、真太郎が駄目になっちまう」

昌吉が口を尖らせて逆らった。

「どこに連中が隠れてるか、分からねえ。この上、おめえに怪我をさせるのは真っ平だ」

音次郎に叱られて、昌吉はわれに返った。

「あにい、勘弁してくだせえ」

昌吉が詫《わ》びたとき、真太郎が身体を動かした。目を開いて三人を見た真太郎は、きまりわるげに立ち上がった。

「おめえ、でえじょうぶか」

昌吉が肩に手を回した。

「なんともね」

真太郎は、自分の手で弓矢を摑んだ。昌吉が止める間もなく、弓矢が引き抜かれた。鏃には血の跡がついていない。

雨の中で、真太郎が蓑《みの》と合羽《カッパ》を脱いだ。沢庵《たくあん》漬けのにおいが真太郎の胸元から漂い出た。丸い木のふたが、さらしでぐるぐる巻きにされている。

「おら、出入りは苦手だでよう。用心のために、宿のカミさんから漬物樽《だる》のふたをもらっただ……」

真太郎があたまをかいた。

「てめえ……」

真太郎に摑みかかった昌吉は、泣き笑いの顔になっていた。

音次郎たちに襲いかかった一味の姿は、とうに原っぱから消えていた。

十二

三月七日の朝日が、まるい海と空との境目から昇っていた。あかね色の光の帯が、岬に向かって延びている。

音次郎、昌吉、真太郎、祥吾郎の四人は、日の出の海に見入っていた。

「ほんとうに海がまるいだ」

「てえした眺めだぜ」

昌吉が短い言葉で応じた。

「江ノ島ではめえにち夜明けを見たが、あそこの海はまるくはねえ」

昌吉は真正面を見詰めている。

真太郎はまるい海を西にたどって、伊豆をあたまに描いているようだ。

音次郎と祥吾郎は、昇りゆく朝日を見続けていた。

「この空なら、江戸までの船旅は穏やかだ。明日《あした》の夕方には、音次郎さんたちは江戸のひとだなあ……」

間近に迫った別れを惜しむ祥吾郎の声に、磯に打ち寄せる潮騒《しおさい》がかぶさった。

江戸を出てまだ二月《ふたつき》である。それでも祥吾郎を見詰める音次郎の顔つきには、ふたりの舎弟を抱える男の器量がうかがえた。

「なんでえ、およしさんは、また朝っぱらからうなぎを焼いてるのかよ」

深川黒江町の裏店《うらだな》で、石工の留蔵《とめぞう》が鼻をひくひくさせながら女房を見た。

「音次郎さんが帰ってくるんだってさ」

へっついに薪《まき》をくべる女房が、立ち上る煙を手で追い払った。

「そいつあ、昨日の朝も聞いたぜ」

「昨日はまだ早過ぎたのさ。今日は間違いないって、およしさんは張り切ってたから」

「毎朝うなぎたあ、豪勢な話じゃねえか」

留蔵は顔をしかめたが、女房はにこにこ顔である。

「昨日はおよしさんの早とちりだったおかげで、あたしは昼からうなぎのご相伴にあずかっちまってさ」

うなぎの味を思い出したのか、女房が唇をぺろりと舐《な》めた。

「なんたって、仲町のうな好で誂《あつら》えた大串《おおぐし》だからさあ……罰当たりなことを言うけど、今日もまた空振りだといいのにねえ」

「なんてえことを言いやがるんでえ」

留蔵が目元を険しくしている隣の宿では、およしが七輪で蒲焼《かばや》きをあぶっていた。

網の上でせわしなく串をひっくり返しては、ふうっと吐息を漏らす。うちわを手にしたおよしは、遠くを見ているようで瞳《ひとみ》が定まってはいない。

が、時おり目元が嬉《うれ》しそうにゆるむのは、音次郎が江戸に向かっていると知っているからだ。代貸の源七が若い者を使って、音次郎が江戸に帰ってくることを母親にも報《しら》せていた。

どう考えても江戸に帰りつけるはずのない六日の朝から、およしは息子の好物を調え始めた。

三月七日は、今戸も朝から気持ちよく晴れた。大川の土手には、朝露に濡《ぬ》れた野草が群れになって茂っている。

六ツ半の朝日を正面に浴びながら、恵比須組の若い者七人が土手を下りてきた。

大川にも、朝日が届き始めている。キラキラと輝く川面《かわも》で、小魚が飛び跳ねた。

若い者が列を整えているところに、代貸の源七が姿を見せた。七人の中の年かさの者が、残りの六人を振り返った。

源七の前で、全員が腰を落とした。

「おひかえなすって」

「おひかえなすって」

七人がてんでに、仁義の稽古《けいこ》を始めた。その声に驚いたのか、都鳥の群れが空高く舞い上がった。

源七の目が都鳥を追っている。

大川のなかほどに向かっていた都鳥が、大きな弧を描いて源七のほうに向きを変えた。

翼を二度、三度とはばたかせて、川岸を目指して飛んでくる。あたかも、源七のふところに向けて戻ってきているようだった。

# 解説

縄《なわ》田《た》一《かず》男《お》

山本一力《やまもといちりき》は本書『草笛の音次郎』において、これまでにない股旅《またたび》小説を書き上げることに成功した。

それがどんな股旅小説であるかは最後に述べるとして、この一巻を読み終えた人は、あるいは幸福な読書体験に浸り、あるいは知人にこの本を勧めているかもしれない。

とまれ、股旅小説の歴史は古く、そのパイオニアといえば誰しも思いつくのが長谷《はせ》川伸《がわしん》であろう。私がこの極めて日本的な心情に支えられた一連の作品に思いをはせる時、いつも頭にこびりついて離れないのが、長谷川伸が死去した時、大佛次郎《おさらぎじろう》が寄せた追悼文の一節である。

その中で大佛次郎は、長谷川伸の股旅ものは「舞台でも映画でも、白塗りの多少きざな存在にされてしまった」と指摘し、その作品に登場する旅から旅へと渡り歩いていく主人公たちには「日本の無産者階級の彷徨《ほうこう》の姿」がはっきりと刻印されているのだと話している。

この引用の後半部分は、昭和初年に登場した股旅ものに寄せる庶民的心情と、長谷川伸の文学の根底にあるものを見事に言い当てていると言っていいだろう。

だが、私がそれにも増して注意を促したいのは、前半部分の、股旅ものが「舞台でも映画でも、白塗りの多少きざな存在にされてしまった」というくだりである。

そうなってしまった存在が、今、述べたような、類型化された股旅もののスタイルである。しかし、実際の渡世人は、このような呑気《のんき》な存在ではない。

主に天保《てんぽう》から幕末にかけて、関八州《かんはっしゅう》と呼ばれる関東《かんとう》一円の土地に横行した博徒・侠《きよう》客《かく》の類《たぐい》は、既成の秩序の崩壊期に現れた時代の異端児とも言うべき存在だ。彼らはきびしい掟《おきて》によってかたぎの衆とは一線を画した枠内で生活をしなければならず、そうしたアウトローたちが寄り集まって、やくざの一家が生まれる事になる。

そして、その一家にすら属さない、旅から旅へと渡り歩くいわば、二重のアウトローが渡世人なのである。その生活が過酷を極めたことは言うまでもない。

長谷川伸は大正十二年に発表した「ばくち馬鹿」で初めて渡世人を主人公とし、昭和四年の戯曲「股旅草鞋」で〝股旅〟という言葉を使い、それ以後、渡世人を主人公とする小説や戯曲を股旅ものと呼ぶことが定着した。

長谷川伸によれば、股旅とは、旅から旅を股にかけるという意味で、自分の知っている限りでは、股旅役者という言い方が明治の中期過ぎまであったと話している。

長谷川伸の股旅ものの主人公が、アウトローの疎外感を基調として、陰影に富む人物に造型されているのは、そこに少年時代を仕出し屋の丁稚《でっち》や、ドックの現場小僧、土方、石工等の職業に従事した作者の、社会の底辺に住む人々への共感が込められているからだろう。

そしてまたそこから、自分の言っている股旅とは「男で、非生産的で、多くは無学で、孤独で、いばらを背負っていることを知っているものたちである」という、独自の認識も生まれてくるのだ。

長谷川伸の生み出した数々の主人公たち——沓掛時次郎《くつかけときじろう》、四歳の時実母と生別した作者自身の体験を元にして書かれた「瞼の母」の番場《ばんば》の忠太郎《ちゅうたろう》、あるいは駒形茂兵衛《こまがたもへえ》や関《せき》の弥太《やた》ッぺといった男たちは、みな、そうした影を背負った人物として造型されていた。

それゆえ佐藤忠男《さとうただお》が『長谷川伸論』で言うところの苦労人の立場による〝芸能と情操の階級闘争〟を可能たらしめたのである。

今記したヒーローたちは、作者が実体験の中から手さぐりで生み出した庶民的感情の具現者なのである。従って、股旅ものと言うと封建的な義理人情のモラルを礼賛するものと捉《とら》えられがちだが、長谷川作品の主人公たちは、社会からドロップ・アウトした者だけがもつ捨て身の意地と反骨によって、義理人情の美名に隠れて人々を縛る枷《かせ》への反逆者となり、常にやくざ社会の掟と対決するはめになるのだ。

そして、山本一力はその長谷川伸賞の受賞者である。

では、『草笛の音次郎』のどこが画期的な股旅ものなのか、それを作品に沿って見ていこう。

物語の発端は、天明《てんめい》八年一月、江戸《えど》の貸元・恵比須《えびす》の芳三郎《よしさぶろう》のもとに一通の手紙が届くところから始まる。芳三郎は、大川《おおかわ》の西側、浅草寺《せんそうじ》から北の一帯を束ねる貸元で、七十人からの子分がいる。その手紙とは、兄弟分の小野川《おのがわ》の好之助《よしのすけ》からの十二年に一度となる香取《かとり》神宮の祭を見にこいというもの。好之助と芳三郎はともに橋場《はしば》の文吉《ぶんきち》から盃《さかずき》を受けた兄弟分で、無下に断る訳にはいかない。

ところが芳三郎は風邪が抜けきっていないため名代を立てることを考える。そこで代貸の源七《げんしち》に誰がいいかと尋ねると、音次郎《おとじろう》を推薦される。芳三郎は「おまえの言い分にあやをつける気はないが、おれの見たところは優男過《やさおとこ》ぎる」と返してくる。源七は「親分のお言葉に逆らって申しわけありやせんが、あっしは音次郎が優男なだけだとは思いやせん」と答える。

源七は、次期代貸は音次郎と踏んでおり、仁義も切れない音次郎に賭《か》けてみる気になっている。作者は言う――「代貸にくらいついて行くときの目の強さに、音次郎の明日《あした》が見えたと思った。／（中略）旅を重ねるなかで、この男なら化けるかもしれねえ。／（仁義を切る）声を出し続ける音次郎を見て、芳三郎は代貸の眼力の確かさをあらためて感じていた」と。

しかしその一方で、音次郎のしつけの責めはすべて源七が負う。この場合、負うといったらそれは命であがなうということだ。そして初旅とはいえ音次郎の道中の厳しさは、路銀として百両を渡されていることからもわかる。吾妻《あづま》橋のたもとまで見送ってくれた源七は、「おめえは恵比須の芳三郎の代紋を背負って、佐原行き帰りの旅をするんだ。カネでさもしいことをしねえで、一文残さず使ってこい」と言う。

こうして初旅に出た音次郎は様々な災難に出会う。泊まった宿が盗賊・こませの十《じゅう》郎《ろう》に襲われたり、妙ないきがかりからあらぬ疑いをかけられたり。が、その一方で昔取った杵柄《きねづか》で己が嫌疑を晴らしたり、役人・岡野《おかの》甲子《こうし》郎《ろう》という頼もしい味方を得たりもする。この十郎との対決は本書を貫く一つの太い柱となる。

音次郎は股旅修行もしなければならず、成田《なりた》山新勝寺《さんしんしょうじ》に着くと早速土地の貸元を訪ねて「他人の釜《かま》の飯」＝一宿一飯の厄介になる事にする。成田山には古くからある大《おお》滝《たき》組と新興勢力の吉川《よしかわ》組があり、大滝組の貸元吉之《きちの》助《すけ》は、芳三郎と回り兄弟であり、音次郎はこちらに厄介になる。

そして面白いのは、吉川組への殴り込みが中途から火事の後始末に転じてしまうことで、子供を救い出した音次郎に感激した二人の男――相州江《そうしゅうえ》ノ島《しま》の昌吉《しょうきち》と越後《えちご》高田《たかだ》の真太郎が年嵩《としかさ》ながら舎弟になってしまうところだろう。

この他にも本書には様々な工夫がみられる。まず挙げたいのは、全篇が向日性の明るいトーンに貫かれていること。そして作者は木枯《こがら》し紋次郎《もんじろう》以来、ニヒルなヒーローが全盛となってしまった股旅ものの世界にちょっとした色気を注入しようとしたのではあるまいか。音次郎は草笛を奏でるが、主人公が音を奏でる股旅ものを私は昭和三十三年の大映映画「口笛を吹く渡り鳥」（監督田坂勝彦《たさかかつひこ》、主演長谷川一夫《はせがわかずお》）以外に知らない。それも色気のある股旅ものとして随分評判になったものだ。大の映画ファンの山本一力のこと、そんなことも頭の片隅にあったのかもしれない。そのでんでいけば、貸元賭博《とばく》の駒札を買う額が足りないところを祥吾郎《しょうごろう》が音次郎に助けられる場面など「天保水滸伝」のバリエーションだろう。

さらに、音次郎をちょこまかと尾《つ》けるおきちとおみつの母娘《おやこ》も面白い。

そして後半は、いよいよこませの十郎の捕縛に向かって盛り上がっていく。

だが作者はその一方で、音次郎の舎弟になった男たちのことを忘れてはいない。例えば道中足をくじいた老婆を頑《かたく》ななまでに背負い続けた真太郎の様から、その痛ましい過去を見据える音次郎の眼力。このあたり、私は本書の隠れた名場面の一つだと思うのだがどうだろうか。

そして最後に、この作品がこれまでの股旅ものと違う点を言えば、最終話の音次郎が、吟味方与力の寺田《てらだ》と対峙《たいじ》する場面を見てもらいたい。

「音次郎は吟味方与力に呼び出されても、物怖《ものお》じすることなく座っていた。さりとて、向こう見ずという様子は見えない。／おのれに後ろめたさを抱えていない、真っ当な人物に共通した物静かさ。／渡世人稼業であることを分かっていながら、寺田は音次郎をこう判じた」と記されているではないか。

封建時代を舞台とした時代小説でいちばん素晴しい事は何か、と問えば、それは士農工商という身分の垣根を超えた人間同士の絆《きずな》が描かれる事ではないだろうか。

ラストの清涼感の中に漂う、何とも言えぬ一点の曇りも無い男たちの心の気高さはどうだ。山本一力は股旅《またたび》ものの世界にささやかなユートピアを創り上げたのである。

本書は、二〇〇六年四月に文春文庫から
刊行されました。

# 草笛《くさぶえ》の音次郎《おとじろう》

山本一力《やまもといちりき》

令和5年 4月25日　初版発行

発行者●山下直久

発行●株式会社KADOKAWA
〒102-8177　東京都千代田区富士見2-13-3
電話　0570-002-301（ナビダイヤル）

角川文庫 23633

印刷所●株式会社暁印刷
製本所●本間製本株式会社

表紙画●和田三造


ISBN 978-4-04-113403-0　C0193

◇◇◇

# 角川文庫発刊に際して

角川源義

第二次世界大戦の敗北は、軍事力の敗北であった以上に、私たちの若い文化力の敗退であった。私たちの文化が戦争に対して如何に無力であり、単なるあだ花に過ぎなかったかを、私たちは身を以て体験し痛感した。西洋近代文化の摂取にとって、明治以後八十年の歳月は決して短かすぎたとは言えない。にもかかわらず、近代文化の伝統を確立し、自由な批判と柔軟な良識に富む文化層として自らを形成することに私たちは失敗して来た。そしてこれは、各層への文化の普及滲透を任務とする出版人の責任でもあった。

一九四五年以来、私たちは再び振出しに戻り、第一歩から踏み出すことを余儀なくされた。これは大きな不幸ではあるが、反面、これまでの混沌・未熟・歪曲の中にあった我が国の文化に秩序と確たる基礎を齎らすためには絶好の機会でもある。角川書店は、このような祖国の文化的危機にあたり、微力をも顧みず再建の礎石たるべき抱負と決意とをもって出発したが、ここに創立以来の念願を果すべく角川文庫を発刊する。これまで刊行されたあらゆる全集叢書文庫類の長所と短所とを検討し、古今東西の不朽の典籍を、良心的編集のもとに、廉価に、そして書架にふさわしい美本として、多くのひとびとに提供しようとする。しかし私たちは徒らに百科全書的な知識のジレッタントを作ることを目的とせず、あくまで祖国の文化に秩序と再建への道を示し、この文庫を角川書店の栄ある事業として、今後永久に継続発展せしめ、学芸と教養との殿堂として大成せんことを期したい。多くの読書子の愛情ある忠言と支持とによって、この希望と抱負とを完遂せしめられんことを願う。

一九四九年五月三日

# 角川文庫ベストセラー

## 道三堀のさくら　山本一力

道三堀から深川へ、水を届ける「水売り」の龍太郎には、蕎麦屋の娘おあきという許嫁がいた。日本橋の大店が蕎麦屋を出すと聞き、二人は美味い水造りのため力を合わせるが。江戸の「志」を描く長編時代小説。

## ほうき星（上）（下）　山本一力

江戸の夜空にハレー彗星が輝いた天保6年、江戸・深川に生をうけた娘・さち。下町の人情に包まれて育つ彼女を、思いがけない不幸が襲うが。ほうき星の運命の下、人生を切り拓いた娘の物語、感動の時代長編。

## 長兵衛天眼帳　山本一力

老舗眼鏡屋・村田屋の主、長兵衛はすぐれた知恵と家宝の天眼鏡で謎を見通すと評判だった。人殺しの濡衣晴らしに遺言状の真贋吟味。持ち込まれた難問の裏には、様々な企みが隠されていて……。

## 酔いどれて候　酔眼の剣　稲葉稔

曾路里新兵衛は三度の飯より酒が好き。普段はだらしないこの男、実は酔うと冴え渡る「酔眼の剣」の遣い手だった！　金が底をついた新兵衛は、金策のため岡っ引き・伝七の辻斬り探索を手伝うが……。

## 酔いどれて候2　凄腕の男　稲葉稔

浪人・曾路里新兵衛は、ある日岡っ引きの伝七に呼び出される。暴れている女やくざを何とかしてほしいというのだ。女から事情を聞いた新兵衛は……秘剣「酔眼の剣」を遣い悪を討つ、大人気シリーズ第2弾！

# 角川文庫ベストセラー

## 秘剣の辻
酔いどれて候3

稲葉　稔

江戸を追放となった暴れん坊、双三郎が戻ってきた。岡っ引きの伝七から双三郎の見張りを依頼された新兵衛は……酔うと冴え渡る秘剣「酔眼の剣」を操る新兵衛が、弱きを助け悪を挫く人気シリーズ第3弾！

## 武士の一言
酔いどれて候4

稲葉　稔

浅草裏を歩いていた曾路里新兵衛は、畑を耕す見慣れない男を目に留めた。その男の動きは、百姓のそれではない。立ち去ろうとした新兵衛はその男に呼び止められ、なんと敵討ちの立ち会いを引き受けることに。

## 侍の大義
酔いどれて候5

稲葉　稔

苦情を言う町人を説得するという普請下奉行の使い・次郎左、さらに飾り職人殺し捜査をする岡っ引き・伝七の助働きもすることになった曾路里新兵衛。なぜか繋がりを見せる二つの事態。その裏には——。

## 喜連川《きつれがわ》の風
江戸出府

稲葉　稔

石高はわずか五千石だが、家格は十万石。日本一小さな大名家が治める喜連川藩では、名家ゆえの騒動が次々に巻き起こる。家格と藩を守るため、藩の中間管理職にして唯心一刀流の達人・天野一角が奔走する！

## 喜連川《きつれがわ》の風
忠義の架橋

稲葉　稔

喜連川藩の中間管理職・天野一角は、ひと月で橋の普請を完了せよとの難題を命じられる。慣れぬ差配で、手伝いも集まらず、強盗騒動も発生し……果たして一角は普請をやり遂げられるか？　シリーズ第2弾！

# 角川文庫ベストセラー

喜連川《きつれがわ》の風
参勤交代
稲葉　稔

喜連川藩の小さな宿場に、二藩の参勤交代行列が同日に宿泊することに！　家老たちは大慌て。宿場や道の整備を任された喜連川藩の中間管理職・天野一角は奔走するが、新たな難題や強盗事件まで巻き起こり……。

喜連川《きつれがわ》の風
切腹覚悟
稲葉　稔

不作の村から年貢繰り延べの陳情が。だが、ぞんざいな藩の対応に不満が噴出、一揆も辞さない覚悟だという。藩の中間管理職・天野一角は農民と藩の板挟みの末、中老から、解決できなければ切腹せよと命じられる。

喜連川《きつれがわ》の風
明星ノ巻（一）
稲葉　稔

石高五千石だが家格は十万石と、幕府から特別待遇を受ける喜連川藩。その江戸藩邸が火事に！　藩の中間管理職・天野一角は、若き息子・清助を連れて江戸に赴くが、藩邸普請の最中、清助が行方知れずに……。

喜連川《きつれがわ》の風
明星ノ巻（二）
稲葉　稔

喜連川藩で御前試合の開催が決定した。勝者は名家の剣術指南役に推挙されるという。喜連川藩士・天野一角の息子・清助も気合十分だ。だが、その御前試合に不正の影が。一角が密かに探索を進めると……。

妻は、くノ一　全十巻
風野真知雄

平戸藩の御船手方書物天文係の雙星彦馬は藩きっての変わり者。その彼のもとに清楚な美人、織江が嫁に来た!?　だが織江はすぐに失踪。彦馬は妻を探しに江戸へ向かう。実は織江は、凄腕のくノ一だったのだ！

# 角川文庫ベストセラー

## いちばん嫌な敵
妻は、くノ一　蛇之巻1

風野真知雄

運命の夫・彦馬と出会う前、長州に潜入していた凄腕くノ一織江。任務を終え姿を消すが、そのときある男に目をつけられていた——。最凶最悪の敵から、織江は逃れられるか？　新シリーズ開幕！

## 幽霊の町
妻は、くノ一　蛇之巻2

風野真知雄

日本橋にある橋を歩く坊主頭の男が、いきなり爆発した。騒ぎに紛れて男は逃走したという。前代未聞の事件が、実は長州忍者のしわざだと考えた織江は、その恐ろしい目的に気づき……書き下ろしシリーズ第2弾。

## 大統領の首
妻は、くノ一　蛇之巻3

風野真知雄

かつて織江の命を狙っていた長州忍者・蛇文が、米国の要人暗殺計画に関わっているとの噂を聞いた彦馬と織江。保安官、ピンカートン探偵社の仲間とともに蛇文を追い、ついに、最凶最悪の敵と対峙する！

## 姫は、三十一

風野真知雄

平戸藩の江戸屋敷に住む清湖姫は、微妙なお年頃のお姫様。市井に出歩き町角で起こる不思議な出来事を調べるのが好き。この年になって急に、素敵な男性が次々と現れて……恋に事件に、花のお江戸を駆け巡る！

## 恋は愚かと
姫は、三十一2

風野真知雄

赤穂浪士を預かった大名家で発見された奇妙な文献。そこには討ち入りに関わる驚愕の新事実が記されていた。さらにその記述にまつわる殺人事件も発生。右往左往する静湖姫の前に、また素敵な男性が現れて——。

# 角川文庫ベストセラー

## 西郷盗撮
剣豪写真師・志村悠之介

風野真知雄

元幕臣で北辰一刀流の達人の写真師・志村悠之介は、ある日「西郷隆盛の顔を撮れ」との密命を受ける。鹿児島に潜入し西郷に接近するが、美しい女写真師、人斬り半次郎ら、一筋縄ではいかぬ者たちが現れ……。

## 鹿鳴館盗撮
剣豪写真師・志村悠之介

風野真知雄

写真師で元幕臣の志村悠之介は、幼なじみの百合子と再会する。彼女は子爵の夫人となり鹿鳴館の華といわれていた。逢瀬を重ねる2人は鹿鳴館と外交にまつわる陰謀に巻き込まれ……大好評〝盗撮〟シリーズ！

## ニコライ盗撮
剣豪写真師・志村悠之介

風野真知雄

来日中のロシア皇太子が襲われるという事件が勃発。襲撃現場を目撃した北辰一刀流の達人にして写真師の志村悠之介は事件の真相を追うが……日本中を震撼させた大津事件の謎に挑む、長編時代小説。

## 妖かし斬り
四十郎化け物始末1

風野真知雄

烏につきまとわれているため〝からす四十郎〟と綽名される浪人・月村四十郎。ある日病気の妻の薬を買うため、用心棒仲間も嫌がる化け物退治を引き受ける。油問屋に巨大な人魂が出るというのだが……。

## 百鬼斬り
四十郎化け物始末2

風野真知雄

借金返済のため、いやいやながらも化け物退治を引き受けるうちに有名になってしまった浪人・月村四十郎。ある日そば屋に毎夜現れる閻魔を退治してほしいとの依頼が……人気著者が放つ、シリーズ第2弾！